影视文学理论与创作手法分析

王天舒　著

北京工业大学出版社

图书在版编目（CIP）数据

影视文学理论与创作手法分析／王天舒著. —北京：北京工业大学出版社，2025. 7 重印
ISBN 978-7-5639-6164-1

Ⅰ. ①影… Ⅱ. ①王… Ⅲ. ①电影文学—文学理论②电视文学—文学理论③电影文学剧本—创作方法④电视文学剧本—创作方法 Ⅳ. ①I053. 5

中国版本图书馆 CIP 数据核字（2018）第 074081 号

影视文学理论与创作手法分析

著　　者：王天舒
责任编辑：刘亚茹
封面设计：王　斌
出版发行：北京工业大学出版社
（北京市朝阳区平乐园 100 号　邮编：100124）
010-67391722（传真）　bgdcbs@ sina. com
经销单位：全国各地新华书店
承印单位：三河市元兴印务有限公司
开　　本：787 毫米×960 毫米　1/16
印　　张：13. 75
字　　数：243 千字
版　　次：2021 年 10 月第 1 版
印　　次：2025 年 7 月第 4 次印刷
标准书号：ISBN 978-7-5639-6164-1
定　　价：52. 00 元

前 言

影视艺术是最年轻、最立体、最具发展前景的艺术形式，它凭借先进的科学技术手段、源源不断的创造力，在重视精神文化生活的今天，以多姿的形态、最快的速度稳步发展。

无论是电影还是电视剧，都充满吸引力，同时给人们带来欢乐、感动，成为生活中不可缺少的一部分。

如今，影视剧的种类非常丰富，可供观众选择的优秀作品数不胜数。

互联网的发展让我们每一位观众都可以用最方便快捷的方式欣赏影视剧，无论是影院的大屏幕还是掌上的小屏幕，都可以获得很好的观影体验。影视剧的繁荣，正是人们注重精神文化追求的体现。

提到影视剧，不能不说影视文学。一部影视作品的成功，离不开优秀的剧本。纵观国内外影视文学发展历程，许多优秀的小说、优秀的剧本改编和创作，都值得我们深入探讨，对其手法的研究，可以帮助我们更好地分析影视文学作品，理解作品的深层思想内涵，改编或创作属于新时代的影视文学作品。在影片的拍摄过程中，剧本是基础，一个优秀的剧本可以成就一部好的电影或电视剧。剧本对于故事的讲述以及铺陈，要做到细致入微。无论是喜剧还是悲剧，无论是微电影还是大型系列剧，都将影视文学作品的思想内涵直接传递给观众。

本书主要内容有：影视文学概述、影视文学剧本的艺术特点、影视文学的创作手法、影视剧本中的美学思想、剧本的改编以及脚本创作及实例分析。

在影视文学概述中，讲解了影视文学的概念、影视与文学的关系、影视文学的剧本构成和影视剧的结构；在影视文学剧本的艺术特点中，阐述了影视剧本的类型、剧本的艺术特点、影视文学中的主题与情节和人物特征；在影视文学的创作手法板块，探讨了人物和语言、小说的创作、台词、影视文学创作、影视剧的时间与空间、蒙太奇以及悬念的设置等内容；在影视剧本中的美学思想部分，分析了人物之美、环境之美和语言之美；在剧本的改编部分，讲述了剧本改编的相关理论、改编的实践、好莱坞式的改编以及改编的方法；在脚本创作及实例分析的部分，包含了脚本概述和实例分析。

本书结构严谨，层次分明，适用于对影视文学感兴趣的人群。希望可以为影视文学的相关研究提供可参考的资料。

在撰写本书的过程当中，作者参考了许多文献。虽力求完美，但难免存在不足之处，望专家和广大读者给予批评指正。

目 录

第一章 影视文学概述

艺术，是一个民族的美学纪念碑；文学，让语言有了灵魂，让想象力有了施展的空间，让故事走进读者的内心，让思想瞬息万变；而影视文学，包含了电影、电视剧等形式，是集文学与影视艺术于一体的综合性艺术。影视文学是广受欢迎的、充满时代气息的艺术形式。

纵观文学的发展历程，最早的文学源于原始人的劳动呼声，是一种有声韵、有歌咏的文学，随着社会生活内容的日趋丰富和进步，小说、戏剧等文学开始出现，并逐步发展起来。如今，影视作品不断给人带来视觉和听觉享受的同时，更重要的是将作品的主题用最直观的形式表现出来，引发观众的思考，通过不同的技术手法将内容呈现并实现作品的意义。

了解影视艺术的发展，也是研究影视文学的开端。随着影视艺术的不断发展，影视文学这一学科的出现有它的必然性，影视文学的相关研究也越来越受关注。影视文学同时具备美学特征和文化特征，代表了不同国家、不同民族的艺术风格。

第一节 影视文学的概念

一、影视文学的相关概念

如今，很多人在谈论影视剧的时候，经常把演员或导演的功劳放在首位，其实，也有一部分影片在叙事性方面做得很杰出，这种成功要归功于编剧。在影视剧的创作过程中，剧本是极为重要的，影视文学也一直受到人们的关注。

在全球范围，获得大奖的电影或电视剧作品中，绝大多数是通过小说或舞台剧改编而成。无论是奥斯卡最佳影片，还是获得艾美奖的电视系列作品，剧本是重中之重。有数据表明，85%的奥斯卡最佳影片剧本是通过改编而成，这正是影视文学艺术的辉煌。

影视文学是电影文学和电视文学的合称。在影视文学作品中，作者能够通过对于生活形态的塑造，反映社会现实、表达人物的思想感情。

无论是戏剧还是电影、电视剧，这些给观众欣赏的影视作品，都有两个过程：文学过程和艺术过程。

首先我们看一下戏剧的诞生过程，剧作家完成剧本，代表着戏剧的文学过程已经完成，而这一文学过程的最后产物就是舞台剧本，也就是说，产生了独立的文学价值。舞台剧本中，台词占很大一部分，台词的文学质量是很重要的，台词是剧本文学价值的体现，是判断文学价值高低的唯一，而演出方面的艺术质量又是单独的一件事。一个舞台剧本，可以在几百年间，由不同的演出团队在不同的地方不断上演，演出的艺术质量，也不尽相同。但是，这并不会对原剧本的文学价值产生影响。因此，对于戏剧来说，文学过程和艺术过程，是可以分开看的。当然，没有舞台剧作就不会有舞台演出，但是剧作具有独立的文学创作性，属于文学创作。由这一点可以看出影视剧跟舞台剧大不一样，首先，若没有拍摄的需要，就不会有写影视剧本的必要，若单纯为了供人阅读，则可以把故事写成小说，这样一定会更受读者欢迎，但事实上，剧本是为了拍片而写的，它为拍摄服务，在影视剧的整个制作过程中，剧本是一个重要的环节，要制作一部影片，剧本当然是首先要完成的。我们根据影视艺术创作顺序，分为不同的阶段，这些阶段中，剧本有三种形态：文学剧本、分镜头剧本、记录镜头的工作台本。

影视文学的概念是比较宽泛的，它包括了我们常说的电视剧剧本、电影剧本，也包括纪录片剧本、风光片剧本，还有电视专栏节目、小品等文字性脚本。可以这样说，影视文学是摄制的基础，文学脚本质量的高低对影视作品的成败有着重要的决定作用。两栖性影视文学既是文学的一个重要类别（具备文学的基本要素），同时又是影视艺术的重要组成部分，它的写作首先是服务于影视作品的摄制。

电影文学剧本是用文字的形式描述未来影片的内容，这是一种文学样式，而文学剧本是导演创作的依据。文学剧本要从文学、戏剧、音乐等方面汲取营养，呈现出具有画面感的形态，而且要把听觉因素也作为考量，因为声音也是重要的表现形式，要根据电影艺术不同的思维特点来创作，反映影片的形态。

关于电影文学剧本，匈牙利电影理论家巴拉兹曾经表示，在电影发展的初期，是没有电影剧本这样一个概念的，在布景之前，导演会即兴处理要拍摄的场景，演员会被告知在下一个镜头要做出怎样的表演，字幕是拍摄后写成的，通过剪接放到影片中去。

事实情况正是如此，我国在1920年之前也是这样，在拍摄之前，最多会准备一个构思好的故事，或是一张简单的“幕表”（如图1-1-1）。

幕 表

1.幕数(即场数)

2.场景(内、外景)

3.登场人数

4.主要情节

图1-1-1

幕表，是供所有工作人员查看的，它会被贴在墙上，演员或工作人员随时可以抄录与自己有关的内容。在台词和表演方面，演员要有很大程度的发挥，他们要根据剧情以及人物的性格，来设计自己的表演、拿捏每一个细节，有时候，这是很耗费脑力的。后来，脚本的出现改变了这样一种状况，不过脚本只需对人物外部动作做出提示或概括，并不详尽，当时毕竟处于电影剧作的早期。到了20世纪20年代初期，经常会出现一些以叙述电影动作为主的电影“本事”刊登在电影刊物上，在这些“本事”中，有一部分是“脚本型”的故事梗概，在这些文章里面，包含了电影文学因素，于是在当时的人们眼中，电影变成了一门独立的新型艺术，而电影剧本，也被人所了解。

二、影视文学的形成

电影发展上百年，历数全世界范围内的经典电影，我们会发现，每一部电影的成功都离不开好的剧本，影视文学所蕴含的深厚文化和艺术魅力透过荧屏感染了所有的观众。

早期的电影只是对生活的简单模仿、机械拍摄，不需要剧本。随着电影人创作水平和观众欣赏水平的提高和相互促进，电影银幕上开始出现经过编排的生活片断镜头，来表现一些有趣情景，这时，就已经有了些拍摄前的创意构思。

在刚开始的时候，人们没有发现电影具有叙事的功能，认为它只是一种“活动的照相”卢米埃尔兄弟为电影开创了纪实主义传统，但同时也把刚诞生的电影局限在纯客观的记录中，观众很快就对电影没有了新鲜感。

法国著名导演兼编剧乔治·梅里爱把电影从危机中拯救出来，尝试取用电影画面来“讲故事”，而戏剧、文学中有着最好的故事题材。梅里爱敏锐地意识到了这些传统文学资源的巨大价值。

1928年，有声电影出现以后，音画的配合使得电影开始真正脱离舞台剧的框架，而具有了朝真正的影视方向发展的可能性。

《乱世佳人》无疑是好莱坞最具标志性的电影，它改编自玛格丽特·米歇尔的小说《飘》，这部电影耗资巨大，商业回报率高，同时又具有艺术性，让东西方的观众都为之狂热，这部影片成为后来改编的一种效仿典范，长时期内影响了好莱坞影片的改编模式和惯例，创作者更加倾向于选择情节结构严谨，有完整的开端、结局以及发展高潮的充满戏剧性变化的文学作品进行创作改编，用电影的手法造出一个梦幻一般的充满戏剧感的故事，并把它们推销到世界各国。

对于电影和电视剧来说，一个富有戏剧性的剧本太重要了。在众多的影片中，剧本所描述的“故事”以及故事背后的故事，可谓电影的生命之源。影视编剧人员在创作剧本或者改编剧本的过程中，需要把握方方面面的细节，才能让影视剧的艺术价值得到最大程度的发挥。

第二节　影视与文学的关系

早期“艺术电影”大多是从文学或戏剧名著改编而来。从当时的情形看，这似乎在某种程度上提高了电影的艺术品位，丰富了电影的表现内容。但是，对于一门艺术来说，它需要有自己独特的艺术形式手段，需要有自己独特的艺术语言，因此，法国先锋派电影研究者们从音乐、绘画、建筑、雕塑、诗和舞蹈这六门艺术所具有的独特艺术特性着手，去研究具有多元综合性的电影艺术，尤其是从绘画、音乐以及诗的固有特性出发，发现和总结电影与其他艺术之间的关系。

诞生于1914年的俄罗斯形式主义学派，以文学作品为基本研究对象，充分阐述了文学的自主性、文学的结构与形式、诗学与语言学的关系等问题。1927年，俄国形式主义学者出版的论文集《电影诗学》，是世界上第一本真正从理论角度把握电影本质的著作。俄国形式主义学者从文学乃至诗学的方法论入手研究电影艺术，并非是要把电影等同于文学，而是要寻找电影作为艺术的建构法则。从20世纪20年代开始，前苏联电影艺术家们一方面借鉴、总结美国电影较为成熟的叙事经验，一方面从传统文学中探寻具有艺术共性特征的蒙太奇思维方法，后者在爱森斯坦的大量著述当中清晰地体现出来。第二次世界大战以后，法国电影理论家、批评家安德烈·巴赞积极倡导电影的真实美学观念，在对意大利新现实主义电影的研究中，巴赞发现新现实主义电影深受美国小说的影响。因此，他得出结论：世界电影的发展趋势与文学、艺术的整体趋势相一致。他认为，美国小说对新现实主义电影的影响是建立在“共同的、深刻的美学基础上，依据艺术与现实关系的共同观念，电影与文学的合流”。

在电影与文学的比较上，市场和观众在这里起了重要的作用。不过，学者们的研究脉络对于我们把握两者的关系仍具有启发性的意义。研究者们在思考改编的合法性问题时，首先想到的是对文学与影视异同的比较。例如，德国电影理论家克拉考尔将这一比较限定在小说与电影之间，他认为，小说和电影的根本差别在于小说侧重于表现内心的发展或存在的状态，小说的世界主要是一种精神的连续性；电影倾向于表现一种跟物质现象紧密联系在一起的生活，摄影机所攫取的生活主要是一种物质的连续性。因此，在克拉考尔的理论中，在分清这两种艺术形式差别的基础上，再去谈论文学作品的改编问题，如何做“忠实”地改编原作就有了一个基本的标准。

我们一般都承认，二者的叙述手段差别在于：文学使用的是语言，而影视使用的是影像。

有种观点认为，文学语言的使用需要一定的抽象能力和思辨能力，而影像似乎只是一看就能明白的东西，甚至不需要学习和思考。另一种观点刚好相反，认为电影同样可以表现复杂的思想和意识状态。

早期的电影和电视剧中，许多作品来自于对各种小说的改编，这种情况一直延续至今。无论是受观众欢迎的程度，还是在各类电影节获得的奖项方面，改编电影都有出色表现。但是，理论界对于电影改编问题一直有着激烈的争论，争论的焦点主要围绕着两种媒介的差异，不同的生产、创作方式，不同的接受环境和条件，注重外在世界的表现还是关注内心世界的表达等问题。

在争论这些基础性问题的同时，一定程度上，理论界也表现出对改编作品的艺术性的怀疑和否定的倾向。不过，像爱森斯坦、安德烈·巴赞这样在电影史上具有里程碑意义的电影导演、理论家，却从来都没有否认文学对电影这门新兴艺术成长、发展所起到的巨大作用。各类艺术之间的差异性和相通性从来都是存在学教的，一味强调差异性而忽视相通性，或将两者关系倒置过来，都无助于理解文学与电影之间相互借鉴、相互影响的发展事实。

一、影视与文学的差异性

在强调影视与文学差异性的观点上，美国学者乔治·布鲁斯东比较具有代表性，他有一部著作《从小说到电影》，影响力很大。

乔治·布鲁斯东认为，视觉形象手段和文学语言手段之间存在着巨大的难以逾越的鸿沟。不过，乔治·布鲁斯东的某些观点在今天看来有许多值得再讨论的地方。

（一）小说与电影的差异性

回顾电影发展历程，乔治·布鲁斯东有意强调了早期电影的“痕迹”作用，即强调了电影属性特征的同时，实际上也为电影勾勒出了一个“俗”“浅薄”的轮廓，从而将电影纳入艺术等级制度中的低端序列。

我们认为，乔治·布鲁斯东和帕诺夫斯基所指出的早期电影特征，有符合历史事实的一面，同时也明显地忽略了在电影理论与实践过程中，人们为提高电影的艺术品位所做出的各种尝试和努力。

对于小说，乔治·布鲁斯东称“小说由于历史更久，题材更高雅，因而更加复杂”。不过，乔治·布鲁斯东并没有去追溯小说的形成历史，他似乎在有意回避这样的事实，即小说诞生之初，同样是为了满足人们的兴趣爱好，是引发人们激动和喜悦的消闲之物。他只是以小说“题材更高雅，因而更加复杂”来反衬电影，并进一步强调小说的博大精深，以至于难以对其下一个基本的定义。他巧妙地绕过了小说的发展过程，直接切入到对20世纪现代小说特征的阐述。乔治·布鲁斯东从萨特、门迪洛夫等人的理论阐述中，得出了20世纪的现代小说关心的是语言自身的问题，不再和现实发生联系的结论，在这一点上，小说和电影表现出完全不同的发展方向。

（二）电影与文学的手段

电影的基础是建立在视觉暂留的光学原理上的。因为，眼膜在曝光以后，能将物体的形象保持得比实际接触的时间长约0.1秒。电影胶片从标准的放映机前经过的速度是每秒钟24个画格，人们在放映厅黑暗的环境中观看时，眼睛由于“视觉暂留”现象所保持的形象，补足了其间的空隙。摄影机相对被拍摄物体可以自由变换角度、移动位置，以及使用改变布光的技术手段获得前所未有的视觉效果。这些技术手段当然还要经过导演、摄影师、剪辑师的艺术处理，最终才能形成一部电影。

在乔治·布鲁斯东看来，电影手段与技术和设备无法分开，同时也与它拍摄的物质世界的对象难以分离。“虽然摄影形象和它所记录的物体本身在性质上有所不同，但是帕诺夫斯基关于在电影中我们是和具体现实打交道这一说法，看来是很有道理的。因为，尽管可以有多种多样的方法来排列影片中的物体和人，但是‘要想脱离它们却是办不到的’。”

另外，乔治·布鲁斯东引用了爱因汉姆的观点，认为电影中的影像难以表达象征的意义，“爱因汉姆在讨论影片的借喻时，也说过同样的话。他指出有声电影是一种十分有感觉的手段，因此它无法将只是抽象地有联系，而不是具体地有联系的东西在一起表现；他接着又说：‘正如同一具张嘴的骷髅在影片中出现时不是作为一种象征，而是作为人体骨骼的一部分，因此，当两种物体同时在影片中表现出来时，它们之间的关系，不是借喻性的，而永远是真实而本体论的，爱因汉姆也和帕诺夫斯基一样，认为在影片中有一种摄影的严密性。它是无法规避的，它使得借喻成为不可能除非是在一种极为狭隘的意义上。”接下来，乔治·布鲁斯东提出，语言形象和摄影形象的根本性差别，正是在于它们对象征手段的依赖程度，而从象征手段到形象需要经过一个思考的翻译过程：“把门迪洛夫的话再往前引申一步，我们就可以看到，词的象征必须通过思考的过程被翻译成物体的形象、感觉的形象、概念的形象。活动电影通过视觉直接到达我们，语言却必须从概念的理解之幕中渗透进来。而这种概念化的过程虽然和视觉有联系，而且往往以视觉为出发点，却代表着一种迥然相异的经验形态，一种不同的对世界的理解方式。”

（三）时间与空间

乔治·布鲁斯东认为，从结构原则上看，“在小说中时间是首要的，在电影中空间是首要的”。当然，他并不否认小说和电影又都是属于时间和空间的艺术，“为着艺术的目的，时间和空间归根结底是不可分的。指出某一元素的从属性，并不等于说这一元素是无关紧要的。很显然，如果没有时间概念，电影也就不可能取得空间效果，正如同如果没有空间概念，小说也就不可能取得时间效果一样。”

他之所以强调时间对于小说的重要性以及空间对于电影的重要性问题，主要还是基于现代小说的“内向化”倾向。“长篇小说越来越从外部行动退避到内心思想，从情节退避到性格，从社会现实退避到心理现实的倾向，现在已很常见了。”虽然，早在亨利·菲尔丁和洛伦斯·斯坦各趋一端时，这两种互相冲突的倾向就已经存在。

乔治·布鲁斯东引用福斯特的观点，突出了所谓现代小说描写的是

“看不见的生活”领域，即现代小说以表现梦境、幻想和记忆这类个人意识的东西，极大地削弱了空间在现代小说中的位置。对于电影来说，银幕上的空间形象是其存在的基础，这便与现代小说“看不见的生活”发生了矛盾。

据此，乔治·布鲁斯东得出结论，电影形象由于是外部的空间存在，不能透过概念之幕发生类似的变化。“含义异常丰富的借喻在银幕上是无法表现的。由于同样的原因，像梦境、回忆这类只存在在个人意识中的东西，也不可能用空间形式来充分地表现。由于电影只能以空间安排为工作对象，所以无法表现思想，因为思想有了外形，就不再是思想了。电影可以安排外部符号让我们看，或者让我们听到对话，以引导我们去领会思想。但是电影不能直接把思想显示给我们，电影不是让人思想的，它是让人看的。”

德国电影学者齐格弗里德·克拉考尔认为，电影和小说在形式和手段表现方面只是程度上的不同，而不存在根本性的差异，两者的根本性不同在于电影倾向于表现物质上的连续性，小说倾向于表现精神上的连续性。

二、影视与文学的互通性

在承认影视艺术与文学差异性的存在的同时，研究影视艺术与文学相通性的问题也是至关重要的。这一方面是影视艺术的发展确实有不断借鉴文学艺术的历史事实，另一方面，也关涉到如何评价影视对文学作品改编的艺术合法性问题。因为，如果改编仅仅停留在商业诉求的层面上，改编后的影视作品全无艺术性可言，那么影视艺术的进步和发展就无从谈起。

显然，影视艺术的发展事实绝非是止步不前的，我们将新好莱坞电影与经典好莱坞时期的电影进行比较，二者在艺术内涵以及与社会的外在关联方面都发生了重要的变化。

中国改革开放之后 30 多年的时间里，电视剧艺术技巧和表现方式方面也发生了令人瞩目的改观。当然，对于影视艺术与文学相通性的研究，在某种意义上，也有助于改变人们对影视作品在商业制约下的艺术表现能力的怀疑观念。

（一）小说与电影的思想活动

温斯顿针对乔治·布鲁斯东在《从小说到电影》一书中提出的电影不能充分表现“思维状态的活动”的观点，提出了截然相反的论点：“乔治·布鲁斯东认为不可能用电影办到的事（即电影表现思维活动）由费里尼和安东尼奥尼这样的电影制作者通过电影表现手段表现出来了。”

在人物思想活动这一点上，电影和小说是很接近这两种表现手段的，在它们各自的演变过程中，都是从描写和描绘简单的具体事件过渡到描写和描绘复杂的心理事件。”

温斯顿也讨论了电影和小说中的意识流问题，意识流小说被认为是20世纪小说表现“思维状态的活动”最具代表性的文学流派，主要作家有陶乐赛·理查逊、弗吉尼亚·伍尔夫等，这些作家并不关注牵制情节或动机的思想，他们所真正关注的是思想本身，他们所描写的也都不是理性和有条理的意识。电影能否表现意识的流动，它又如何进行表现，这是温斯顿所要着力研究的问题。

“意识流”是20世纪初美国心理学家威廉·詹姆斯为了描述有意识的思维活动的性质而创造出的词汇。根据詹姆斯的说法，意识并不是一段段地出现的。像“链条”或“环节”这样的词都不适合于用来表现它的原始状态。它不是连接起来的，而是流动的。因此把它比作“河流”或“流水”倒是十分自然的。意识包括两个方面的内容：一个是人们清醒时发生的一切思维过程，另一个是人们在睡眠状态中通过梦所意识到的思维过程。这些思维过程包括回忆、想象、幻想、感觉，以及有关文字、数字和空间方面的推理。

意识从清醒、清晰的一端到混沌的另一端，实际上构成了不断变化的层级关系，这一般被称为“意识的级”。这些级的基本标准是言语的句法和逻辑，以规范的、文法正确的语言为意识的最高级，而句法混乱的思想、写作和话语为意识的最低级。这种意识的级差，也可被看做是意识状态质的差别。在此基础上，就要考察有意识的思想素材是如何在头脑中“流动”起来的问题。

威廉·詹姆斯通过观察发现，在意识“流”中存在着一种“突然的质的对比”，即回忆和幻想并列，清楚的思路可以和混乱的思路并列，反省可以和感觉并列。在这组并列关系中，前者属于可以由意志控制的，而后者则属于意志之外的“自由联想”成分。在这种思维状态，即意识的流程过程中，各种思想迅速地在脑海中闪过，无论是有意志控制的回忆、反省，还是属于自由联想的幻想、感觉，它们以一种明显的任意的次序并列起来。“因此意识流可以认为是两个重要的可变因素的相互作用。”于是，考察电影能否表现意识流的问题，就要看它是否可以表现出“突然的质的对比”，并且让观众感受到“意识流”过程的存在。

在考察电影表现意识流的具体时间之前，有必要先分析一下小说和电影表现意识流的主要技巧。温斯顿将小说中如何描绘人物的意识流的主要技法简单地分为三种。

1. 直接内心独白

直接内心独白一般是指以主要人物的画外音形式出现的内容，由它来表达他或她内心想什么或者有什么感觉。

2. 间接内心独白

间接内心独白一般是指有理性、有条理的语言思想内容而并不是意识状态下唯一的内心活动，因其蕴含感觉，特别是视觉，也是意识的一部分。因此，在电影中是最难识别的，这主要是因为它不是通过语言表现出来的。

3. 无所不知的描写

无所不知的描写是通过一个无所不知的解说员，采取画外音的方式来描绘一个人物的思想或感情。

所以，对于处理一个真正的意识流来说，无论是文学作品还是电影作品，人物在看什么、想什么或感觉什么，都同等重要。

有时为了表现一个人物在看什么，电影导演便在这个视觉素材中错综复杂地插进一些导入性镜头来引导观众，如同小说家为了引导他的读者去理解一个意识流的段落，因而认为有必要偶然来一段评论和作一番描绘，其目的是完全一样的。

（二）小说与电影的完整性

德国学者齐格弗里德·克拉考尔指出，小说和电影的不同之处在于，前者倾向于表现物质的连续性，而后者倾向于表现精神的连续性。但是，也说明了电影和小说相同或相近的地方，并从艺术作品的内容和表现形式方面，分析了小说和电影所共同面对的问题。

比如，他认为“伟大的小说”都触及广阔的现实面，电影也是如此。这样的概括虽然简单，但是却肯定了两者基本的共性内容。同样，两者在展现现实生活的过程中，又都面临着将纷乱的现实组织成一个有序的故事与严整的故事形式限制现实的无常性的矛盾。这便牵扯出了艺术形式局限性的问题。小说和电影都需要以形式结构对现实素材进行整合，但是整合的结果却要冒着与现实本真远离的风险。在此，他借用了福斯特《小说面面观》一书对小说的分析观点，而这种分析同样适合于电影。因为，小说和电影都必须有故事，要将纷乱的生活现象串联成一条线索，但是在使故事变得有序之后“但它却带来了用连贯有序的事件来代替生活的不可揣测的偶然性的危险，结果便损伤了生活本身所应有的更微妙的成长。”

在克拉考尔艺术观念中，有特别值得重视的东西，他认为艺术作品的世界并非一个封闭的世界，它必须要敞开自己并将现实世界作为重要的参照系。艺术的空间与现实的空间比较起来总是显得狭小局促，要使有限的艺术空间容纳更多的内容，那就必然会引起形式上创新的诉求。电影或小说艺术的发展恰好回应了这样的艺术认知视角。开放的艺术观念，从时间的维度上也显示出小说和电影所遇到的共同问题。现实时间的无限性和艺术作品时间的有限性再次形成了奇妙的对比。

在表现视角上，索里欧认为，“小说家可以自由地进入他笔下任何人物的内心，因而也可以把外部世界移置在这一人物的内心视界之中，但是电影则不能采用这个特殊的表现角度，因为摄影机不能按照小说的方式跟一个银幕上的人物完全合而为它最多能做到的是断断续续地暗示出他的见闻和感受。”对此，克拉考尔称：“索里欧再次低估了电影的潜力。即使承认影片制作者远不如小说那样能自由地跟他所选定的人物合而为一，他至少也能使观众产生强烈的恍如化入角色的印象。”

克拉考尔举出了一些电影尝试进入人物内心视角的实例。他举出罗伯特·蒙高茂莱的《湖上艳尸》，在这部影片里，摄影机干脆代替了主人公的眼睛，结果他本人几乎从不露面，而周围的一切则完全按照主人公所见的情景表现出来。不过，这只是电影较早尝试从一个人物的视角去看外部世界的实例，呈现在银幕上的世界与人物的内心世界仍然有些隔膜。

通过对具体影片的分析，克拉考尔得出电影和小说两种手段在实质上基本相同的结论：“可见内心世界也不是向电影紧闭双扉的。这就证明电影和小说在形式特征上的不同总的来说只是程度上的相异。因此，这些不同之处并不足以抵消两种手段在实质上相同的地方。”

（三）小说与电影的叙述性

美国学者贝纳德·迪克曾经说过，电影采用的一些叙事手段与文学相同。当导演运用这些手段的时候，他或她就成为文学概念中的说书人。迪克具体列举出电影与文学相同的叙事方法和手段，如“戏剧化的序幕”“倒叙法”“视点”“作者”“叙事者”等。

倒叙法在文学中的应用，可以追溯到荷马史诗中的《奥德赛》。该作品是从特洛伊战争二十年之后开始写起的，在一次宴会上历数奥德赛战后所取得的功绩。维吉尔仿效荷马写作的史诗《伊尼特》，也是在一次宴会上开始回顾伊尼特在国外的七年生活（如图 1-2-1）。

倒叙法的目的

1. 增加生动性、产生悬念、引人入胜

2. 增加戏剧性，避免顺叙的刻板单调

3. 突出时间，更好地表达主题

图 1-2-1

电影和小说一样都要关注谁在讲述的问题，这便触及了叙事学上的视点问题。部影片可以像小说那样，用第一人称或第三人称叙述，但是，电影中的第一人称往往以“我”的声音（声音有时在画面外，有时进入画面）出现，“我”在简短的引言之后，进入到戏剧化的情节，这个“我”就变成了第三人称的“他”或“她”了。例如霍建起导演的《暖》，在影片开始的时候，“我”在叙述自己多年之后重新回到故乡的情形和感受，随着情节展开，“我”又成为了故事中的林井河。而小说中的第一人称始终是一个有意识的叙述者，总是以“我”的口吻在述说。

与此相关的作者、叙述者也是电影和小说同样要面对的，在此暂不详述。法国著名符号学者克里斯丁·麦茨在《电影符号学的若干问题》一文中提到，电影诞生初期，社会各界对于这个新机器的社会功能做出过不同的预测：有的人将其视为保存资料的手段，也有人将其视为新闻报道的新手段，但却没有人预料到，电影能够首先成为一种讲故事的机器。萨杜尔曾经正确地指出，梅里爱一心想讲清楚一个幼稚的故事，结果发明了叠印、多次曝光、淡入淡出和摇镜头等电影语言手段，因此，才有了电影和叙事结合这样一个重要现象。

电影符号学所要做的工作，就是研究叙事性影片如何表意的问题，首先是要研究电影如何通过外延手段成为专门语言，叙述这一概念对于电影符号学来说与艺术的概念等量齐观。在电影领域，这个术语是埃迪安诺·苏里奥提倡采用的，它表示影片的再现形态即影片外延的总和，包括叙事本身，也包括包含在叙事中由叙事引出的虚构的时空，因而还包括人物、景物、事件和其他叙事元素，但是，对它们的考察仅限于外延。电影如何表现接续、岁差、时间间断、因果性、对立关系、结果、空间的远近，等等，这都是电影符号学的中心问题。”

麦茨认为，根据符号学的观点，电影和照相有很大不同。因为对于照相来说，人的干预仅仅是在内涵的层次上发挥作用，比如布景和布光的使用、拍摄角度的选择等。但是，在外延意义上，却没有任何照相手段能够加以表现。例如一幢房子的照片，陌生人是不能判断出它处于空间的什么地方，其中发生了什么故事，等等，也就是说，照相手段无法表现外延状态的这幢房子的所指。电影则完全不同，因为电影的“外延本身是构成的、经过安排的，而且在一定程度上是系统化的；由于没有绝对可循的规则，为了使影片通畅易懂，就要遵循一些基本惯例部胡乱剪接在一起的影片是无从理解的”，简单地说，电影面对的是无数个镜头如何安排的问题，而照相则无需考虑这一内容。因此，电影需要一种“语言”规则进行讲述，以便构成电影的情节，而电影符号学就是研究构成情节的语句问题。

电影导演当然是电影语言的使用者，但是他所使用的电影语言能否被观众所理解和接受，却是至关重要的。因此，麦茨特别强调，电影符号学主要从观众的角度而不是从导演的角度看问题。导演让摄影师拍下无数多的画面，把这些画面安排成可理解的序列，并且要受到电影大组合结构的约束。

麦茨认为，大多数叙事性影片的主要组合关系相差无几，因为电影的叙事形式通过无数影片的程式和重复稳定下来，逐渐形成比较固定的形态，因此他提出了电影叙事的大组合段概念。在麦茨看来，大组合段是一般导演叙事所必须遵守的规则，“我们可以说，叙事影片的大组合段可能有变化，但是任何人都不能随心所欲地改变它。作为使用者的观众，如果全然不解，那就是对个人创新的自发惩罚，而整个体系对这种创新是不会认可的。富于创造性的艺术家的独创性在于（电影与其他艺术亦如是）在符号系统上动心计，巧妙地利用它，而不是破坏或违背它，更不应完全摒弃它。”

美国学者凯思·柯恩1979年撰写的《电影和小说：转换动力学》一书，在麦茨电影符号学和接受美学的基础上，结合19世纪末到20世纪的艺术变迁，提出各门艺术之间呈现出趋同的现象观点。比如詹姆斯和康拉德的小说，吸收了印象画派的方法，把重点放在显现对象而不是讲述对象上，进而对多元视点发生了浓厚的兴趣，并强调读者的共同参与作用。

电影的出现增强了这些激进派作家反对19世纪反映式的写作信心。电影显示了视点变换的鲜明效果，一个客观事物可以从不同的视点把它表现出来，对象和摄影机之间的视距和视角的变动，打破了任何事物都应该有个固定的或主要的视点的表现法则。

这样一来，对于作品的理解需要观众从一开始就积极参与进去。观众在观看电影的时候，要接受大量的惯例进而才会理解电影的内容，因为电影将时间和空间不断地切分、重组，这就要求观众具有根据影像的一部分去理解和保持一个完整的空间实体的能力。

这一现象说明了电影观众在面对着他的艺术对象时具有独一无二的位置，凯思·柯恩认为，电影的蒙太奇技巧助长了现代小说家的某些反传统倾向，因为电影蒙太奇具有不连续的连续性特点。爱森斯坦等人强调了两个或更多连接在一起的镜头具有分离、不连续的本性，但是在影片放映和观看的时候，两个看似不连续、无逻辑甚至是矛盾的镜头，在自动和无情的影像流动中至少会被赋予连续性的外观。甚至像布努埃尔的《一条安达鲁的狗》这样挑战电影连续性的影片，我们也可以感觉到无情流动的力量。

因此，凯思·柯恩提出，电影经验的这种固有的自相矛盾特征，称为“不连续的连续性”，并且也揭示了电影视点可以很容易地发生自由转换的特点。这就意味着观众要培养起自我连续电影各个环节的能力。在这里，柯恩再一次强调了观众的重要性。他甚至把“不连续的连续性”观念视为20世纪艺术的基石，通过不连续性，一种更富于动力的连续性能够被完成，据此手法，我们发现它在立体派和未来派的绘画中，在德彪西和斯特莱温斯基的音乐中，在印象派埃利奥特和阿普林尼亚的诗歌中，以及在超现实主义艺术的各种形式中，在经典的现代小说的根基和本质之中表现出来，而电影蒙太奇恰恰是在时间和空间方面成为“不连续的连续性”的代表，在柯恩看来，电影蒙太奇为许多现代思想和艺术创造提供了一个基础性的观念。

以往的文学叙事是按照线性顺序展开的，而电影蒙太奇却打乱了这种时间顺序。其中最引人注意的是在爱森斯坦的影片《战舰波将金号》中，一个在厨房的水手愤怒地将写有“今天给我们规定的面包”的盘子摔到地上，这行动喻示着水兵们反抗的开始，在影片中具有极其重大的意义，导演从不同的角度对这一刹那间的举动拍摄多次，并依次剪辑在一起。这样一来，在电影时间顺序的镜头画面中表现的却是一个同时性的动作。在这里，空间也发生着重要的作用。上述场景中发生的时间的变形，正是充分地利用了电影媒介空间性的结果。在电影中，空间的变形也是随处可见，比如把相隔万里的两个地方剪辑在一起，空间距离感一下子就被缩小了，此外，通过改变焦距镜头等技术手段，可以将正常的景加以改变，同时也摆脱了常规视点的限制，带来了全新的空间感受。因此，凯思·柯恩提出：“电影似乎就是要通过同时性的观念才能完成叙事。”同时性，即把相互关联的时间和空间转化成一种艺术的统一体。

电影和小说在叙事方面有着诸多相通性特征，在叙事手法上也有许多可以相互借鉴之处。但是，小说和电影之间存在着书面文字和视觉影像的差别，至少从表面看上去，这种差别将两者分隔成了不同的世界。对此，凯思·柯恩认为，要跨越这看似无限隔阂的最好办法，就是将文字和影像都看成符号，它们的目的都在于传达某种事物。“在这种意义上，文字和影像都是一个更大的表意系统中的一个组成部分和广义的语言的组成部分。”例如，桌子这个文字符号会使读者引发出有关桌子的内心表象，而一张桌子的影像也会在观众那里引发相同的内心表象。因此，可以说小说和电影都提供了，或者至少唤起了某种总体的外形。电影把外部世界的点点滴滴组合起来，小说把词汇组合起来，而且都涉及我们经验中的具体事物，并且都各自富有内涵。

在理解小说和电影符号内涵的过程中，虽然电影的符号内涵更为直接一些，而小说的符号内涵往往要依据上下文以确定潜在的涵义范围，但是，影像的符号也会即刻消失掉，而剩下的工作却需要观众在头脑中重新整合。在这个意义上，小说读者和电影观众都面临着同样的工作，即要依靠记忆和联想对作品的内涵进行思考。

此外，电影要经历把这个世界的片段组织成一个整体的过程，小说也同样要面临将语言组成一个有机整体的过程。小说组成书面短语有自身的一套语法规则，而在电影方面，麦茨则根据电影镜头与书面短语所具有的相似性特征，提出了著名的“大组合段”理论，将电影镜头划分为八种组合段（其中包括叙事性的、描述性的、单句性的或复句性的），因而使电影具备了语言学意义上的组合基础。

小说将词和句子排列成顺序系列，电影将镜头组合成段落序列，但是，无论是文字的还是视觉的符号群，总是通过时间顺序被理解的。这样就可以看出，叙事性是小说和电影的共同基础，也是将两者连结起来的最坚固的中介。如果说小说和电影都具有叙事性，那么它们两者都产生了一种分段的形式，简而言之，它们两者都讲一个故事。

这种故事是根据叙事的特性，在读者或观众的头脑中产生出一连串分段形象（和叙事本身的演进并不同步）。在理解一个故事的时候，感知者必须为他自己构成一种在时间上互相延续的空间形象。

因而，虽然在电影中这种讲述主要是按照空间完成的，而小说是用时间形式完成的，这段故事在电影和小说中都是随着读者或观众所提供的想象的空间和时间而展开的。

凯思·柯恩充分注意到了观众或读者在接受符号时所起的作用，即接受者根据作品的符号信息构建起一个内心的时空。

在这里，想象中的事件像正在发生那样被建构起来，虚构的人物在其中也一直保持着他们的存在。同时，凯思·柯恩进一步指出，正是这种分段产物的相似性所提供的基础，才持续不断地诱使人们把小说改编成电影。

（四）小说在影视领域的运用

1. 有改编价值的小说

一部小说作品必须叙述一个生动有趣的故事，塑造一个或几个性格鲜明的人物形象，而人物往往又陷入某种心理的或社会的矛盾与冲突中，随着情节的发展，这些矛盾和冲突最终必将获得某种解决。

长久以来，许多小说被改编成为影视剧，小说一直是影视剧选取故事的重要来源，接下来我们主要选取一些小说流派进行分析。

（1）浪漫主义小说

在19世纪的小说中，人物，特别是主人公，构成传统小说的核心，没有人物，故事情节便无法展开。作家们在描写人物，尤其是主人公时，必须使其具备与众不同的外貌、性格、举止、行为甚至语言，必须生活在特定的社会环境中。

浪漫主义文学，在18世纪末出现，到19世纪上半叶进入繁荣时期。作为西方近代文学最重要的思潮之一，浪漫主义文学在现实的基础上通过热情奔放的语言、丰富的想象、夸张的表现手法，来抒发对理想世界的追求。浪漫主义小说因其夸张的手法、奇特的构思，以及对英雄人物的塑造，吸引了众多读者，可谓影响深远。

雨果的长篇小说《巴黎圣母院》就是浪漫主义小说的典型作品，它通过美与丑的强烈对比、外在和内在的剧烈反差，突出了爱憎分明的主观倾向，这部小说在理想和激情的表现上做足了功夫，成为经典中的经典，被后人多次改编成歌剧、影视剧等。

1939年年底，美国雷电华影片公司出品的电影《巴黎圣母院》上映，由威廉·迪亚特尔执导，片长116分钟；1956年，在法国，由让·德拉努瓦执导的《巴黎圣母院》上映，片长115分钟；1957年，在法国，由乔治·弗朗叙执导的短片《巴黎圣母院》上映，片长18分钟；1982年由英美两国合作的电影《巴黎圣母院》上映，片长150分钟。

小说《巴黎圣母院》中包含许多的对比，人物的遭遇也非常离奇，这部小说讲述了在十五世纪的法国发生的故事：巴黎圣母院副主教克罗德道貌岸然、贪婪无耻，先生爱慕而后求而不得反生怨恨，迫害吉卜赛女郎爱斯梅拉达；面容丑陋却心地善良的敲钟人卡西莫多舍身救护爱斯梅拉达。小说揭露出人性的虚伪、宗教的伪善，宣告禁欲主义的破产，歌颂了劳动人民的真诚、善良、助人为乐，反映了雨果的人道主义思想。

雨果出生于法国东部紧挨瑞士的省城贝桑松，他的父亲是跟随拿破的一位将军，雨果对写作有浓厚兴趣，他15岁时在法兰西学院的诗歌竞赛会得奖，17岁时在“百花诗赛”得第一名，20岁时出版了诗集《颂诗集》，因歌颂波旁王朝复辟，获路易十八赏赐，之后写了大量异国情调的诗歌。然而，他对波旁王朝和七月王朝都感到失望，成为共和主义者，他还写过许多诗剧和剧本，几部具有鲜明特色并贯彻其主张的小说。1841年雨果被选为法兰西学院院士，1845年上任院议员，1848年二月革命后，任共和国议会代表，1851年拿破仑三世称帝，雨果奋起反对而被迫流亡国外，流亡期间写下一部政治讽刺诗《惩罚集》，每章配有拿破仑三世的一则施政纲领条文，并加以讽刺，还用拿破仑一世的功绩和拿破仑三世的耻辱对比。1870年法国不流血革命推翻拿破仑三世后，雨果返回巴黎。雨果一生著作等身，涉及文学所有领域，评论家认为，他的创作思想和现代思想最为接近，他死后法国举国至哀，被安葬在聚集法国名人纪念牌的“先贤祠”。

雨果的一生，充满了人道主义的印记。他创作的主导思想是以人道主义为主，他对于暴力持强烈反对的态度、标榜以爱制“恶”。19世纪的法国经历了许多重大事变，在这样的社会背景下，雨果写下了许多诗歌、小说、剧本，以及各种散文和文艺评论，当然也包括政论文章，可以说雨果是当时法国最具影响力的人物之一。

1848年6月，巴黎人民举行革命，雨果遭到迫害，流亡期间，雨果不曾改变态度，他坚持着对拿破仑三世的斗争，在政治讽刺诗中，他对拿破仑三世的独裁统治进行了强有力的抨击。

在巴黎公社时期，雨果不支持革命中出现的暴力。公社失败后，反动政府疯狂镇压公社社员时，雨果又愤怒谴责反动派的兽行，他呼吁赦免全部公社社员，并在报纸上宣布将自己在比利时首都布鲁塞尔的住宅提供给流亡的社员作避难所。为此，他的家遭到反动暴徒的袭击，他自己险些丧命，但他仍然坚持自己的立场。

1885年，雨果逝世，约二百万的巴黎人民走上街道，高呼“雨果万岁！”世界将永远铭记这样一位伟大的作家。

《巴黎圣母院》的成功，不仅仅因为对伪装的批判、对善良的歌颂，还有一方面原因不得不提，就是对于人物的塑造，充满了戏剧性，在读者看来，人物是有厚度的，作者对于人物心理的描写以及细节的刻画，牵动着每个读者的心。

由小说《巴黎圣母院》改编成的电影，在人物的表现上也是充分的，这得益于编剧对原著的精心编排，在忠于原著的基础上进行再创作，让这样一个经典的故事，以不同的形式传递给所有的观众。

（2）意识流小说

20世纪初叶，正当电影开始学习如何讲述故事的时候，世界文学却已经开始了向现代主义的转向。欧美现代主义文学的产生，自然与西方社会的发展以及自然科学和哲学的变化有密切关系，同时也从刚刚出现不久的电影中获得了很多启示。

英国现代作家詹姆斯·乔伊斯是现代意识流小说的奠基者，不过，他并不像当时许多知识分子那样对电影充满偏见，甚至可以说是当时的一位电影迷。在1902-1909年间，乔伊斯经常光顾巴黎或欧陆其他地方的影院，还曾游说一家电影联营公司的老板到爱尔兰开设电影院线，雇用他当该院线的筹备人，并且真的在1909年开设了一家名为“伏尔塔”的电影院。在20世纪20年代，乔伊斯是影院的常客，工作一天之后，感到精神疲乏，黄昏前后，便去光顾影院。毛莱·卡拉干回忆起他有一次去访问乔伊斯时，听到他热烈地谈起了电影。他说话时，卡拉干写道，“我仿佛看到他坐在漆黑一片的剧场里，这位散文大师被摄影机技术所深深吸引，它酷似梦幻技术，画面一幅接一幅地在脑海里闪过。它是否增长了他对梦幻世界的逻辑的知识呢?”国外的许多电影研究者都注意到，乔伊斯创作的《青年艺术家的肖像》（1916）、《尤利西斯》（1922）和《为芬尼根守灵》（1939）等小说具有明显的电影化元素。

苏联电影大师爱森斯坦清楚地看到了乔伊斯小说和电影蒙太奇的关系。1930年，爱森斯坦和乔伊斯会面，两个人一起讨论了电影和文学。1932年，爱森斯坦在一篇题为《请用吧!》的文章中写道：“只有电影才能捕捉人的思想的全部过程的表象。而这一点在乔伊斯出色的《尤利西斯》中的布鲁姆的内心独白中，得到了极其卓越的解决。”

爱森斯坦同时回忆起他在巴黎同乔伊斯会面的情景：“乔伊斯对我的电影内心独白的表现计划，感到强烈的兴趣。乔伊斯虽然几乎是个盲人，但他仍希望看到《战舰波将金号》和《十月》这两部电影中类似的表现手法。”在爱森斯坦看来，电影中的闪回、淡入、淡出和入焦等技巧都等同于人类的思维活动，在文学作品中出现实属必然，因此，乔伊斯的内心独白酷似电影中的蒙太奇手法。需要补充的是，爱森斯坦认为电影导演能够用更加具体完善的形式去捕捉人的内心世界的意识流动，为此，他曾向乔伊斯提出改编《尤利西斯》的要求。虽然乔伊斯最终没有答应爱森斯坦的请求，但是他还是对爱森斯坦的想法表示了某种肯定。

同为20世纪的艺术大师，爱森斯坦对乔伊斯的推崇以及后者对前者的信任，很大程度上源自于他们在艺术思维上的相近。一个很有意思的现象是，乔伊斯在创作小说《尤利西斯》时，采用的方法居然与电影导演拍摄一部影片的方法十分接近，乔伊斯本人把这种结构方法称之为“镶片”。在写作《尤利西斯》时，乔伊斯不是按照时间先后的顺序来进行，而是先统筹好全书的总大纲，然后时而写作品的这一部分，时而写作品的另一部分，最后以粗疏简略的初稿形式实现全部计划。这和导演拍摄一部影片时一样，在某一外景地拍摄一些场面，又在另一处外景地再拍摄一些场面，最后将这些不同时间和地点拍摄的场面交叉剪辑到一起，最终完成一部影片。

艺术家重新安排的顺序加以组合。乔伊斯这种电影化的小说写作方法，使得他的意识流小说有了一个切实可行的写作方法。

在艺术作品的节奏方面，小说《尤利西斯》和电影《战舰波将金号》一样，为了使作品形式显得生动、流畅，都追求一种音乐化的效果。乔伊斯写作的各种“镶片”段落，如果不假思索地随便剪接在一起，一定会显得凌乱不堪，要么异常沉闷，要么异常急促。如果能够形成一种音乐性的节奏，那么情况就会完全不同了。人们经常用音乐化的术语来谈论《尤利西斯》，批评家们从这部小说中发现了一个主题、一个反主题、一个汇合点、一个发展部或一个终曲。乔伊斯在小说中采用的这种音乐结构，使《尤利西斯》富于节奏上的变化，从而增强了它的可读性。

在乔伊斯的《尤利西斯》中，可以找到许多电影化技巧，比如闪回镜头、淡入、淡出和化的手法等等。

英国作家弗吉尼亚·伍尔芙也是现代意识流小说的重要代表人物。她创作的《雅各的房间》《黛洛维夫人》和《到灯塔去》等作品，在世界现代小说史上都占据重要的位置。

伍尔芙所处的时代，电影艺术刚刚起步，远未形成今天这样蔚为壮观的格局，她所能看到的只是一些脱缰的马车冲下山坡、骑自行车的人碾死一只母鸡或者撞上老妪、消防队员迎面碰上消防水龙带这样的滑稽片，她甚至也不喜欢卓别林的表演。伍尔芙生长于富裕的家庭，希区柯克在谈到伍尔芙那一代人时曾说过：“出身高贵的英国人是绝不光顾电影院的；那简直是有失体统，英国是阶级意识很浓的，1925年以前，英国影片非常平庸，它们主要是供本地人看，由商人拍摄的。”

在伍尔芙看来，电影只能表现一些表面的事情，与她所追求的对人的主观世界的表现相距甚远尽管如此，弗吉尼亚·伍尔芙对于问世不久的电影还是表现出关注的兴趣。她曾经写过两篇关于电影的文章，第一篇发表在 1918 年 8 月 29 日的《泰晤士报文学增刊》上，是一篇题名为《“电影”小说》的评论。在这篇文章里表达了她对电影的看法，电影就是不断翻动的画面，而且只是滑稽可笑的画面，没有什么深刻内容可言。第二篇谈论电影的文章《电影与真实》，发表在 1920 年 8 月 4 日的《新共和》上，在这篇文章中，伍尔芙开始表现出对电影的尊重，承认电影是一门艺术，因为它能让观众客观地回顾过去的时光。但是，她同时还是嘲笑了当时根据列夫·托尔斯泰小说《安娜·卡列尼娜》改编的一部电影：“脑子了解的安娜，几乎完全是她的内心—她的魅力、她的情欲、她的绝望心情。电影则把全部重点放在她的牙齿、她的珍珠和她的丝绒衣服上。”伍尔芙认为，托尔斯泰善于从内心塑造人物，而电影则只是从外表拍摄人物，电影艺术家必须学会像莎士比亚那样把思想转化成形象。

在《电影与真实》这篇文章中，弗吉尼亚·伍尔芙思考了电影和思想的关系，是否存在着我们心领神会但从不说出的神秘语言呢？如果有，能否具体可见呢？思想是否具有某种不必借助语言便能变得可见的特点呢？她提出：“某些可见情绪的沉淀物，在画家或者诗人那里是毫无用处的，可能还有待于电影来加以利用。”把属于无意识领域的幻想呈现出来，这正是表现主义影片《卡里加利博士》给人们留下深刻印象的原因。

在弗吉尼亚·伍尔芙的评论文章和论文里，经常出现“生活”和“真实”等关键词，这是她艺术思想中非常重要的基本观念。但是，她所讲的“生活”首先存在于艺术家的内心世界中，而且是排斥外部世界的。她在《普通读物》（1919）一文中写道：“生活不是一串对称排列的眼镜，而是一个明亮的光环，一个半透明的色壳，从意识开始到结束，一直笼罩着我们。”伍尔芙认为，小说家的工作就是从色壳的内部发射出他的见解，“尽可能避免夹杂异己的和外部的东西”。这种只是关注内心世界的艺术理念，一直支配着她从《黛洛维夫人》直至《到灯塔去》的写作。不过，到了 1928 年，伍尔芙完全排斥“外部的东西”的艺术观念发生了转变，这在她写于当年 11 月 28 日的日记中透露出来：“我自己对内心和外部抱什么态度呢？”她自己问道：“我认为一张一弛是好的；是的，我甚至认为外在化是好的；某种内外结合应当是可能的。”

那么，伍尔芙所讲的“真实”又是什么呢？她在写于 1929 年的《一间属于自己的房间》中自问自答道：“何谓真实？”“也许是某种非常飘忽无定的，非常不可靠的东西吧，时而出现在尘土飞扬的路上，时而在街上的一张破报纸上，时而在阳光下的一株黄水仙上。它使一个房间里的一群人焕发生气，引起对某些随便的言谈的注意。它使一个在星光下步行回家的人兴奋不已，使无声的世界比语言的世界更真实。”

（3）魔幻现实主义小说

二十世纪六七十年代，西方出现的多重领域的文化潮流总称为“后现代主义”思潮，拉丁美洲后现代主义小说占有相当重要的地位，其中魔幻现实主义小说成为典型代表。魔幻现实主义对于中国作家的影响是很深的，许多作品都有魔幻现实主义的影子，这样的作品经过改编，呈现在荧幕上。如电影《红高粱》、电视剧《红高粱》、电影《白鹿原》、电视剧《白鹿原》、电影《让子弹飞》、电影《太阳照常升起》、电影《长江图》，等等，均在魔幻与现实之间游走，通过联想、虚幻等魔手段将现实以新的方式呈现在观众眼前。我们先来看魔幻现实主义小说的特点，主要有以下几方面。

a. 以真实为立足点，通过“魔幻”的手段反映现实。

b. 多采用象征手法，传递对于现实的看法。

c. 常采用极度夸张、非理性的荒诞手法，来刻画人物。

d. 夹杂大量内心独白、联想，通过意识流写法来表达内心。

哥伦比亚作家加西亚·马尔克斯作为魔幻现实主义的代表人物和集大成者，将拉美后现代主义小说推向高峰。马尔克斯的作品《百年孤独》成为经典，虽然该作品目前并没有被改编成电影，但是其影响力颇广，许多作家在魔幻现实主义的影响下创作了许多具有深度的电影剧本。

马尔克斯自幼酷爱文学，青少年时期就在《观察报》上发表作品，1954 年出版的《周末后的一天》是他的短篇小说集，1955 年，他的第一部长篇小说《落叶》发表，1961 年，他的小说《没有人给他写信的上校》问世，该作品引起许多读者的关注，讲述了一位 70 多岁的老上校，在本应该享清福的晚年被社会遗弃的故事，这部小说是马尔克斯自认为“写得最好”的小说。

1862 年，马尔克斯以小说集《格朗德大妈的葬礼》出版为开端，开始了他的魔幻现实主义文学创作。1967 年，他的长篇小说《百年孤独》问世，耗时十八年之久的这部小说引起了一场“文学地震”。1975 年，马尔克斯的小说《家长的没落》也引起了轰动，这部长篇小说在人物的塑造上取得很大的成功。

马尔克斯的小说《关于一次劫持的报道》于 1996 年问世，该作品讲述了自由党人加维里亚当选总统后向毒品开战的故事，毒贩们为了自保不惜劫持记者作为人质，最终放弃抵抗。这个故事代表哥伦比亚已经结束了悲惨的时代，进入了新的时代。

许多编剧、作家和一些电影电视工作者欲将《百年孤独》改编成电影，但均未实现，马尔克斯并不愿意接受。原因之一是担心某种原著的特征被改编所毁掉。

小说《百年孤独》在人物的拿捏上非常值得学习。奥雷良诺上校，正是马尔克斯精心刻画的艺术形象，体现了拉美民族民主意识的觉醒。奥雷良诺上校的一生，富有戏剧性、充满传奇色彩，在残酷的战争中，奥雷良诺上校成为敌人闻风丧胆的著名将领。他南征北战，百折不挠，出生入死。内战结束，奥雷良诺不与政府合作，选择解甲归田，但他仍对帝国主义肆意践踏马孔多的罪行充满愤怒。于是，当他看到外国警察令人发指的行径后，发出了最后的呐喊："就在这几天，我要把我的弟兄们武装起来，消灭这帮狗屎不如的美国佬"，此时，他早已年老，只能空怀义愤，无力发动一场殊死的战争了。

这部气势磅礴的民族史诗，用纷繁复杂的情节把哥伦比亚乃至拉美大陆的百年历史沧桑浓缩在虚构的"马孔多"世界以及其笼罩下的布恩地亚家族繁荣衰落的历史变迁之中，深切而夸张地表现出本民族的社会风貌、历史特征和精神内核。

马尔克斯为使这部小说平添魔幻色彩，采用谈神说鬼的方式，打破主客观世界的界限，把习以为常的现实人物与神秘离奇的鬼魂世界互渗在一起，使人心乱神迷，但是，这里的喜怒哀乐和思维逻辑与现实无异。他融合了东西方的神话和典故，使作品的魔幻气氛更加浓烈。

象征手法是《百年孤独》最主要的表现手法，可以说整部小说都是用象征来串联的。在颜色上，印地安人视黄色为凶兆，而金黄色的虎神是美洲虎的象征，也是死亡的先兆；黄色刚好又是金钱的本色，因此，黄色作为书中一切死亡、离散、失败、腐败、没落和苦难的象征，被多次利用，既强化了作品的主题，又渲染出神秘的气氛。

这部小说包含了许多"循环"，由现在到将来再回到过去，表现了拉美社会百年孤独的事实（马孔多经过一个世纪的变迁之后，仍和建村时一样贫穷、落后和孤独，从而说明，这一百年等于零）。许多人物在不创造任何价值劳动中浪费着时间，这种机械性的复制，也是一种很有力的情节，证明了时间的循环。小说中很多人物的姓名也使用了"循环"和"复制"的字眼，可见作者对于这种循环是重点强调的。

纵观马尔克斯多年的作品，可以看到他的文学水准之高令人敬仰，他的影响力之广令人赞叹。在《百年孤独》的影响之下，魔幻现实主义迅速传入中国文学的领域，对中国作家的创作观念和艺术手法上都产生了深远的影响。莫言、余华、贾平凹、张炜、陈忠实等作家的一些作品中，可以看到魔幻现实主义的色彩，结合了中国的文化和历史背景，将一个个人物刻画出来，具有深度、充满力量。

(4) 中国现代小说——以张爱玲小说为例

中国现代小说作品中，有许多被改编成影视剧，如《骆驼祥子》、《英雄儿女》(改编自巴金小说《团圆》)、《倾城之恋》《边城》，等等。小说与电影之间，存在互相的影响。张爱玲的小说深受电影的影响，是为众人所知的。华人学者李欧梵就曾说过："张爱玲的特长是：她把好莱坞的电影技巧吸收之后，变成了自己的文体，并且和中国传统小说的叙事技巧结合得天衣无缝。这就涉及她对两种艺术—电影和小说—本身的了解问题。"

张爱玲生于被称为"东方好莱坞"的上海，深受好莱坞电影的影响。根据张子静在《我的姐姐张爱玲》一书中的回忆，张爱玲经常一个人跑出去看电影，二十世纪三四十年代有中外著名影星出演的影片几乎每部必看。有一次，她和弟弟到杭州亲戚家去玩，为了看谈瑛主演的《风》，不顾亲戚的劝阻，坚持赶回上海，一下车便直奔电影院，一口气看了两场。

张爱玲的创作生涯也是从写影评开始的，早在1937年在圣玛利亚教会学校读书时，她就在学校年刊《风藻》上发表《论卡通画之前途》一文。1943年，张爱玲在给英文月刊《二十世纪》写的十多篇文章中，一半以上都是影评。在张爱玲的小说中，我们也会发现电影给她带来的创作灵感和叙事冲动，如《自由魂》里汝良在细雨中一抬眼就看到的巨幅电影广告，《花凋》中川嫦偷偷跑到电影院与城市的告别，《留情》中敦风由《一代婚潮》的电影广告联想起的婚姻，《多少恨》中在电影院里相识的男女主人公。1947年后，张爱玲与电影公司合作创作了电影剧本《不了情》《太太万岁》等，并获得了很大的成功。

张爱玲的小说是继新感觉派小说之后，再次将电影手法巧妙应用在文学作品中的作家。值得注意的是，张爱玲所受好莱坞电影的影响，既表现在形式方面，也表现在对待生活的态度和价值观方面，因此，也就引发了当时左翼人士的批评。傅雷在《论张爱玲的小说》一文中，就对张爱玲的《倾城之恋》有如下的批评"几乎占到二分之一篇幅的调情，尽是些玩世不恭的享乐主义者的精神游戏；尽管那么机巧、文雅、风趣，终究是精练到近乎病态的社会产物。"

不过，在意识形态的争论之外，张爱玲小说那种"既有文字感又有视觉感的独特文体"，确实是其艺术成就的一个重要标志。

纵观小说的发展脉络，我们可以看到，18世纪至19世纪传统小说的主题是很明确的，创作意图也比较明确。小说中的故事一般会选择具体的、确定的内容，包含了明确的道德原则或人生观念。小说采用的叙述方式会尽量引起读者的深思，以得到明确的道德结论，这样的现象非常普遍，无论是直接的还是隐蔽的，都会传递某一种观念，这让当时的小说具有一个“以教化为目的”的特点。

而西方的现代小说，以全新的姿态推翻了19世纪现实主义小说的常规，西方现代小说不再把重点放在反映外部世界的部分，更多的是对于人物主观世界的表现，在情绪和思想中探索挖掘，塑造出一个个具有思想深度的角色。由于世界知觉方式的改变，西方现代小说不再聚焦于故事的完整性，在外部环境或者事件描写的部分，已经做了最大程度的简化。这些小说不再坚持之前的原则，不会刻意追求情节的完整性和戏剧性，这使西方现代小说呈现出更加丰富的多样性。

故事情节在某种程度上被淡化，一些小说并没有性格鲜明的男女主人公，并没有把人与人之间的关系变化作为重点，有些小说主要表现的是思想活动，例如，在一个被统治的、混乱的世界，陷入生存困境、无法摆脱痛苦折磨的这样一种体验和感受。

这种类型的小说中，人物通常是以不同的透视角度呈现，读者观察着特定环境下的人物心态特征及其变化，这些人物形象是模糊、破碎的，仿佛是由碎片拼凑而成的，他们可能没有形体，没有性格、没有外貌，只有一个名字、一个代号，或是很抽象的“他”或“她”，留给读者的是更大的想象空间。

在时空方面，西方现代小说家做出改变，抛弃了许多传统小说的规则，有了新的时空观念。他们经常在作品中建立一种全新的、纯粹的内心世界，建立起全新的时间与空间系统。经常出现的一种做法是：现实的时间顺序被打乱、被颠倒，无论是过去的、现在的，还是未来的，都可以任意交错，比如古代人物的复活、现代人物的穿越，等等，所有能想象到的场景，都可以被建构起来。在空间处理上，20世纪的小说家也完全摆脱了物理地域空间的限制，在他们的作品中想象、幻觉、梦境的翅膀可以把他们带到任何地方，带往前人从未到达的领域。这样做意在“使人摆脱内心的奴役，获得心灵的自由”。

在表现人物方面，20世纪的现代小说也彰显了与以往小说的巨大不同，现代小说的着力点在于当代人的观点和态度，小说家们试图将人物思想脉络呈现出来，把对于世界的看法、对于人生的态度及自我存在的价值，还有自我反省的过程都表现出来。

我们会发现，在许多小说中，语言的表征功能被削弱，文字只是提供了某种暗示，对于整部小说的理解，需要读者自己思索，一千个读者心中会产生一千种不同的理解。虽然这类小说比较难懂，缺乏语义的确定性，许多情节很含蓄、不明晰，但是，这些小说在暗示中提供了特定的情景，是可以被广大读者赋予各种形而上的意义。读者会思考许多问题，比如世界的荒诞、现实的绝望、人生的无意义、精神的危机感，等等。更多的象征手法、更深层次的心灵体验，被读者所接受，于是小说里的文字有了巨大的力量，这些小说用一种强大的活力感染着每一位读者，这正是现代小说拥有的巨大魅力。

2. 语言与影像的互动

上文中阐释了小说与电影的关系，研究电影如何将故事表现，如果展示文化艺术内涵，不得不说语言与影像的互动。

例如《广岛之恋》这部电影，是法国“左岸派”电影的重要代表作品，也是法国导演和作家密切合作创作出的电影史上的杰作。阿仑·雷乃在导演阐述中特别提到：“我把影片处理成文学的格调主要是企图让观众在看电影时，能够像在看本书那样去自由地想象，因此，片中的长篇内心独白就是一种叙述性格调。在片中，我主要也是在再创造玛格丽特·杜拉斯剧本中的浪漫主义世界。因此，在这种情况下，在我看来，导演工作就不如剧本的编写和演员的演出来得重要了。”

正是由于这种对文学语言和影像的处理方式，《广岛之恋》在上映之初便引起了法国电影评论界的巨大争议。一种观点对该片的文学色彩大加赞扬，而另一种观点则对之提出严厉的批评。

由于影片《广岛之恋》的语言，而且使它有了深度。它忽而是内心独白、独白、对白，然后，忽而是良心的不断阐述，这种阐述就像是存在于世界中间一样抓住我们。

而世界又带着它的神秘再次出现在我们眼前。我们产生了注意和惊讶。这一切之所以产生，那正是因为语言不再是从蠕动着的嘴唇发出的一种声音，不是表情动作的一种随便的伴随，而是它已变成可以解饥止渴的东西，它把画面的最深刻的意义提取出来，防止画面很快消失，不论它本身是多么美丽。

电影《广岛之恋》的主题暧昧多义，充满了不确定性的色彩。这种不确定性在影片开始的镜头即表现出来，难以分清是荒漠还是裸露的躯体，也很难分清是汗珠还是露水抑或是尘埃。杜拉斯在剧本中对此补充道：“观众可以随意想象。”而在银幕上，观众也确实只能根据模糊的画面随意地猜测和想象着。

对于雷乃来说，导演的工作，是从作家完全的自主性中寻找到其所渗透出来的影像在上述那段描写之后，电影剧本中描述了两个紧紧搂在一起的肩膀，读者或是观众都感受到了他们处于爱情的场景之中，可是，两个人的各自独白，却又让人重新陷入新的矛盾和困惑之中。“他”发出的声音是：“你在广岛什么也没有看见，没有看见。”而在另一处：“一个女人用低哑的、同样平板单调的嗓音，背诵般不分句读地回答：我都看见了，一切都看见了。”与声音同步的画面依旧是爱情场景，然而，却与这对男女的各自独白没有什么关联。随即，那个女人的声音又把画面带到了别地方：就这样，我看到了医院。我确信无疑。广岛有医院，我怎么能避而不见呢？

在完全俯视的摄影机下，医院，医院的走廊，楼梯，病人。女人不断地讲述她所到过的医院、博物馆以及原子弹爆炸后留下的物件，那个男人却不断重复着“你在广岛什么也没有看见，没有看见。”男人的声音似乎一再否定电影画面中出现的一切。观众分明看到的是广岛原子弹爆炸后的各种记录影像、照片和资料，分明看到了被原子弹毁灭、摧残的各种遗迹，那么这种否定又意味着什么？

实际上，这里既蕴涵着语言和影像的矛盾，也包含着两者的张力关系。个人所看到的包括从影像中所能看到的都有其局限性，用语言来否定人之所看到的景物，也意味着把读者或是观众推向了一种想象的状态。因此，在这里出现了奇特的现象：语言引导影像，同时，语言又在否定着影像。

很明显，玛格丽特·杜拉斯一方面建构出影像的世界，另一方面又用语言将观众引向画面之外。语言对影像的否定导致观看者进入某种想象、幻想状态，并可能再建构出另一个世界。玛格丽特·杜拉斯借助“她”的声音道出了从“看”到幻觉的奇妙变化。

“这种幻觉能使人永远不会忘记”，这句话一方面仿佛认同了语言否定影像的结果，另一方面似乎又在强调，恰恰是这种否定所带来的幻觉，反倒加深了“看”的印象。这与前面提到的《法国文学报》上登载的马德兰纳·阿莱恩的观点相吻合，因为他也曾提到：语言把画面最深刻的含义提取出来，防止画面很快消失。剧本中手术镊子伸向眼睛的画面提示，是对语言否定影像的一个形象概括，但是，纪录片的画面仍然在继续。一切都仿佛进入了循环的怪圈。不过，语言和影像相互补充的价值，只有经过读者或观众的大脑才会获得真正的意义。

在电影剧本的第四部分，男女主人公坐在广岛河边的咖啡馆内。杜拉斯用提示性的语言写道：“他们没有察觉时间的流逝。因为一个奇迹出现了。什么奇迹？纳韦尔重新出现了。”

在这部分里，过去和现在、广岛和纳韦尔、日本情人和德国士兵交替出现，又难分彼此，给人以如梦如幻的感觉。他们在对话的时候，日本情人似乎在替那个德国人提问，随着对话内容的不断展开，我们渐渐意识到法国女人已经完全陷入幻想之中，她把眼前的对话者当成了自己初恋的德国人，现实的广岛咖啡馆和回忆中的纳韦尔不断交替出现。

“她”向“他”倾诉着自己经历的痛苦和内心折磨，倾诉着失去所爱之后的疯狂，以及对时间永恒而曾经深沉的爱的记忆却在渐渐淡漠的恐惧。在时空不断交错的画面里，观众看到了“她”因爱而疯狂的举动，然而，对深沉的爱的忘却又该如何用影像加以表达？这也许也是雷乃希望观众去想象和思考的地方。

走出梦幻回归到现实之中，或许又是忘却难以逃避的宿命般的结果。杜拉斯在剧本中让“她”处于疯狂的叙述回忆中，并在日本人打了“她”一个耳光之后，提示说“她的声音恢复了正常的节奏”。理性似乎暂时消除了疯狂带来的痛苦，然而，理性同时也带来了遗忘，这又是“她”潜意识中所难以接受的现实。“她”似乎陷入一种绝望的循环之中难以自拔。

玛格丽特·杜拉斯和其他新小说派作家一样，受到弗洛伊德潜意识理论、柏格森直觉主义、超现实主义以及存在主义等的多重影响，因此，在她所写的电影剧本中，人物总是借助于直觉或幻想，竭力去捕捉现实以外的世界，在主观直觉的感受中，过去和现实的时空不断交替，人物在各种矛盾对立中徘徊。

胡塞尔的现象学理论认为直觉仍有其限制，我们不可能“绝对地”认知事物，我们只能认识表面、现象，永远不能认识事物本身，我们既不能完全了解任何事物，也不能了解任何事物的基本原则，包括物质、精神、时间、空间、力量等。

现代哲学观念的影响，在电影剧本的开始就已经表现出来，“她”似乎看到了广岛灾难的后果，然而却遭到了另一个声音的否定；人们认为爱情是美好的，可是它却无端在敌我的区分中惨遭杀戮；人们认同和平，可是它却带着战争残酷的记忆。

如果我们不希望在哲学不可知论的泥潭中挣扎，或许可以同意“绝对”认知事物的观念被打破之后，反倒为艺术性提供了更多的可能。如果你只呈现一个现实的翻版，很难会有艺术性。

在电影中就像在其他艺术中一样，真实与梦幻、现实与真理之间的矛盾是艺术创作永不枯竭的源泉，一张水彩画能将现实转化，让我们赞叹原先不曾注意甚至憎恶的东西，这就是写实艺术吊诡之处，所有艺术的神秘也就在此。

第三节　影视文学的剧本构成

一、影视文学的基础

影视剧本是摄制电影或电视剧的基础。在进入电影或电视剧的拍摄阶段之前，人们需要根据影视思维特点对故事情节、场景和人物进行文字描述的蓝本创作，即影视剧本。它一般分为影视文学剧本和影视分镜头剧本。

影视剧本在影视制作过程中是不可或缺的重要环节，是影视剧获得成功的重要保证，因此，好莱坞电影工业为了保证电影产业可以飞速发展，充足的优秀剧本是前提条件，故而，不惜花费重金聘请著名作家为其编写剧本。美国学者温斯顿根据传统的好莱坞电影生产流程，将一部影片的制作过程概括为三个阶段，即写作、导演和剪辑："创造性的电影制作今天通常称为电影制作，它所包括的不是一个而是几个过程或阶段。这些阶段，通常叫作写作、导演和剪辑。在传统的好莱坞生产方法中，这三个过程由三个不同的人——作家或编剧、导演和剪辑按时间顺序来进行监督和协调，一般全是制片人的职责。"在中国，许多著名作家积极参与到影视剧本的创作中来，为中国影视剧行业增添了许多雅俗共赏的优秀之作。

影视剧本除了是影视剧生产的一个重要环节之外，也是影视研究者分析影视剧作品的一个重要基点。影视剧本对于影视剧创作过程的研究来说意义重大，电影艺术是牢固地安放在一个方形的底座上的，可以说是高耸在一个四边形——电影剧本、导演、摄影和剪辑的基础上。（图 1-3-1）

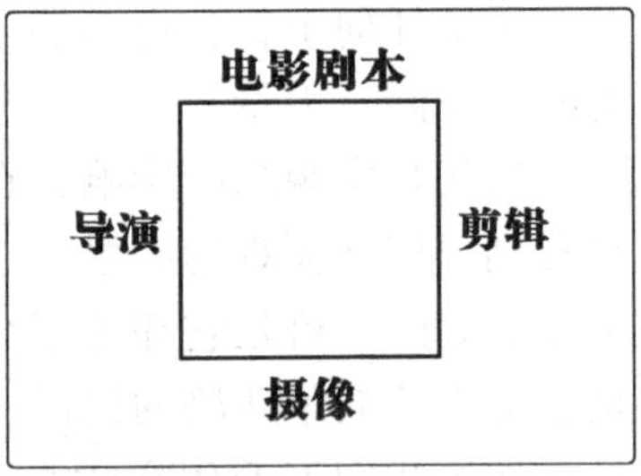

图 1-3-1

对于一部电影，剧本、导演、摄影和剪辑这四个元素之中有一个软弱无力，就会严重影响影片的质量。

大多数影视作品都是从一个初浅的创作意图变成剧本开始的，而创作剧本将对影视作品生产起着指导作用。若研究影片、考察影视作品，最合适的方法还是是从考察其剧本开始。

然而，在世界电影发展史上，也曾出现过对编剧和电影剧本轻视的现象。这自然与电影急于摆脱对文学、戏剧的依赖，竭力获得“第七艺术”的独立性愿望有关，同时，也与电影对视听艺术手段的探索与成就有关“阿斯特吕克的文章，对提高导演的创作作用助了一臂之力；但是这也很大程度地造成了贬低编剧作用的反效果，特别是在法国。

作为一种文化工业体制则注重组织的管理与协调，强调影视制片人的作用以及生产的各个环节紧密配合，以保证投资和盈利。从传统的意义上说，欧洲电影界注重并鼓励艺术性的发展，而好莱坞则更强调产业化过程各个环节的密切配合。

纵观好莱坞电影工业持久不衰的发展历史，其证明了电影剧作家及剧本的作用是不容忽视的。1929 年，苏联导演普多夫金出版了指导电影剧本写作的《电影编导论》一书，该书后来被翻译介绍到世界其他国家产生了巨大影响。

在这本书的序言中，普多夫金针对当时很多剧本缺少电影手法的问题，提出了明确的建议：“每一种艺术都具有它自己独特的、有效地表现其素材的方法。电影也当然如此。如果不懂得导演、摄影、剪接的方法就对电影剧本进行工作，那就像把一首俄文诗直译出来给法国人读一样的愚蠢。必须首先懂得法文诗歌形式的特点，把那首诗重新写过，这才能使那个法国人获得这首诗的正确印象。要想写一个能适合于拍摄成影片的电影剧本，就必须先懂得电影是以怎样的方法来感动观众的。”

人们普遍认为影视文学剧本属于文学范畴，剧作家也属于作家之列。但是，影视文学剧本的语言与通常所说的文学语言还是有很大差别的。这是因为影视文学剧本的创作必须在十分熟悉影视的视听语言基础上进行，即要懂得普多夫金所讲的导演、摄影、剪辑的方法等。实际上，就是要求剧作家以影像/声音化的方式进行创作，使人能够清楚地“看到”和“听到”剧本中的一切，并用笔将其传递给导演、摄影师、剪辑师以及观众。

二、剧本的基本要素

概括地说，影视剧本的两大基本要素为影像和声音。影像的处理涉及了摄影机运动、镜头、景别以及镜头内部的结构、色彩、照明光线等，而声音则包括人声、音乐以及各种音响效果。

由于影视文学剧本是一个连续的整体，必须充分考虑剧本内部前后影像之间的关系、声音之间的前后关系以及影像和声音这两者的关系。

我们强调影视剧本的语言要充分体现出影像和声音特点，既是出于影视艺术形式的需要，同时也是为了明确该类语言与通常意义上的文学语言的区别。如果再将影像和声音这两大基本要素加以细分，每个基本要素还可以继续细化为多个分支要素。

从影像的方面来说，首先要考虑镜头画面的内部构成、景别、摄影机运动等问题；其次，要考虑影像如何叙事的问题，如对环境景物和人物动作简洁和具体的描写，关于个别场景的镜头顺序和意图的提示，如何利用时空交替的方式对不同事件分头讲述等。

如果从声音的角度说，则需要根据表现内容对人物声音做出具体规定，根据规定情境对各种音响进行提示，并把各种音响效果纳入到整体表意中。

音效与影像画面的有效配合至关重要，它们之间绝不是简单的同步对应关系。当然，我们强调影视剧本语言的两大基本要素，其目的是对未来影视剧本的内容和主题进行导引和提示，最终完成影片的完整叙事。

三、剧本的基本构成单位

我们所看到的影视文学剧本，一般是由镜头、场面和段落三部分构成的。

1. 镜头

一个镜头是从摄影机开始转动到停止转动这一过程中影片的一个单位。如果移动摄影机，影像的构图就可能改变，但只要不把它同别的镜头粘接在一起，它仍旧是一个镜头。

2. 场面

一个场面是在同一时间和地点发生的一个统一的动作。它可以由一个镜头组成，但通常是由一组镜头组成，将若干个镜头进行有意义的安排，以表达一个完整的动作或思想，这就叫作一个场面。它包括一个或几个镜头。

3. 段落

表达一个重要思想或故事中一个主要段落的一系列场面叫作段落。它可以比作书中的一章，戏中的一幕，或交响乐中的一个乐章。一个段落是表现影片的一整段剧情的一组场面。

因此，剧本是按镜头、场面和段落设计的。编剧根据自己的构思设计和写出镜头的内容，接着把它们集合起来形成各个连贯的场面，它们对构成整体都有所贡献。

然后把这些场面加以安排，从而构成段落，最终构成整部影片。这些单位的长短和编排顺序是没有规则可循的。编剧可以根据自己所选择的任何方式自由地运用剧本的这些单位。

四、镜头的表现

最初的电影，一般只有一个镜头，只能简单记录一个时间段内发生的事情。梅里爱在街头拍摄时，一次偶然的摄影机事故，令他发现了一个镜头和另一个镜头连接所产生的魔幻般的神奇效果。

从那时候起，电影开始尝试着将不同的镜头连接在一起，于是镜头和镜头之间的组接便产生了叙事的效果。也就是说，摄影者根据自己的构思安排，从不同的角度按照不同的镜头类别拍摄，然后再将不同时间段拍摄下来的镜头组接到一起，向观众讲述一个故事。

这样一来，电影开始有了自己的文法，它的基本单位就是镜头。

镜头是影视视听语言的基本表意单位，有人曾形象地把镜头比喻为文学语言中的词汇。

爱森斯坦在拍摄影片《战舰波将金号》之前，把影片中每一个镜头的构思都用图画的形式固定下来，对于每个镜头内的画面构图都要仔细考虑，足见其对镜头的重视程度。

20 世纪 20 年代初，苏联电影学者库里肖夫在自己的实验室研究发现，能够引起人眼强烈反应的视觉因素有：亮度、色彩、大小、形状、动作、速度、方向，如果经过精心设计，这些因素能够引导观众的注意力及引起情绪上的反应。

（一）构图

镜头画面的构图是考察视觉因素的基础。电影胶片由一个个画格构成（图 1-3-2），每一个画格看上去都是静止的画面，连接起来又是活动画面的一部分，电影构图问题便是以对画格内部的空间研究为起点。

图 1-3-2

如同绘画一样，画格内的静止图像也涉及安排摆放这个问题。为了方便说明，一般的研究是从与画格对应的银幕空间开始。银幕空间可以分为三个方向：横轴方向，是将画格沿水平方向切割的那条线，也称为 X 轴；竖轴方向是指将画格垂直切割的那条线，也称为 Y 轴；纵深轴方向是指从画格的前景到后景的轴线，即 z 轴（图 1-3-3）。

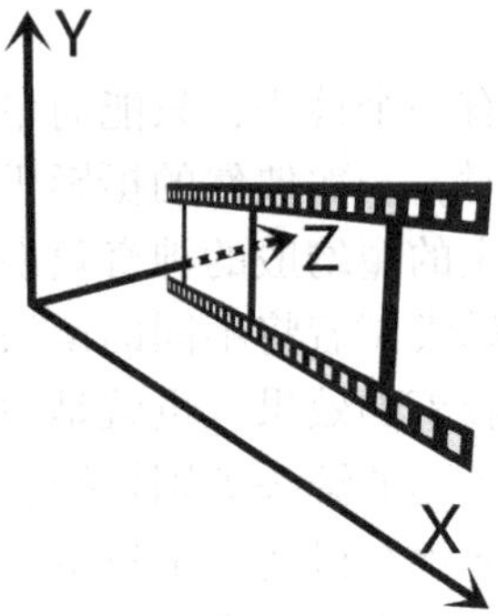

图 1-3-3

在静止的画面中，人或物体处于这三个轴相交的某一点上，在连续运动的画面中，其中的人或物体会在一个静止的画面中产生位置的变化，空间内的人和景物处于哪一位置，相互之间比例，光线亮度以及色彩都会对观众产生影响。比如，我们看到银幕被一个人占据了中心位置，那么这个人物重要性就会被观众感觉到。

再比如说形状方面，许多镜头中都会出现各种几何图形或者线条，有时，在其中蕴涵着某种文化意义，比如，三角形可能喻示着三角恋爱关系，而圆形可能暗示时间的轮回或重复，也可能对圆形内外的人物关系有所暗示。

总而言之，镜头画面构图在表意方面有着多种可能性，这既是影视剧本创作的基础，也为未来的影视剧拍摄提供了重要的参照依据。

（二）取景

1. 景别

关于镜头取景问题，我们可以分别从镜头的景别和镜头拍摄角度两方面来考虑。景别的概念对很多人并不陌生，简单地说，景别是以被拍摄事物在取景画面中所呈现及占据的范围来确定的，一般分为远景、全景、中景、近景和特写（图 1-3-4）。景别的界定还取决于两个因素：摄影机与被拍摄主体之间的距离，拍摄时所使用的镜头焦距的长短。在现代影视的一个镜头内，由于摄影机频繁运动以及不断变换角度，景别也随之不断变化。

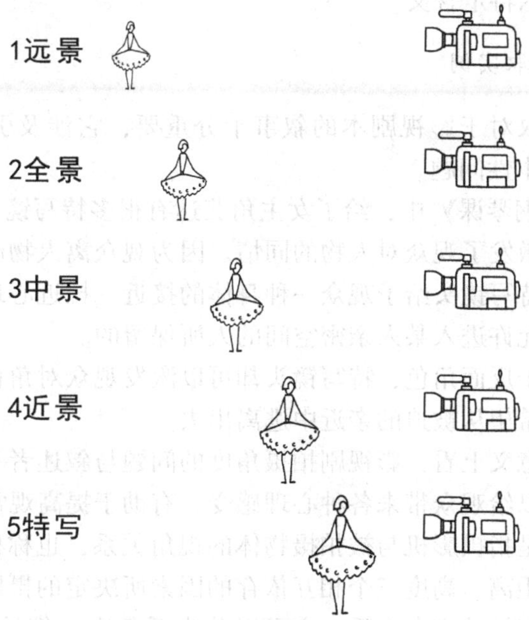

图 1-3-4

（1）远景

表现开阔宽广场面的影视画面，如大自然的全貌景色和人物众多的活动画面。远景提供的视野、空间广阔，可以表现环境具有的庞大气势。

（2）全景

表现人的全身或场景全貌的影视画面，使观众能够看清人物的完整的身体动作以及人物与环境的关系。

（3）中景

表现人的膝盖以上或场景局部的影视画面，观众能够看清楚人物半身的形体动作和情绪交流，其有助于交代人物之间或人与物之间的情节互动。

（4）近景

表现人体胸部以上或物体局部的影视画面。运用近景时，可以使观众看清画面中人物的细微面部表情和行为动作，借此反映其心理活动，使观众仿佛置身于画面事件中，容易产生共情交流。

(5) 特写

表现人肩部以上的头像或某些被拍摄对象的局部画面。特写镜头能够将演员的细微表情和某一瞬间的心灵信息表现出来，常用来刻画人物，表现其情绪，揭示特定含义。

2. 景别选取实例

景别的选取对于影视剧本的叙事十分重要，它涉及引导观众“看什么”这样的根本性问题。

在影片《钢琴课》中，给了女主角艾达有很多特写镜头，特写镜头所具有的亲近感激发了观众对人物的同情。因为观众离人物越近，就越容易被唤起同情，特写镜头给予观众一种身体的接近，拉近心理感受，而这通常是为那些被允许进入某人亲密空间的人所保留的。

当然，对于反面角色，特写镜头却可以激发观众对角色的厌恶或反感情绪，观众会希望从被迫的亲近中逃离出去。

从叙事的意义上看，影视剧拍摄角度的问题与叙述者和被叙述对象关系密切，它可以给观众带来各种心理感受，有助于提高观赏兴趣。

拍摄角度是指摄影机与被拍摄物体的视角关系，也称机位角度，是由拍摄的方向、距离、高度三个相互依存的因素所决定的摄影机和被拍摄物体的角度，从竖轴的方向上看，它可以分为低角度（仰拍）、水平角度和高角度（俯拍）。

低角度是指摄影机朝上对着拍摄对象；水平角度是指摄影机与拍摄对象的眼睛大致一般高；高角度是指摄影机朝下对着拍摄对象，一般处于较高位置。如果从横轴的方向进行区分，拍摄角度又可分为正面、侧面、斜侧面等方位角度。

拍摄角度的选取带有明显的主观性。摄影机既可以利用剧中人物的视点，也可以利用第三者的视点进行拍摄。

由此可见，一个构思精巧的拍摄角度往往给人以惊奇甚至是震撼的感受。因此，在剧本写作阶段亦应考虑到拍摄角度的问题。

在电影剧本《大白鲨》中，编剧采取了鲨鱼的主观视角来描写渐渐逼近的威胁。这一视角的选取新鲜而又独特，在斯皮尔伯格导演的影片就很好地再现了这一场景：

鱼眼视角看人们躺在橡皮筏上。从水下我们看到游泳者的轮廓，胳膊和大腿在蓝色的水里不紧不慢地摆动着。在橡皮筏间游来游去，突然间来到一片开阔的水域，只有一只橡皮筏。一双脚在踩水，双手在划水，形成奇异的水下声音，比人耳正常感知到的要响。

在影视剧中，有大量的从人物或动物的主观视角去表现的镜头，从而表现人物或动物的各种感觉和心理状态，这些镜头能体现出剧作家的独特想象和创造能力。

（三）摄影机的运动

摄影机运动，即摄影机围绕着拍摄对象的运动，它是镜头构成的一个重要方面，连续的摄影机运动还是影视场面调度的重要组成部分。

常见的摄影机运动类型有升降指摄影机作上下运动拍摄人或物体，是一种多视点表现场景的方法。其变化有垂直升降、弧形升降、斜向升降和不规则升降等摇摄，即摇镜头，摄影机在一个固定的位置（例如三脚架）上转动。这种镜头既可以摇摄运动中的对象，也可以摇摄全景。

推拉摄影指摄影机沿光轴方向向前或向后移动拍摄，使画面产生逐渐靠近或远离被摄物体的变化，这样一来，观众便可在一个镜头内了解到整体和局部的关系。移动摄影指用大型移动车或轨道移动车拍摄，摄影机随着经常处于运动状态的拍摄对象而运动。

变焦镜头是由特殊的镜头所造成的光学过程。这种透镜由于朝着拍摄对象前进（推）或后退（拉）造成摄影机仿佛在运动的幻觉，实际上摄影机并没有动。利用摄影机运动拍摄出的画面，仿佛是从各个变化中的方位和角度对拍摄对象进行仔细的观察。

在影片《杀手莱昂》中，上升镜头被用来介绍年轻的玛蒂尔达。这个缓慢持续的升镜头，让观众注意她着装上的矛盾：从她的靴子开始，上升经过她的漫画连衣裤，再经过少女们戴的饰品，最后，来到隐藏在精美栏杆后面温和而脆弱的脸上。这个镜头给观众留出充足的时间去观察每个服饰元素，并留意这些服饰之间的矛盾，这些矛盾对于玛蒂尔达这个人物的塑造来说十分重要。

推拉镜头不仅可以展现更多的剧情内容，而且也是影视剧转场的一种技巧手段。影片《冰血暴》里，两个暴徒藏身在郊区的小屋里，被绑架的受害者坐在椅子上，双手被绑在后面。其中的一个暴徒环顾四周，看到受害者正透过无沿女帽有节奏地呼吸，然后他朝拍打着电视机的同伙看去。当这个暴徒把注意力落到同伙白痴般的行为时，摄影机推进，直至电视机屏幕上出现图像。然后，摄影机拉开，我们看到这是另一个地方的另一台电视机。然后，镜头中出现了另一位电视机观众——玛姬，她正躺在床上看电视。

第四节 影视剧的结构

一、结构

“结构”一词在汉语中最初当动词用。“结”就是结绳，“构”就是架屋。我国明末清初大戏曲家李笠翁的《闲情偶寄》是最早论及戏剧原理的经典著作，他在书中提及：“结构第一”“词采第二”并以子目“立主脑”“密针线”等来解释“结构第一”的重要性，并介绍编剧的方法。这足证戏剧比一般文学更加地注重结构。

结构在脚本上来讲，就是将故事中的人物、少许的对白、复杂的动作、危机、冲突、高潮与结局等，做适当的处理，紧密的联结，合情合理地配合起来。其分为开始、中间、结局这三个环节，以期将故事能用最有效的方法展现出来，让观众怀有兴趣地去欣赏。研究结构，就是研究情节编组的问题在写作过程中，结构既是第一行为，也是最终行为，写作的第一笔就要考虑结构，写作的最后一笔是结构的完成。杨义认为，“对于整体结构而言，某句或者某段话处在此位置，而不处在彼位置，本身就是一种功能和意义的标志，一种只凭其位置，不需用语言说明，而比用语言说明更为重要的功能和意义的标志。”

叙事结构对影视剧主题思想的表达有很重要的价值和意义，其早就引起研究界的重视。1987年，高鑫提出：不同的结构方式稍加归类的话，大体有这样三种：戏剧结构、散文结构和心理结构（图 1-4-1）。

戏剧结构（体现情节冲突、戏剧性）

散文结构（体现诗意、抒情性）

心理结构（体现人性、情感、思维）

图 1-4-1

（一）戏剧结构

戏剧结构，又称戏剧式结构，一般依据时间顺序来安排，剧情本身大体经历四个阶段：发生、发展、高潮和结局。作品一般以故事情节或者矛盾冲突作为亮点，给观众带来一种环环相扣的美学享受。

戏剧式结构，又被叫作“传统式结构”。戏剧式结构在电影史上占有重要的传统位置。这不仅是由于电影自有声以来，电影就采用了这种结构形式，迄今为止，在世界电影中，仍有不少名片佳作仍然在采用这种结构样式。所谓戏剧式结构，并非电影舞台上的戏剧艺术结构，但它又吸取了戏剧艺术结构中的一些重要元素。

关于它们之间的异和同，推崇戏剧式结构的美国戏剧和电影理论家劳逊对此曾作过概括："戏剧按照冲突律来结构剧本，也适用于电影剧本的结构"，但"电影在应用这一定律时必须注意一些重要的特殊条件"。

戏剧式结构的三个主要特征：戏剧情节的贯串性，时空发展的顺序性和整体布局的严谨性。

戏剧情节的贯串性是其最重要的特征，即以性格冲突构成戏剧冲突，以戏剧冲突构成戏剧情节，并以戏剧情节贯串于剧作的始终。因而，在戏剧结构中，特别重视对矛盾冲突进行集中而凝练的处理，并迫使其尖锐化，又非常注重对情节进行曲折而复杂的安排，并使其在发展中贯串于全剧。正因为如此，因果关系便成为性格矛盾的发生、戏剧矛盾的形成和戏剧情节的发展的内部动力。所以，在戏剧结构中，对人物、事件以及细节等各方面的因果关系进行合理而巧妙的安排十分重要。戏剧情节的贯串性要求其本身具备完整的特点，即因果关系清晰，起、承、转、合明确，矛盾的发展有层次，冲突的形成累积，注意分场分段，重视对戏剧情节的线性安排和对重点场面的点式处理，讲究故事有头有尾，线索分明。

时空的顺序性，一般都是以顺时的时空关系构成的，使故事的发展按时间的顺序进行，使情节步步推进、环环相扣，绝不允许随意打乱时空顺序。从一般意义上说，时空的顺序安排，使剧情看起来比较顺理成章，因而易于被观众接受。

布局的严谨性是非常必要的，整体剧作包含着开端、发展、高潮和结局四个部分，而且在每一段戏里也大都包含以上四个部分。分段分场明显以及段落和段落、场面和场面之间，按因果的内在联系形成的顺序组合，这都是造成布局上规整和严谨的直接原因。

（二）散文结构

散文结构，又称散文式结构，一般是依据生活本身的进程来结构作品，段落之间缺乏必然的因果关系，带有较强的纪实性，较少艺术雕琢的痕迹，因而给观众带来的多是真实、淡雅、抒情以及富有生活气息的诗意美。

散文式结构分成两类：线形结构和呈块状结构，具体如下。

1. 线形结构的特点

（1）它确实像阿契尔所说，把一个性格，或者一种环境的变化阶段，表现得那么委婉细致。与戏剧式比较，它并不着力于表现冲突，而是着意于表现人物思想情感的细微变化。

（2）正因为线形的散文式电影要着意去表现人物思想感情的细微变化，而不是着力描述矛盾冲突，这就决定了它在取材上具有自己的特点。即线形的散文式剧作的取材，不从是否有利于开展冲突的方面去考虑，而是着眼于那些有利于表现人物思想感情细微变化的材料。

（3）重细节，不重情节。这一点很重要。戏剧式影视剧依靠一条主要情节线索的发生、发展和解决来完成叙事。而散文式影视剧则不然，它不重情节而是在细节上下一番工夫。

（4）柴伐梯尼说，“没有必要把日常普通事件编起来，搞成什么说明、进展、高潮”，而应“按其本来面目表现出来”，这句话道出了散文式剧作的特点。但是，散文式剧作又并非对事件没有编排，恰恰它十分强调细节的前后照应，而且正是透过细节的前后照应而造成场面的有效积累，从而完成人物思想感情以及人物关系的细微变化的。只是这种编排不搞什么“说明、进展、高潮”。

（5）美国电影理论家 D·G·温斯顿说：“小说中的事件的结构比较松散，而与之相反，戏剧中的情节和冲突等因素的结构，则比较紧凑和严谨。”

（6）高潮。正因为线形的散文式电影不以冲突为基础，所以它也就不会出现随着冲突的不断深化的冲突顶点—戏剧性的高潮

（7）结局。线形的散文式剧作忌叙事带浓重的人工痕迹，因此，电影艺术家们就好像是随手从生活中截取了一个段落似的，让故事情节显得那么自然、朴实。这就造成线形的散文式剧作的结尾常常现出一种戛然而止的势态，不像戏剧式剧作那样，必须有头有尾，显得十分完整。而且，戏剧式剧作总是要在结局部分里把冲突解决得清清楚楚，敌对双方谁胜谁负，一清二楚。

2. 块状结构的特征

（1）行文的段落之间，可以没有必然的依存关系。在戏剧式剧作中，一般很注重段与段之间的依存关系，也就是说，一个段落里的行动必须蕴涵在另一个段落的行动之中，段与段的这种关系很显然是为了符合结构的要求，在冲突的激化过程中，人物心理、人物性格的变化和发展，被圈定

了一个轨迹。然而，对于块状结构的散文式电影来说，没有了固定的模式、没有了高度集中的冲突，只需要写人，将人物的特征拿捏好，可以通过几个侧面的勾勒，把人物形象立体地展示出来，所以在结构上也就没有必要追求段落之间的严谨，依存关系就不用体现出来了。一般在这类剧作中，只需要合理地将下一个段落铺陈开，继续发展，产生下一个段落即可，有时两个段落之间可以完全没有联系，但是却不影响剧情继续发展下去。块状结构散文式剧作不讲求段落之间的必然性，甚至可以忽略它们之间的依赖关系。简单来说，块状散文式剧作的构成只需要将一些段落串联起来，而这些段落之间往往没有必然的联系。

(2) 块状结构散文式剧作中不再拥有戏剧式结构中存在的高潮和结局，这两种在戏剧式结构中必然存在的要素在块状结构散文式剧作中消失了，因为戏剧冲突所造成的紧张发展过程已经不复存在，没有了特定的冲突以及冲突之后必然要出现的高潮，自然也不必遵循戏剧式结构的规则。而块状结构散文式剧作，大多以匀称、平衡的画面为主，以一种从容不迫地形式来展示生活中的每个事件。我们会发现，块状的散文式电影一般以简约平易见长，如行云流水一般，自然而平淡；相反，戏剧式电影在乎的是“出乎意料”，仿佛是多变的雷雨天，雷声和雨点不断变化，时动时静，不断出现小的霹雳，最后形成一声惊雷。

(3) 块状结构散文式剧作，符合一种顺序式的结构，不太会应用闪回手法。在时间上不会交错，主要按照自然的顺序，遵循生活本身的规律来发展，实践顺序始终是向前的，采取简约平实的风格。当然，也有一些戏剧式结构采取顺叙的方式。

（三）心理结构

心理结构，是指按照人物的心理流向来架构整个故事，一般会通过时空交错的方式，凸显人物的心理变化，将心灵历程多角度去呈现，经常将过去、现在和未来穿插起来进行人物心理的展示，读者通过这样的方式中可以体验到细腻、含蓄、深沉、蕴藉的审美感应。

以下是心理结构的特点，主要有两方面。

1. 心理结构，着力表现人物内心世界以及人物内在感情的剖析，以达到刻画人物心理活动的目的。

2. 追求叙述上的主观性和心理性，并根据人物的心境变化，用倒叙、闪回的形式，把过去的事情交织到现实的动作中来，以此进行布局和裁剪，加深影视剧的感人程度。

在心理结构的影视剧中，之所以可以不遵循时间的顺序，把过去、现在和未来相互穿插起来，是依据了这样一条原理：人的心理活动（如回忆、联想、梦幻等）是不受时间和空间限制的。

这种结构样式，不仅长于对人物内在感情的剖析，而且，因其根据抒发人物情感的需要去进行布局和裁剪，因此它往往可以省略掉与人物无关的、过程性的描写，在结构上显得十分凝练浓缩。戏剧式结构中的“闪回”和心理结构中的时空交错，是有区别的。

这种区别就体现在总体结构上，戏剧式结构虽也在局部情节中运用“闪回”手法，但其基本结构是以冲突所展开的动作过程：开端、发展、高潮、结局来进行的；而时空交错则以意识活动的跳跃为依据，用现在、过去、未来交替进行的方法去组织整个情节。它们在结构的根本点上是不同的。由于心理结构运用了时空交错的手法，它在分段和分场的格局上也明显地与戏剧式结构有所不同。如果说，在戏剧式结构的影片里，段落是十分分明的，场景有一定的限制；那么，在心理结构的影片里，根据意识活动的跳跃改变场景，不仅段落不甚分明，场景的转换也很多，因此每场戏很短，场景也明显地增多了。

心理结构除以采用主观叙述的方式外，还打破以往以“只有请人物用自己的行动和语言”来展现人物内心世界的局限，采用与小说相近的直接表现人物内心世界的手法。但是，这种手法又与小说有所不同：小说用细致的语言进行心理描写，影视作品则用多元的画面和声音达到相同的目的。影视作品借鉴小说的表现方法，而又将其发展成“电影的手法”。

二、剧本结构的重要性

结构是剧本的基础。在开始设置剧本的结构时，就像建筑起一个场景，然后发展到各个段落和各个动作，把这些全部放在一起，变成统一的整体，要具有开端、中段和结尾。也可以不按此顺序排列，灵活处理。

在剧本写作上，结构还体现在“整体与部分的关系”上。因为我们要把各个的部分组合起来，变成一部完整的剧本，在此过程中，无论是不同的场景，还是不同的镜头，包括所有的叙事线索、必要的人物以及闪回或闪前的穿插设置等，都要一一展现。结构，旨在把各个有机元素粘合在一起的胶水，支撑起整个剧本。

在生活故事的洪流中，编剧必须做出选择。而结构，就是需要对人物生活故事中的相关事件进行选择，在这个过程中，要设想这些事件组合在一起的顺序，使其变成一个具有意义的整体，这样一来，事件就可以激发出特定的情感，显然，这种特定的情感是非常具体的。在特定的情节以及具体的人生观上，需要用到特定的表达手法，事件与人的关系是密不可分的，人的行为产生了事件，事件的影响可以波及很多人，于是，人物的特性就自然地展示出来，这些事件必须有计划地安排在特定的场景中，所以就有了影像、动作和对白。剧本中的事件，要从冲突中吸取能量并集中在某一个点，最终爆发出来，这样的手段可以激发出人物的情感，凸显人物的性格，引起观众的共鸣。

然而，在选择事件的时候，不能太随意，也不能简单地罗列，必须采取一种有机组合的方式，在故事的“组合”上，是有一定的构思，当你阅读一个剧本时，一个好剧本总能给你带来流畅、自然的感觉，仿佛看到了一些电影片段被连接起来，形成了整体的活动影像，而这样的整体是利用画面来讲述故事的。比如：乌云密布、时钟嘀嗒、汽车在拥挤的街道上被困住、狂风卷得树木摇晃、一个老妇人关上窗户、婴儿的哭声传来、汽车终于开始前进……这些短小的片段，正是组成一个故事的不同事件，它们结合在一起，就能够讲述故事，可以创造出一种氛围，也可以将悬念设置出来，使气氛充满了紧张感，这样的氛围让读者或观众全神贯注，等待着事情的进一步发展。

影视剧就是这样，在剧本的构造上，就像盖一座房子，需要把各种材料准备好，放在一起。所有的零散影像片段，都是一个个事件，放在一起就形成了有组织的故事线，整个故事让读者或观众有比较完整的体验。当我们在剧本的结构设置中遇到问题，想要解决时，其实所有的解决方案，都要围绕结构本身来进行，无论是针对哪个问题，都要保证结构的完整。一个故事，是由一个个事件构成，包括每个人物的每一个行为、动作、发生的地点、场景，所有这些片段、段落、音乐、情节点以及特技效果的安排，共同组合成了一个故事。结构是剧本的基础，同时也是解决问题过程中最基本的步骤。

在文学创作方面，各类题材结构多种多样，小说有长有短，从短篇小说到长篇小说，都可以体现人物的性格。

而在影视文学中，电影故事片通常只限于两个小时，而电视剧每集只有45分钟左右。所以影视剧作的结构形式应该是多种多样的，千变万化的。每部剧作应该有每部剧作独特的结构方法，每个剧作者应该有不同的叙述形式，甚至对于同一剧作者来说，在不同的剧作中也会有不同的结构形式。事实上，在无数优秀的影视剧作中所呈现出的结构形态也是千姿百态的，而且，随着现代生活的急剧变化和审美观念的发展，剧作的结构形态正处在不断发展和演变之中。编剧好像建造房屋，在把故事变成脚本的过程中，要仔细推敲研究它的结构。有了完美的结构，不但写作起来更加方便，还可使作品减少缺点。

三、剧本结构的具体作用

剧本结构的具体作用，结合实践案例，总结以下几点：理线索、建构矛盾、塑造人物形象。

经过筛选，定好选题后，经过构思，作者就要动手搭建作品的结构了。结构，占到了一部影视文学作品成败关键的30%。万事开头难，切莫等闲视之，掉以轻心。打个比方，盖一幢大楼，万丈高楼是平地起的。相同的是，题材即基础，结构即框架，打定什么样的基础，就能建出什么样的建筑。不仅基础要好，框架也要搭得好，这样才能筑出一座完美的建筑物。

1. 理线索

所谓结构，就是构思好剧作的故事线索、人物关系、情节发展、主题思想。美国好莱坞总结出一套编剧规律，即开端，设置矛盾，解决矛盾，再设置矛盾，直至结局；而中国也早有自己的编剧规律：启、承、转、合。

一个剧作家，写舞台剧本，或者写影视剧本时，都会自发自觉地按约定俗成的编剧规律进行创作。

在电视剧《妈妈的花样年华》中，编剧按照女主角“文英”的病情从发现，到发展的顺序来建构整个剧本，这也是一个生命的时间轴来架构的剧本。

在该剧的开头，69岁的文英老师已经退休多年了，和一些老年人朋友结成兴趣伙伴，排练表演京剧《沙家浜》，老年生活本该无忧无虑，就在文英老师无意间去了医院，顺便检查了一下身体，查出卵巢癌晚期，这也引起了心态的变化。

剧中，文英是四个孩子的母亲，大家里面有小家，每个孩子家里的情况看似很好，但都存在一些生活方面的困难。此时，观众们会被拉回现实，看到很多现实生活中的无奈。

本剧接下来重点讲述了文英这样一位母亲，在得知自己严重的病情之后，是怎样用自己的努力来影响自己的每个孩子，最后跟所有的恩人与自己的孩子们告别的。

本剧在受到大家欢迎的同时，引起了人们的广泛思考。关于生命的逝去，应该怎样尽量从容地去面对。尤其是结尾处，老伙伴们帮助文英拍摄录像给子女，当作临别赠言，文英回顾了自己的一生，也评价了孩子们：无论是快乐和烦恼，都很真实，她告诉孩子们，妈妈要走了，已经很知足了，希望来世跟亲人再相遇，这样的情节让观众的心灵受到了震撼。

本剧的最后，是用一种诙谐幽默的方式，定格在欢声笑语中。这正是本剧的创作者透过荧屏，给人们传递一种观念，一种鼓励，鼓励所有人坦然面对人生中的聚和散。

这样的价值输出很成功，很感人，无疑，剧本起到了关键的作用。是整部剧的基础。

在电影《全民目击》中，创作者采取单线叙事。这条线就是案件审理的过程，明显按照时间顺序在推进剧情。

本影片是从打官司开始，只提取了当时地下室的一个角落视频，作为很有实力的林泰来说，要想拷贝一件这样的视频是很轻松的事情。之后他开始了拯救女儿计划。

紧接着，林泰请了律师。周莉对林泰说，您的女儿必须承担15年的牢狱之灾，这是没办法避免的。林泰非常激动，甚至情绪失控，他不能接受自己的女儿要接受坐牢的命运，于是他就开始计划。

后来，为了给女儿洗脱罪名，林泰重新制造案发环境，拍摄视频。而案件的审理过程也很曲折。

最后这场官司终于打完，周莉明白了林泰是怎样的人，电影结尾处，周莉去了林泰的家里，给萌萌一封信说明了一切，萌萌终于说出了，自己才是真正的凶手。

从结构上看，在单线上"挂着"的不是常规的、一个个不同并有内在关联的事件，而是一个事件的反复演绎，加另一个事件的反复演绎，加再以事件的反复演绎，但需要注意的是，尽管事件是一样的，但其实可以按两件事理解。因为视点不一样，看到的东西就不一样，引出的结论也不一样，所以从某种意义上讲，这既是重复，也不是重复，其作用和上帝视角的闪回很像，每一次反复演绎都引出了新的线索，推进了主线的发展。

2. *建构矛盾*

冲突最简单的形式，是主人公和另外的人的斗争。但冲突也可以是个人与自然界、社会命运或与其自身的矛盾势力的斗争，在现实生活中，我们会发现，由于立场、观点的不同，每个人的思想情感也不一样，这样的不同会产生一些矛盾冲突，这些矛盾冲突反映在文艺作品中是非常吸引读者的。

对于叙事性的作品，冲突往往是构成情节的重要基础，是情节发展的前提、也是展示人物性格的重要手段；戏剧作品大多注重冲突的展示，因为冲突是必要的，没有冲突，就不能构成戏剧。

纵观中外戏剧和影视的发展历程，每一部作品的故事内容都会具备所谓的“冲突”，在影视创作的理论里，我们也知道，冲突是任何“戏”的本质，冲突是戏的生命之所在。每个杰出的剧作家，都必须具备设置冲突，建造矛盾的能力。

一个会讲故事的人，就是一个善于设置矛盾，善于解决矛盾的人。说书人讲的是可听的故事，编剧写的是可看性的故事。

古希腊的特洛伊木马的故事，就是即可听又可看的故事。相对来说，它是一对相对多么简单且复杂的矛盾设定，守城人的城池异常坚固，攻城人的军队无论多么强大，也无法攻破城池。矛盾必须解决，否则这个故事就不会流传千古了。于是攻城人想出个绝妙的办法，将士兵藏在木马肚子里，任凭守城人缴获木马。待夜深人静，守城人都睡觉的时候，士兵们神不知、鬼不觉地从木马肚子里钻出来，一举夺下城池，克敌制胜，矛盾也随着人的智慧巧妙地解决了。编剧就是要做一名先造一座坚固城池的人，然后殚精竭虑，想出常人想不到的点子，比如特洛伊木马，再攻克自己设置的坚固的城池。所以，在一部 90 分钟的影片里，会出现不断地以子之矛，攻子之盾。

我们可以分析电影《绿卡》的剧本，男主角是一个来自法国的想要移民美国的音乐家，在这个愿望实现的过程中，他需要和一个美国女性假结婚，组成家庭。这样一来，只需要等待，他就可获得绿卡。而对于女主角来说，整个事情也要满足她的需要，她想获得一间温室来帮助她完成植物学的研究。于是，两个人开始了这段关系，但是冲突出现了，他们因为性格与习惯的不同，生活得很别扭，剧本中将法国人的浪漫与美国人的豪爽进行对比，描述文化之间的融合。

那么重点来了，两个人的不协调就是主要的矛盾。他们两人虽互相讨厌，但是基于自己的目标与对方具有互相促成的关系，他们不得不把戏演足，要让移民局的人看到他们跟正常夫妻没什么两样。于是引发了一个个啼笑皆非的事件。最后，他们终于等到了规定的时间，男主角马上就可以获得绿卡了，却因为一个小细节，露出了破绽，被移民局的人发现，他们的努力都白费了，于是移民局官员要将男主角押送出境，就在这时，又一个矛盾出现，女主角本来是讨厌男主角的，但是在长时间的陪伴中，她发现自己爱上了男主角，同样，男主角也对女主角产生爱意，两个人竟然难舍难分了。

在这里需要强调一点：设置矛盾必须遵循合理性，而解决矛盾需要遵循必然性。按照这种方式，读者或观众看到你设置的矛盾，一开始是出乎意料的，但是经过思考发现，是情理之中。当观众的思路跟着你走时，他们不会注意到你背后的设置以及案头准备工作。但是，如果你的矛盾设置得有些虚假，令人不能信服，观众自然不会买账，也就是说，只求奇特的矛盾，如果只有令人出乎意料但是没有合理性的话，就不能称得上恰当的做法，那么就会导致剧本失败。

有很多作者，把故事编得很精彩，可对读者来说，有种如坠云雾中的感觉。原因在于他的故事矛盾缺乏合理性，不能叫人信服。不错，编剧可以发挥想象，无中生有，虽说艺术高于生活，终究还是来源于生活。我们所提倡的自相矛盾，不等于作者自己心里不清楚。

没有矛盾就没有戏剧。设置矛盾应该找出产生它的合理性，解决的必然性。矛盾是你剧本中的原动力，一个矛盾解决了，另一个矛盾又产生了，彼此之间的关系可以转换。

3. 塑造人物形象

所有的文学形式表现的核心都是塑造人物，诗歌也是如此。但是，影视文学有自己的特点，就是心理描写比较少，跟其他形式的文学作品相比，在心理描写上可能不那么重要。一般来说小说、长诗等都要有大量的笔墨在人物心理活动的描述上，但是影视剧本就不用了，只需要在必要时做出简单的心理提示。我们知道，影视艺术最终是靠演员的语言、神态和形体动作来表达内心的，除非在剧情需要的情况下，加上话外音讲述人物的心理感受，描述人物特定的心理活动。

无论是读过的小说还是看过的影视剧，很多情节可能随着时间的推移，被我们淡忘；可是令人难忘的，经常是那些鲜明的人物，那些曾经打动过你的人物形象，他们时常浮现在你的脑海，在你的成长过程中发挥着作用，在你的心中，这些形象是难以磨灭的。所以，想要写出一个好的剧本，必须塑造出鲜明的人物形象，他们可以性格迥异、可以有突出的特点，这些人物形象源于你的生活积累，在你日常的观察和体验中就可以获得灵感，于是一个个令人难忘的人物形象就产生了。

人世间充满了悲欢离合，每个人都会经历喜怒哀乐，在人生的高峰和低谷之中当然会有不一样的情感体验，于是每个人的性格，也都有他自己的特点，人物的性格随着成长可能会发生改变，当我们塑造人物时，应该从多角度进行，因为人有多面性。简单分析一下人的性格，心理学告诉我们，由于每个人的血型和气质不同，我们可以将人的性格分成四大类：内向型、外向型、抑郁型和冲动型。这四种类型可以概括绝大多数人了，但是如果在这四种类型里面找不到所属，那就可以暂定为古怪型。在生活中，每个人关注的话题可能不一样，但是按照群体分类，某一个人群喜欢讨论什么样的话题，还是有迹可循的。我们知道，无论从事什么职业，都会被附上行业的色彩或基本特征，有人说“三句话不离本行”，是有一定道理的。文人比较多谈文学，医生多数会谈手术、教师经常谈教学，商人必定喜欢谈商机，等等。职业可以将一个人的习惯约束起来，这样来说，职业对一个人的性格也会产生影响，当我们注意观察身边的每一个人，都会发现人们的不同之处，同一个职业的两个人当然也会拥有不同的性格特点，这些都需要我们去捕捉，在影视文学的创作中，需要我们对人物的形象进行塑造，要多角度、立体化，用各种手段，通过各种方式来表现人物的性格特征。

剧作家必须具备过人的洞察力，他们观察人物的经验丰富，分析人物内心的能力很强，这也是他们能够塑造人物性格的必要条件。老舍先生在一篇谈观察人物性格的文章里，举过一个急性子和慢性子点蜡烛的例子。急性子的人划了一根火柴，没点着蜡烛，他恨恨地甩掉火柴，骂一句自己：“真笨蛋!”慢性子的人没划着火柴，却摇摇头，叹口气，不说话。你看这两种人的性格，不一下子就鲜明地呈现在我们面前了吗?

在剧本中，往往通过情节细节来表现和塑造人物形象的立体性。当你准备创作一个圆滑世故的人时，需要将他的复杂内心表现出来，也就是外化，那么怎样才能做到外化呢?很显然，要在细节上下功夫。比如，这个圆滑世故的人在家里接待一位客人，要给客人倒茶，他先从柜子里挑出最贵的茶，但是又马上放了回去，客人并没有察觉，他接着拿出了最普通的茶叶，打开之后，将茶放进杯子里，他漫不经心地说着：“今天这个茶叶是福建的朋友带来的，我们一起品尝一下”。整个过程中，有很多细节，从贵的茶叶换成最普通的茶叶，我们可以分析出来，主人并不是真的在乎这个客人，因为名贵的茶叶比较奢侈，是专门给重要的客人奉上的；我们发现，这个主人会看人下菜碟啊，同时他还要通过语言细节来表示自己很热情，朋友送来的茶叶，显示出他的好人缘。他漫不经心地跟客人随口一说，充满了暗示，这真的是一个圆滑世故的人啊。

当你想塑造出一个人物时，一定要抓住其特点，并且自然不牵强地通过细节来表现。首先，我们要将人物的动作、语言、神态等推向极致，极力表现出“不一般”，这样才能凸显人物的鲜明个性。在写作中，我们会遇到一些困境，比如想要表达的东西，并不会引起读者的注意，那么我们要注意了，对于一个特定的动作或一句特定的话语，我们可以设置让它重复出现三遍，这样就会加深印象，引起读者的注意，造成强烈的冲击。生活中我们会发现，如果有这么一个人，跟你分享了三次股市新闻，这很容易推出，他很有可能是一个很痴迷的股民；而当一个同学，在你的面前，连续多次清理自己鞋子上沾的灰尘，那不难推断，她是一个非常爱干净的人，甚至有洁癖。

电影跟小说不同，小说总有足够的篇幅来描写他人物的心理，读者看得心随文动、乐此不疲。但是电影受时间限制，没有办法加入太多的画外音，大多需要通过蒙太奇的手段，快捷立体地展现其中的人物。如果能在相对短暂的时间内，将某一人物的某种性格化的动作或言语强调三次，那么这一人物的性格基本建构成功，并容易被观众接受。

总而言之，想要写好一部好的剧本，必须将人物的性格表现出来。想要塑造出比较理想的人物形象，必须将细节做到位，每一个细节的刻画都有助于人物性格的表现。当人物性格活灵活现地被写出来，整个人物形象也就丰满了，在我们表现人物的时候，不能简单划一，这是因为每个人都有多面性，每个人都是矛盾的。我们必须把人物的一些行动和某些语言提炼出来，推向极致，恰当地表现出鲜明的性格，这样才能更加成功地塑造出一个个生动的人物形象。

四、戏剧核和结构体

（一）戏剧核

在影视作品中，戏剧核指的就是全部内涵的核心，它是思想、情感的中心，是情感与素材结合的意象实体。戏剧核，作为核心，它让创作者在构想的阶段有了明确的道路，怀着创作的冲动，将丰富的生活内容联系起来，推进了影视剧创作的进程。

在创作者的头脑中，一定会有与创作意图相关的元素，比如片段性的某些生活画面、某些景象或意境等。这表明，创作者是在围绕一个核心来构思并填充、完善。日常生活中的思索与探求积累了创作的财富，创作者在有了初步的定位后，就可以将所有的细节围绕这个定位服务。

戏剧核，更确切地为其下定义，可称为“戏剧胚胎”“剧作雏形”。正如人之生命的形成初期，虽几乎看不出“人之全形”，但人之为人的基本元素已经具备。

在构思意象基础上凝聚而成的戏剧核，也具备戏剧的基本元素，包括戏剧的题材、戏剧的题旨、戏剧的艺术基调（或曰艺术品格）。常常有这种情况：作者已经确定了题材、题旨，就是不能下笔，或者仍然无所适从，整体艺术意象就是在头脑间出不来。这时的苦恼、困惑乃至绝望，非有体验者难以知晓。用创作者常说的话就是：“苦于找不到那种感觉！”只有当这种感觉终于找到之后，整个艺术构思才能活跃起来，戏剧才有了基本雏形，才使作者摆脱困境、进入下一步构思……这种“感觉”就是与既定的题材、题旨相契合的艺术品格或艺术基调。犹如拉二胡、弹琵琶，只有调好弦、定准调，才能得心应手地演奏乐曲。否则演奏者很艰苦、欣赏者更难受，艺术美感又从何而来？因此，在戏剧核的确定过程中，必须认真考虑艺术因素，对未来影片的艺术基调、表现风格有大体的设计与把握。

当然，作为戏剧核的元素，此时对艺术方面的思考只是基调型、梗概式的，比如：其基调是现实主义的，还是浪漫主义的，抑或是现代主义的？在艺术表现上，是写实手法，还是荒诞、象征手法？在笔触上，是严肃而抒情，还是幽默而调侃，等等。不能也不宜过于细碎、僵化。这里要注意：不可为别出心裁而单纯在艺术品格上追求时髦，而必须参照戏剧所反映的社会生活内容与既定题旨；必须考虑创作者自身的艺术禀赋与一贯的创作风格。否则，一味地为追求艺术品格的“震惊世俗”而强迫、扭曲自己，就非但无助于戏剧题材、题旨的艺术展示，反为艺术创作的病灶与赘疣这方面的教训，在中外电影电视创作里这种案例是很多的，我们应引以为鉴。

（二）结构体

将戏剧核通过横向、纵向的立体展开，即通过时间、空间的延展，所形成的具体表现影视剧内容的艺术框架，便成为了结构体。结构体是“表现”阶段关键的环，影视剧作成功与否，在很大程度上取决于结构体设计的优劣。我们会发现，古今中外的名家，无论是作家还是文艺理论家，都会在意这一点，如美国作家艾萨克·辛格当被人问及创作过程中哪一方面最困难时，他答道：“故事结构。我认为这最困难一旦结构定了，写作本身—描写与对话—就随流而下了。”

如果我们把辛格所说的“故事”作广义的理解，那么，这段话无疑是影视剧作等艺术创作的甘苦之言。法捷耶夫引用托尔斯泰的话亦如是说：“组织材料是最困难的任务：有时细节会使作家离开主题，有时相反，主要的东西没有具体地体现到必要的形式中。”那么，怎样才能理想地完成这个“最困难的任务”呢？我国清代戏曲理论家李渔的话可资借鉴：作传奇者，不宜率急拈毫。袖手于前，始能疾书于后。尝读时髦所撰，惜其惨淡经营，用心良苦，而不得被管弦、副优孟者，非审音协律之之难，而结构全部规模之未善也。(李渔:《闲情偶寄》) 这段话说得好。为什么不少人写剧本，确实是很努力了，而成品却不为人们所接受呢。不是细节不精，不是情景不美，是因为“全部规模之未善也”！因此，在具体动笔写作剧本之前，必须缜密地谋篇布局，对结构体作一番认真的匠心设计我国金代的王若虚道：“或问文章有体乎？曰：无。又问无体乎？曰：有。然则果如何？曰：定体则无，大体须有。”(王若虚:《文辨》这个说法，既指出任何篇章都要有大体的“常规”，又强调了一切行文都没有不变的“定法”。影视剧本的创作，自然也不能例外。影视剧是反映生活的，而生活本身千变万化，孰可人为规范？这就决定了影视剧及其组成因素——结构体不能死板规定而应富于变化。

但问题的另一方面则是：结构体虽然要“与世浮沉”乃至“随风俯仰”地有所创新，却不等于可以“随心所欲”地胡乱编撰，否则，物极必反，也将造成创作的失败。客观事物虽然千姿百态、变化无穷，但总有其自身的固有规律与事物间的内在联系。因此，影视剧结构体虽然可以不拘一格、追新求巧，但绝不可忘记：要使这“新”有所皈依，这“巧”有所规范。而更重要的是，它最终应能够被人们所接受、所理解、所欣赏在中外小说与影视创作中，因过分在文体、主要是结构体上追新求巧，反而削弱了艺术魅力，造成失败的作品比比皆是。在这方面，即使世界名著、经典影片，有时也在不同程度上有此弊端。在小说创作方面，例如蜚声文坛、获得众多人崇拜的意识流经典作品、乔伊斯的《尤利西斯》，就因过分追求所谓的“内心世界的真实、自然”，而几乎完全不考虑客观事物的规律、内在联系和读者的接受能力，将近于纯粹心理的“意识流”搬到文学中来，虽然有其定的艺术开拓意义，但作品的艰涩难懂是世所公认的。

美国作家、曾获 1978 年诺贝尔文学奖的艾萨克·辛格如是批评道：他写得艰涩难懂，好让别人一直解释他的作品，采用大量的注脚，写出大量的学术性文章。在我看来，好的文学给人以教育同时又给人以娱乐。你不必唉声叹气地读那些不合你心意的作品。一个真正的作家会让人着迷，让你感到要读他的书，他的作品就像百吃不厌的可口佳肴。高明的作家无须大费笔墨去渲染、解释，所以研究托尔斯泰、契诃夫、莫泊桑的学者寥若晨星。但是乔伊斯的门徒需要具有学者的风度，或者说具有未来学者的风度。乔伊斯把他的聪明才智用来造就别人读不懂的作品，读者要读懂乔伊斯，一本字典是远远不够的，他需要借助十本字典。大概读他的作品的人都是博士学位获得者或在攻博士学位的人。辛格这段话未免有些调侃、讥诮成分，但不可否认它包含着一定的道理。

强调影视作品要遵循客观事物的规律、内在联系及观众的认识规律，不等于说影视剧作的结构要死板、平直、让人一览无余，在符合这个原则的前提下，完全可以丰富多彩、巧妙精深，使观众获得高度审美享受。

第二章　影视文学剧本的艺术特点

第一节　影视剧本的类型

影视剧本的文体必须与表现的内容相适应。影视剧本的文体类型大体可分为以下几种：

一、电视小品与短剧

电视小品与短剧，可以说是篇幅最短的电视剧了。它们选材于社会生活，或者捕捉人事或情景的小片段，通常是以小见大，反映社会现实，或者表现出一定的人文内涵。通常情况下，电视小品与短剧只有一两个人物，情节比较简单，也比较集中，但不影响极强的完整性。电视小品与短剧的播放时间一般在20分钟以内，有的只有短短几分钟。

电视小品与短剧的一些区别：电视短剧虽然短，但一般应是有头有尾的“戏”，有较为完整的情节；而电视小品则不然，它只是具有特定内涵的生活片断、人物言行乃至某种细节，它不要求完整，不必有一定的情节长度，或可以“折子戏”（整部戏的一折）称之。它们的相同处则为：篇幅精短，情节凝练奇妙，极富生活情趣，小中见大。

小品和短剧都要摄取生活一瞬间的事，要箍住写，而不能放开写，它的起、承、转、合只在意义的含蕴上，而不在情节的复杂上，更不在絮絮叨叨的叙述上。它写人，但对于人物身世的讲述较少；写事，总是像选取放大镜的焦点一样，努力去写最关紧要的一个环节，一个画面，一个镜头，一个细节；写景，只是淡墨点染，而不用浓墨去做过多的渲染。简而言之，小小说的作者总是把自己浓郁的感情寄寓在简洁的笔墨之中。另外，在写法上忌直忌露，讲究含蓄，做到“言有尽，而意无穷”，象之外有象，弦之外有音，就是给读者留下广阔的想象空间，使人从所写的某小事而想象到某些大事，从某片断而想象到其整体，从一瞬间的事而想象到它的过去与未来。

二、电视单本剧

电视单本剧，通常是由一个完整的故事构成的，包含情节的发生、发展、高潮以及结局，是一个完整的脉络。电视单本剧讲求“一次将戏演完”，这样一种电视剧艺术样式也很受欢迎，整部影片的时间约在 50 分钟。无论是人物塑造、情节构成、还是环境展示，电视单本剧都是规模很小的，就像一篇“短篇小说”，电视单本剧与短篇小说有一些相似之处，比如：人物较集中，剧中主要角色通常不超过 3 个；情节非常紧凑，但是也有起伏，有曲折；结构非常完整并且无杂散零乱的弊病。对整个电视剧家族而言，单本剧算是较为短小的形式。在每集 45 分钟的情况下，3 集及 3 集以下的电视剧就叫作单本剧，3 集以上就称为连续剧。在我国，电视单本剧不是很多，成功的创作也比较少，所以电视单本剧的创作，需要人才，如果更多的人在电视单本剧上施展身手，对电视艺术的总体发展是有很大好处的。

三、电视连续剧

电视连续剧是分集播出的多部集电视剧，其中主要人物和情节是连贯的，每集只播出整个故事的一部分，但它也可以单独成立，只是要在结尾处留下悬念，以待下集时，人物与情节再继续发展。它类似于我国的章回体长篇小说或长篇评书，往往在一集结尾处来一个“欲知后事如何，且听下回分解”的扣子，借以引起观众连续不断的观赏兴趣。电视连续剧每集也是 45 分钟左右，其特点就在于一集又一集地连续不断，故凡连续剧则必“长”。但这里要指出的是，并不是越长越好。

我国连续剧起步较晚，20 世纪 80 年代初才摄制了第一部 9 集的《敌营十八年》。之后，则有长足的进展，改编创作出《渴望》《四世同堂》《红楼梦》等优秀剧目，直到近几年涌现的《亮剑》《悬崖》《一个女人的史诗》《父母爱情》《老米家的婚事》《老农民》《长大》《北京青年》《小别离》《青年医生》《马向阳下乡记》《红高粱》《离婚律师》《偏偏喜欢你》《一仆二主》《白鹿原》《海棠依旧》《甄嬛传》《我的前半生》《外科风云》《那年花开月正圆》等，均受到观众的普遍好评。但我国电视连续剧的质量仍需提高，这个问题是不容忽视的。

四、电视系列剧

电视系列剧也是一种分集播出的电视剧。与电视连续剧不同，它虽然有贯穿全剧的主人公及主要人物，但各集的故事情节并不连贯，每集的情节相对独立成篇，上集与下集之间并没有内容上的必然联系，最多只有某种相通的背景而已。

既然是一部系列剧，就必定要有统一的人物、主题以及艺术风格。美国的电视系列剧深受观众喜爱，如《加里森敢死队》《神探亨特》《生活大爆炸》《破产姐妹》，等等；我国的电视系列剧《包公》《儒林外史》《西游记》《旅行社的故事》《家有儿女》《武林外传》，等等。

电视系列剧有两方面的优点：其一，就创作者方面而言，由于它每集的故事并不要求连贯，就可以在更广阔的方面、层面及视点上，对社会生活、人间情景进行“随心所欲”的展示，进而使每集内容都能够精彩出新、别致有趣、引人入胜；其二，就观众方面而言，由于系列剧不像连续剧那样必须“连续”地看才能明白，而是随时打开电视机、不问前因后果就能津津有味地看懂一个相对独立的故事，这样就不会出现看连续剧时那种“因一集没看，只好中断”的遗憾。

（五）电影（故事片）与电视电影

对于电影这种样式，大家当然很熟悉了。一般而言，它类似一部中篇小说的容量，播放时间通常在 90~120 分钟。

电视电影——为电视播出而制作的电影，传播渠道有别于院线电影，制作成本和影像追求也略低一些，在文本的篇幅、结构、写作方面几乎没有差别。但是对于编剧而言，电影与电视剧的创作还是存在差异的。

电影是在影院的封闭空间内、特定的观赏氛围中，通过大屏幕向特意来看电影的观众播映的。

电影必须充分施展电影艺术的各种视听手段：大画面、精制作；大全景的渲染铺排，中近景的精致调度，特写的匠心独运；色调的设计、光线的使用、构图的讲究，音响的穿插，尤其是蒙太奇的形形色色的体现。

电视剧是在家庭的开放时空内、松散随意的观看环境中，通过小屏幕来演播，而且观看者更往往随时调换频道。

电视剧主要职能是编织一些曲折好看、喧腾热闹、能随时吸引人的凡俗故事，为漫不经心的观看者提供“消闲”服务。于是在剧本创作及画面展示方面，就不必过细过精，多用中近景镜头，只要把既定的故事讲述出来即可。这种观点或许有其某一方面的依据，但总体来说有失偏颇。电视剧的观众是电影观众的千万倍，电视的覆盖面遍及全球。忽视电视剧的创作，势必会失去文化传媒在当代最主要的一个领域。

此外，就观众而言——电影与电视剧已经没有什么“本质”的区别了。而值得我们注意的是：电视机前的观众因为没有环境和目的性的制约，所以更需要内容吸引人、制作精美的作品。

第二节 剧本的艺术特点

一、剧本文字的特点与规则

影视剧本运用艺术手法描述内容的过程中，在文字表现上会有一些特征，也有一些需要遵守的规则。

这个特点与规则是以文字为媒介，艺术地展现运动中的综合性造型；可以分为四点：形象性、运动性、综合性和艺术性。

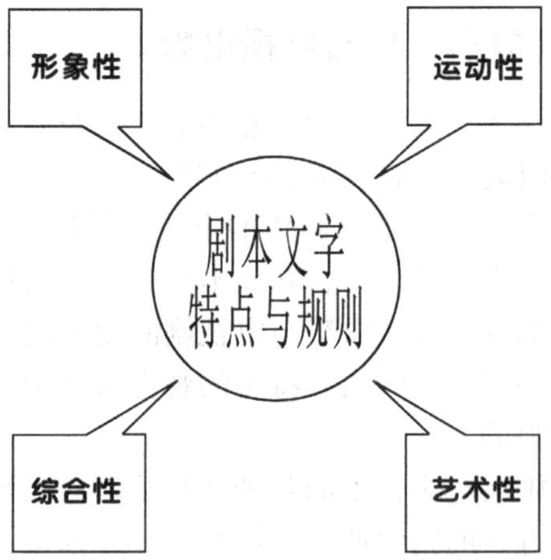

图 2-1-1 剧本文字的特点与规则

（一）形象性

苏联电影理论家普多夫金说过：“小说家用文字描写来表述他的作品

的基点，戏剧家所用的则是一些尚未加工的对话，而电影编剧在进行这一工作时则要运用造型的（能从外形来表现的）形象思维。编剧必须经常记住这事实：即他所写的每一句话将来都要以某种形式出现在银幕上。因此，他们所写的字句并不重要，重要的是他的这些描写必须能在外形上表现出来，成为造型的形象。”确实如此。小说家用文字传达作品内容，比如：“他是个安分守己的农民，但一生坎坷，现在又处于焦头烂额的困境之中。”作为小说文字，可以说一目了然、无懈可击。但是在影视剧本中，这就绝对要不得了：如何安分？怎样守己？经过什么坎坷？现在又有什么难处？—全都抽象至极，银幕上根本无法表现！

在影视剧本中，要尽可能地避免说明性、陈述性的文字，无论是对剧情的交代，还是对人物的描写，以至于对人物的心理介绍，都应使之形象化。

（二）运动性

所有上述视觉造型，均应保持在动态的过程中，尽量避免静止造型是重要的，但它必须体现在动态的过程中，并时刻记住：这种运动的造型最终目标是为表现人物及其关系、背景环境及其意义、情节进程及其内涵，而不可只为造型而造型。影视的动态造型可以从以下两方面考虑。

其一，表象方面，有画面内部的动态造型与画面外的动态造型。

其二，内涵方面，有影视形象的内在动态与外在动态。

先看其一。电影是以不停运动的画面来展示内容、吸引观众的。在画面内，如果过多的静止场面或人物的冗长对话（诸如会议、对白乃至争辩），都会影响影片的观赏效果。而这恰恰是国内影片往往逊于国外影片，令观众不耐烦之处。

20 世纪 80 年代，我国电影理论界引进了西方的“影像美学”，对构图、光影、声画等电影性元素进行了深入探索，研究其独特的“电影表现力”。这种探讨对我国电影艺术表现的发展来说，无疑是有益的，因为长期以来，中国电影多重叙事而忽视画面的造型，使我国电影艺术停滞不前。因此，“第五代”导演们功不可没。但过分讲求画面美，无论是人物的外形，还是自然、社会环境，都拍得宛若油画一般，却忽略了这一幅幅画面与电影中的性格塑造，以及表现人与人之间的关系、场面环境与剧情内涵契合的关联——这样的画面再美，光影、构图再讲究，其意义也只能局限于画面本身，不可能产生更多的内容与更丰富的意蕴。

除了镜头内部以外，镜头与镜头之间的组合，也要体现动态原则。电影毕竟是叙事性和造型性相结合的一门艺术，是用镜头（造型画面）来讲故事的艺术，而任何故事都是动态的。因此，作为艺术奠基的电影剧本的文字表现，也必须遵循这个原则。

（三）综合性

上述种种“动态造型”，还必须具有综合性的“艺术张力”。这里所谓的艺术张力，是指有机融入综合性表现手段，以营构充满艺术魅力的戏剧内蕴。综合性表现手段是指在视像营构中，所使用的除文学（文字）外，诸如雕塑、绘画、声音（音乐）、戏剧、建筑、灯光等造型方法，以通过“表象”或“意象”展现、强调或象征要传达给观众的电影内容。这其中，最重要的当首推声音。

确实，视觉空间在实际生活中总是与声音联系在一起的，也只有当两者结合起来时，才能给人以完整的真实感。所以，影视编剧在重视视觉造型的同时，还要重视对声音的描写。影视中的声音包括三个方面：人声、音响和音乐。作为编剧，除了明白声音作用外，还要善于运用“声画对位”这种艺术表现手段。此外，绘画、雕塑、建筑、灯光、戏剧舞台调度等，也是不可忽略的表现手段。像《大红灯笼高高挂》就很出色地运用了以上这些手段：封闭的院落、阴冷的环境、各种不无意指的建筑造型、体现威严统治的浓重色调与象征人们欲望的红色灯笼以及充满中国传统文化内蕴的京剧唱腔和民间锣鼓声……这些，都较好地强化了电影的显示手段，增加了影片的艺术魅力。

（四）艺术性

所谓艺术性，主要是指剧本语言在通过综合的、运动的形象表述每一部分、每一场景乃至每一个镜头时，既要丰富，又要简洁（即“藏”与“露”，虚”与“实”）；既要起伏变幻，又要自然流畅。

前者，是要求编剧在行文中不宜写得很满、过实，应该给导演及演员留下再创作的余地，应该给读者留下必要的想象空间。有些作者唯恐叙说不清、表达不力，结果文字冗长拖沓、视像臃肿堆积，如果实拍出来，只能造成观众的疲累或厌烦。有些剧本，对演员或握拳，或扬眉，或脸部颤动等表演的细微处，都一一描述确切，对导演的场面调度、画面构图、镜头使用、灯光色调等，也都过分规定，这都是费力不讨好的事。一切要适可而止、点到为止，用尽量简洁而确切的文字将影视内容表达出来，余者应放心地让导演、演员及观众去发挥、充实才是。

后者，则要求在充分利用蒙太奇手段，追求画面的简洁明快又跌宕变幻的同时，注意避免造作牵强、人为痕迹过浓的弊端，不使之有失真处或生硬感。

二、影视文学的美学特征

影视文学剧本的美学特性由影视艺术特性决定。影视在光影时空中所表现出的与实际生活中的人与自然景物极为相近的逼真性特征，以及时刻处于变化状态的运动性特点等，这些都会对影视文学剧本产生直接影响。

（一）造型性

影视首先是视觉的艺术，富有造型表现力。因此，要求影视文学剧本尽量使用造型化的语言，使其所描写的一切具体可见并具有运动感。造型语言是艺术家用以构成视觉形象的手段和技法的总和，对于影视艺术来说，具体表现为前面提到的线条、形状、色彩、构图以及镜头的空间处理，等等。影视文学剧本通过这些表现手段塑造形象展开情节，并最终转换成影视作品，直接作用于观众的感官。

（二）感知性

人声（对白、独白和旁白）、音乐和音响效果都属于影视的听觉元素。在这里，我们对声音在影视剧中的美学价值再做进一步的总结。

声音和画面的结合，极大地提升了影视的表现力。影视的声音一方面使得影视中的人物以及一切可以发声的物体有了一个自然表现的机会，更加逼真地表现现实世界；另一方面，从艺术的角度来看，声音与画面的多种匹配关系，也使影视艺术世界更加丰富多彩。声音也和镜头一样有着吸引观众注意力，引导观众视线的作用。

音响效果能够制造某种气氛。比如在恐怖片中，黑暗的小屋中突然出现嘎吱作响的声音会使观众毛骨悚然。在希区柯克的影片《群鸟》中，布兰妮走出宠物商店时，天空中飞翔的鸟的尖叫声预示着某种不幸的开始。而后，随着剧情的逐渐深入，鸟群越聚越多，并向人类发起了无情的报复。

声音可以表明人所处的环境，也可以利用噪音来制造某种效果。如两个人穿越车水马龙的街道，喧嚣的声音遮盖住谈话的内容，而这恰恰是观众急于想知道的关键所在。从叙事的角度说，这样的音响效果设计是创作人员精心考虑的结果。有意地掩饰谈话内容，恰好能建构起情节发展中的悬念，它可能对尚不知情的人物行动至关重要，并为情节冲突的最后解决埋下有力的伏笔。

声音也具有揭示人物内心情感的功能。在日常生活里，某人因愤怒狠狠地摔门并发出“砰”的声音，我们都可以感受到他这是在发泄心中不满。在影视剧中，这种情形也会经常出现。然而，在影视剧的实践中，主创人员还可以使用更为复杂的音响效果，把人物内心的各种情感状态表达出来。

声音的静默或突然中断，往往也会产生强烈的艺术效果。静默会使人陷入一种惶然状态，带有某种令人不安的预感。《雁南飞》中，鲍里斯正在沼泽地里行走时，不知何处传来一声枪响，接下去是片刻的沉寂，鲍里斯的身体微微倒下，主观镜头中出现的树木不停地旋转起来。此刻的静音既符合生活的真实感，同时也制造出任何声音都难以表达的突然性和震撼力，形成了此处无声胜有声的绝佳艺术效果。

当然，音乐可以暗示剧中人物情绪的变化，配合画面控制或引导观众的情感。人物的性格也可以用音乐的主题来表现。费里尼导演的《道路》中，女主人公用小号吹奏的忧伤曲调来表现她“纯洁而令人悲哀的单纯”。另外，前面也曾提到过，音乐的作用还可以指明故事发生的年代、地区或是特定的民族或人物群体。

人声是影视剧的基本组成部分，后面有专门章节对人物语言加以说明。影视中人物使用的语言可以表现出人物的个性特征，因而可以用来刻画人物性格，揭示内心世界，可以表现一个人所属的阶层、环境以及地域特点，也能反映出人物的职业特点，甚至是一个人的爱好或是偏见。

三、逼真性

关于逼真性，《电影艺术词典》中解释道：“电影艺术是在照相的基础上发展起来的，要真实地再现对象及其运动，使它能够在表现形态上最大限度地接近于生活。银幕形象不仅是具体的、可见的，而且是逼真的。观众面对银幕，如同从窗内观看外面的大千世界，或进入私人密室窥见人物的行为和秘密。因此，剧本中的一切描写，应该是自然的、真切的，大到情节结构的安排、人物关系的设置，小到一个物件、一句台词，都要求酷似生活，力戒虚假造作，否则便会失去其艺术魅力。”

克拉考尔认为电影的本性就是物质现实的复原，法国学者安德烈·巴赞提出真实美学理论，都是从正面肯定了电影逼真性的本质特性。对电影逼真性的美学认知，促进了电影现实主义流派的发展，如苏联 20 世纪 30 年代的“社会主义现实主义”电影，第二次世界大战以后出现的意大利新现实主义电影。此外，中国 20 世纪 30 年代出现的“左翼”电影也具有鲜明的现实主义特征。

四、假定性

电影假定性是指电影与被拍摄对象的非同一性。关于电影假定性可以从以下几个方面理解：第一，电影艺术手段本身就具有假定性，银幕画面中展现的始终不过是现实的影像，而不是现实本身；第二，电影时空是蒙太奇将现实时空分切组合后的时空，这个时空是虚拟的假定时空；第三，一切摄影手段所造成的效果都是人为的视觉效果，渗透着创作者的主观意识；第四，声音和画面的部分结合方式打破了现实的视听逻辑关系，同样具有主观色彩；第五，电影表演是对生活的模拟和创造，极少是现实中正在进行的人物动作和生活流程；第六，服装、道具、布景和化妆都是模拟现实，是戏剧性的手段；第七，银幕形象、故事结构和情感意境，都是艺术家创造的结果，受样式和风格的制约。

正是电影具有艺术假定性的特点，才使得电影艺术形式和风格不断创新、日渐丰富。它也决定了电影视听语言在艺术上的合法性。与电影艺术相近的电视剧艺术同样具有以上两方面的美学特点。

五、运动性

运动性也是影视剧的美学特征之一。摄影机运动以及场景内人物或其他物体的运动以及蒙太奇剪辑手法的使用，都是为了实现影视运动性的目标。在此，有必要提及场面调度这一概念。场面调度原本是戏剧舞台术语，原意为“摆在适当位置”或“放在场景中”，是导演对演员行进路线的艺术规定和处理。影视剧中的场面调度基本包含两个方面：演员调度和镜头调度。演员调度是指对演员的运动方向、所处的位置变动，使演员之间发生交流时的动态变化，造成画面的不同造型、不同景别，揭示人物关系和情绪的变化，以取得银幕效果。镜头调度则指的是运用摄影机方位、距离角度的变化，获得所需要的人物关系和环境气氛的效果。影视剧的场面调度可以使演员和摄影机同时处于运动状态，使演员的表演和动作不断进行下去。

此外，还需充分考虑到蒙太奇所带来的运动效果。蒙太奇是影视艺术独特的表现手段，影视的镜头画面以及场景、段落衔接都需借助于蒙太奇。“虽然剧作者不必像导演分镜头要求那样编写剧本，却完全可以而且应当注意镜头的灵活运用，时空的镜头转换，以不断流动的视觉展现来进行叙述和描写，从而使文字描述具有鲜明的镜头感。”

第三节 影视文学中的主题与情节

一、主题

影视剧作品与小说、戏剧等其他艺术作品一样，都有着自己的主题。主题是部作品的灵魂思想，如果没有明确的主题，就很难将生活的素材和创作者的构思以完美的形式表现出来。从观众接受的角度来讲，如果找不到作品的主题，要想理解、分析一部影视剧作品也将是一件困难的事情。美国电影学者波布克就曾说过：“任何一部影片首先需要考虑的是主题。如果观众抓不住影片讲的是什么，那就很难指望他们去评论、分析和研究它。如果影片制作者不知道他要说的是什么，他就不可能制作出一部能起交流作用的艺术作品。”所以说，作品的主题，不仅是创作者构思、立意所必须考虑的问题，同时也是观众、研究者分析影视剧作品，寻找、发现作品的创作意图以及所使用的相应形式手段的一个重要切入点。

关于主题的概念，苏联文学巨匠高尔基曾做过这样的定义：“主题是从作者的经验中产生，由生活暗示给他的一种思想，可是它蓄积在他的印象里还未形成，当它要求用形象来体现时，它会在作者心中唤起一种欲望——赋予它一个形式。”从高尔基对主题所下的定义来看，主题所蕴含的思想价值是来源于生活的，是作者在生活中长期体验的结果，而不是对某种抽象的观念的演绎。个人在生活中的经历和体验，是生动和具体的，对生活的独特体验和观察的结果，可能会令人得出与以往已经形成的观念不相一致甚至是矛盾的结论。从个人对生活的体验出发，而不是从某种既有的观念出发，根据肖洛霍夫小说改编的影片《静静的顿河》就没有把葛利高里简单描写成一个顽固不化的白军，因此，这部影片也就揭示出了当时社会生活复杂、深刻的一面。在对生活深刻领悟之后，创作者对生活的体验，渐渐凝聚在某些人物身上，通过这些人物的命运遭遇能够把作者所要表达的一切尽量表现出来，并依此形成个叙事作品的基本轮廓。叙事作品建立起来了，作品的主题也在其中人物形象及其发展中体现出来。

因此，主题和作者的生活经验、作品中的人物形象以及作品的形式结构紧密联系在一起。作者的生活经验汇聚成一部作品的主题思想，主题又通过作品中的人物形象和作品的形式结构表达出来。

二、影视文学的表达方式

一般来说，当剧作家确定主题之后，便进入到剧情编写阶段。这一阶段也是通过人物动作来揭示主题的过程，剧中主要人物的行动构成动作线索，也就是我们经常提到的情节。因此，在分析情节线索比较明确的电影剧作时，主人公依靠自己的行动克服各种困难和阻碍，最终实现了自己的行动目标，我们据此可以判定这部影片的主题。比如，《功夫熊猫》的主题，我们可以根据情节归纳出：熊猫阿宝在浣熊师父的教导下，掌握了功夫要义并战胜了凶恶的敌人。刘恒编剧、冯小刚导演的影片《集结号》的主题，讲述的是倔强的老军人谷子地一心要为牺牲的战士恢复荣誉的故事。

我们知道，电影除了经典的戏剧式结构之外，还有"情节淡化"的现代主义电影以及情节冲突不那么明显的抒情性、写意性较强的散文电影。对于后者来说，电影的主题表现较为隐晦，因此，在分析电影主题时，应该根据影片的剧作结构特征来进行。

（一）戏剧式结构的影视剧主题

对于经典的戏剧式结构电影，因其情节特征十分明显，有的学者干脆称这类电影的主题为"行动主题"或"情节主题"。

任何一个结构良好的剧本，都可以用简短的几句话来说明它的中心动作。例如莎士比亚的《裘力斯·凯撒》可以归纳成下列几句话：一位思想高尚的罗马人——勃鲁脱斯，深信罗马将由于它的统治者凯撒的野心而受到危害，在别人怂恿之下，他参与了一群政治阴谋者谋杀凯撒的计划，终于他也受到了惩罚。不幸的是，据我所知，目下还没有一个公认的专有名词可以用来代表上述这种简单的摘要而不引起误会。有时候有人用"主题"这个词（例如阿盖忒也苦于找不到适当的用词，他说："我所知道的任何伟大的戏剧作品，无论它的内容是何等复杂，它的内容、主旨、中心主题都是用半张笔记本纸就能概述出来的。"），但主题的正式含义是"题目"或"问题"，因此，它可能会恰恰模糊了我们所企图突出的不同之点。唯一的解决方法将是采用另一个术语——"行动主题"（我相信好莱坞的编剧是曾用过它的）或"情节主题"。

林格伦认为，根据剧中主人公的行动来总结"情节主题"的方法，可以用来对许多故事片加以分析和总结。例如《同志之谊》（1931 年德国出品，帕布斯特导演）：当法德边界上的一处法国煤矿遭到洪水侵袭时，德国境内的矿工越过边界去救援被困在水中的法国工人。《告密者》（1935年美国出品，J. 福特导演）：一个男子为了要弄到钱同女友移民到美国去而出卖了一位新芬党人，他的告密致使这个新芬党人拒捕而死。告密者起先由于良心的责备没有实行原定的计划，后来又因而逐步地暴露了自己的罪行，终于受到新芬党的严厉制裁，丧失了性命。《相见恨晚》（1945年英国出品，N. 考华德和D. 李恩联合导演）：一位过着幸福家庭生活的两个孩子的母亲，爱上了一位同样已经结了婚的医生；他俩觉察到，假如继续迷恋下去，将欺骗与损害他们所爱的其他人，因此决定分手，永远不再相见。

当然，一部叙事性作品可能有两条或多条情节线索，那么相应的主题可能就不止一个。例如，长篇小说或电视连续剧往往就有多条情节线，其中包含着主要情节和多条次要情节，因此，也就出现了主题和副主题并存的情形。在古希腊时期，亚里士多德在《诗学》中曾分析了悲剧和史诗之间的差异。他认为，史诗由于篇幅容量较大，可以由若干相互交织的动作线和许多人物组成，并且能将时间拉得很长但悲剧由于演剧条件的限制而只能处理单一的动作："模仿史诗较少统一性，因为事实证明，任何一篇史诗都包含有若干悲剧的主题。"在亚里士多德对悲剧和史诗的区分中，动作线和人物是两者同时具有的，只不过有多和少之分史诗的篇幅容量较大，因此可以有多个人物和多条动作线；而悲剧由于演出时间限制，所以要求动作线简单集中，这有益于剧作结构的统一性，同时也使得主题简单明确。在林格伦看来，电影虽然和戏剧有很大差别，但是，电影的表现条件和戏剧几乎完全相同，从使观众一次就能看懂的角度讲，电影也应该和戏剧一样，只含有单一的行动，表现单一的主题。

时至今日，电影艺术的发展已经使得亚里士多德所提出的戏剧准则不再是唯一的标准，如《公民凯恩》《罗生门》《法国中尉的女人》等影片早已突破了线性戏剧式结构。所谓单一的动作线索体现出的主题明晰性，也逐渐受到主题的复杂多义的冲击，这是一个不容忽视的现实。同时，到目前为止，常规电影也还基本延续着情节线索和主题明确单一的准则进行生产制作，这主要还是由常规电影观众需要一次看懂的观影需求所决定的。

国产电视连续剧大多十分注重情节的曲折生动，采取的基本是戏剧式结构方式。但是，国产电视连续剧的时间可以延续很长，篇幅容量也较大。因此，又可以有多条情节线索同时展开、交叉进行，这又与亚里士多德所讲的史诗接近。所以，国产电视连续剧的多条线索可以产生多个戏剧主题，这完全是由于它的情节线索较为丰富所带来的结果。

例如，根据毕飞宇小说改编的电视连续剧《青衣》（陈枰编剧、康洪雷导演），我们可以根据围绕老一代青衣名角柳如云的动作线，归纳出这样的一个主题：正当柳如云的演艺生涯如日中天的时候，一位不懂艺术的领导的批评毁掉了她的事业前程。在极度压抑之下，她不穿戏装走上舞台，用自己精湛的演技博得观众热烈的掌视文学教程声，以此来证明，艺术是不能为权力和小人所左右的。筱艳秋与李雪芬的冲突情节线，又可以归纳出另一个主题：新一代青衣筱艳秋经过艰苦努力，已经崭露头角，然而来自艺人之间的矛盾却使她黯然退场。筱艳秋和筒子楼内的家庭主妇们以及婆婆的冲突，又是一条动作情节线，也可以归纳出一个主题。当然，如果从贯穿全剧的角度看，筱艳秋对艺术事业的大半生追求，可以说构成了一条总的情节线，并形成一个总主题，而相应的各个次要情节线索所产生的分主题，又和全剧总的主题有着内在的呼应和联系。

（二）非戏剧式结构的电影主题

一些非戏剧式结构的影片，尤其是一些西方现代、后现代电影的主题，往往由于其缺少戏剧冲突以及清晰的动作情节线，使我们难以按照传统的戏剧式结构影片那样提炼主题。因此，这一类电影主题也显得晦涩且复杂多义。例如《广岛之恋》上映之后，有的人认为这部影片的主题是描写一对异国男女的爱情，有人认为这是一部宣扬和平、反对战争的影片，也有人认为影片是要人们忘记痛苦的过去，还有人认为这部影片是在为第二次世界大战时期的“贝当”分子鸣不平，等等。对于上述种种理解，人们似乎都可以从银幕上找到各自的依据。而根据电影剧本的作者玛格丽特·杜拉斯在“剧本大纲”中阐述的创作意图，可以理解为这部影片主要还是让人们“汲取广岛事件的历史教训”。此类情形的出现，与电影剧作结构的变化有着直接关系。在突破了传统的戏剧式结构之后，电影的结构呈现出开放的特征，所以，人们无法根据贯穿始终的情节以及人物行动来判断主题，因为在这类影片中，回忆、幻觉、潜意识的流动成为影片内容的主体。实际上，在此类电影中编导不再强行规定情节发展的前因后果，这也赋予了观众在观影过程中更多的主动性，每个观众都可以依据自己头脑中的储备去重新建构某一情节发展的逻辑关系。

面对20世纪50年代涌现出的一大批现代主义电影，美国学者李·R·波布克认为艺术电影仍然有一个思想或哲学上的鲜明主题：这并不是要给变化无穷的现代艺术形式套上一条过时的或刻板的规则。有许许多多主题，有无数的表达方式。然而，重要的是要避免那种以艺术上的虚无主义为特征的“怎么办都行”的态度。

尽管在过去二十年内，影片的风格发生了巨大的变化，出现了各种运动，但是在这一时期内，艺术上有成就的影片都有一个无论在思想上或哲学上都引人注目的鲜明的主题。伯格曼对人与上帝的关系的探讨（《第七封印》《冬之光》）安东尼奥尼对异化、对“牵连”的性质的考察（《奇遇》《放大》），以及费里尼对社会制度的研究（《甜蜜的生活》《八部半》），所有这些都是主题，它们都清楚地在最初的剧本中表现出来，并在而后的影片中得到精心的体现。

一部影片的主题不必非是某种“教义”，甚至可以不是某种观点。对于个剧本来说，它非常可能仅仅提示某种情调；后来这种情调变成主题。克洛德·勒卢什的《一个男人和一个女人》和波·维德贝格的《艾尔维拉·麦迪根》并没有去描写哲学主题或理性概念，但是两者都包含着创造一个恋爱故事的浓郁情调的内容，它提示了处理所有元素的方法，包括摄影风格、表演、剪辑和音乐，等等。因此，主题可能是许多东西；但是无论它是一个哲学概念或仅仅是传达一种情调，它都必须清楚地表现在剧本中，以便使主题变成拍摄影片的指导力量。

当然，现代电影追求表现深奥的哲学思想或浓郁的艺术情调的努力，实际上还有更深一层的电影艺术情结在发生作用，即在20世纪20年代先锋艺术家们早已开始的电影探索实验，其目的即在于让电影获得与文学、戏剧同等的高雅艺术地位，并从而使电影脱离开通俗娱乐领域。20世纪50年代，诸多现代电影艺术家及其作品的问世，确实使电影艺术的品质获得极大的提升，叙述方式也与传统的有很大区别，因此在电影主题表现方面也显得更加灵活。如果说我们对依照情结表现主题的方式不算陌生，那么对于理解表现哲学的或情调的主题，则需要大量的哲学和艺术方面的积累，从而才能够真正进入现代电影的艺术世界之中。

综上所述，电视剧的通俗娱乐特征就较为明显，原因之一就在于，电视剧主要采用传统的戏剧式情节结构方式。其中充满了强烈的戏剧冲突，故事的发展主要依靠主创人员的安排，主题也较为鲜明确定，而观众的主动性则相对较弱。

三、影视文学中的情节

有关叙事艺术的情节论述，最早可以追溯到两千多年以前，古希腊哲人亚里士多德在其著名的《诗学》一书中就提到：“情节，即事件的安排。”同时，他还提出情节必须“完整”的要求，对此，亚里士多德解释道：“所谓‘完整’，指事之有头、有身、有尾。所谓‘头’，指事之不必然上承他事，但自然引起他事发生者；所谓‘尾’，恰与此相反，指事之按照必然律或常规自然地上承某事者，但无它事继其后；所谓‘身’，指事之承前启后者。所以结构完美的布局不能随便起讫，而必须遵照此处所说的方式。”这也就是我们常说的，叙述一件事情应该具有完整性。

在论及悲剧艺术时，亚里士多德又提到：“情节乃悲剧的基础，有似悲剧的灵魂。”在他看来，悲剧包含着六种主要成分：“整个悲剧艺术包含‘形象’‘性格情节’‘言词’‘歌曲’与‘思想’。六个成分里，最重要的是情节，即事件的安排。”为什么说情节是最重要的呢？这关系到整个悲剧的组织结构问题，如果缺少了情节，整个悲剧结构的完整性就无法建立起来。“悲剧艺术的目的在于组织情节，在一切事物中，目的是最重要的。悲剧中没有行动，则不成为悲剧，但没有‘性格’，仍然不失为悲剧。”在亚里士多德的时代，人们对叙事艺术的理解还处于起步阶段，因此，建立起叙事作品的基本结构就是一个首要问题，在他看来，情节是支撑起悲剧结构的根本。但如果继续追问的话，支撑情节的内在原因又是什么？所以，只是到了后来，研究者才发现性格对于情节发展的重要作用。当然，在《诗学》里，亚里士多德也提到了悲剧中的性格问题，但是与情节比较起来，人物性格被置于比情节次要的位置。虽然亚里士多德注意到了悲剧中“行动”“情节”“性格”的存在，但是，对它们之间的内在关系显然还是有些模糊。例如，他认为：“不是为了表现‘性格’而行动，而是在‘行动’的时候附带表现‘性格’。”这实际上是忽略了性格在行动中所起到的能动和主导作用。

对于性格在戏剧情节发展中所起到的作用，18 世纪德国戏剧理论家莱辛给予了充分的注意。“……性格远比事件更为神圣……事件，只要它们是性格的一种延续……可以由完全不同的性格当中引出相同的事件，而且，这种性格在这种情况下通常引起这样的事件，而且必须引起这样的事件”。

莱辛认为：“诗人之喜欢选择这个事件而不喜欢选择另外的事件，是由纯粹的事实、时间和地点决定的呢，还是由能使事实变得更真实的人物性格决定的呢？如果决定于人物的性格，那么诗人究竟可以离开历史的真实多远这个问题就迎刃而解了。对那一切与人物性格无关的事实，他愿意离开多远就离开多远。只有性格对他说来是神圣不可侵犯的；他的职责就是加强这些性格，以最明确地表现这些性格。”到了黑格尔的时代，性格在情节中的重要性得到了进一步肯定。黑格尔认为，情节包含三个要点，即时代、情境、性格。时代，就是我们通常所说的社会时代背景或称大环境；情境，就是可以感知的现实生活环境，或称小环境；性格，就是人物性格。他特别强调性格的主体性和丰富性的统一。他认为情节的核心是矛盾冲突，因而情节包含对立的两种力量的冲突和斗争，等等。

时至今日，在许多影视剧作品中，我们仍然可以看到性格决定情节发展的这一基本原则。例如，刘恒编剧、冯小刚导演的影片《集结号》（根据小说《官司》改编），主人公谷子地顽强、坚韧的性格始终推动着剧情的发展，他的性格支撑着他在战场上坚持到最后一刻，同样也是这种性格促使他在战后执着地要为牺牲的战友恢复荣誉。苏联影片《夏伯阳》成功地塑造了一位英雄的性格，夏伯阳狂放不羁的性格一方面是令他的部队所向披靡的动力；另一方面也使他和他的部队经常出现一些瑕疵纰漏，最后遭到白军的夜袭而付出了惨重的代价。可以说，正是由于夏伯阳个性分明的性格使这部影片情节跌宕有致，酣畅淋漓。

苏联文学巨匠高尔基对情节所下的定义，在中国曾产生过广泛的影响。高尔基说："文学的第三个要素是情节，即人物之间的联系、矛盾、同情、反感和一般的相互关系—某种性格、典型的成长和构成的历史。"后来，人们通常把高尔基对情节所下的定义简化为：情节是人物性格的发展史。不过，这一简约化的结果却将高尔基所下定义的前半部分的重要性忽略掉了。构成情节最重要的基点应该是人物之间的关系，这种关系就不仅只是黑格尔所讲的矛盾和冲突关系，还有人物之间普通的联系以及各种情感关系，比如一部作品的情节主线是两人的爱情，像《泰坦尼克号》中的杰克和露丝之间的爱情故事所构成的情节。所以说，高尔基有关情节的定义比黑格尔的定义更加全面准确，在许多没有明显矛盾冲突的叙事作品中，人物之间的各种关系就已经构成了情节。可以说，高尔基的定义后半部分只是对前半部分的一个补充，特别适用于现实主义风格的文学和影视剧作品，并且在诸多优秀的现实主义作品中得到了很好的印证。例如，苏联著名作家肖洛霍夫创作的长篇小说《静静的顿河》，影片《夏伯阳》《第四十一》《办公室的故事》《莫斯科不相信眼泪》，等等。在这些作品中，人物性格丰满且富于变化，并且使这些作品成为文学史和电影史上的经典之作。

20 世纪 80 年代，英国理论家爱·摩·福斯特的《小说面面观》被翻译介绍到中国。福斯特在这本小册子中，在区分"故事"和"情节"这两个概念时，也从另一个角度强调了文学作品情节的因果性特征：

（故事）它是按照时间顺序来叙述事件的。情节同样要叙述事件，只不过特别强调因果关系罢了。如"国王死了，不久王后也死去"便是故事；而"国王死了，不久王后也因伤心而死"则是情节。虽然情节中也有时间顺序，但却被因果关系掩盖。又例如："王后死了，原因不详，后来才发现她是因国王去世而悲伤过度致死的。”这也是情节，不过带点神秘色彩而已。这种形式还可以再加以发展。这句话不仅没有涉及时间顺序，还尽量将不同故事联系在一起。对于王后已死这件事，如果我们再问："往后呢？"便是故事，要是问："什么原因？"则是情节。

福斯特所强调的情节的因果关系，对于理解影视剧的情节同样重要。后面所要提到的情节点的设置问题，实际上就是影视剧段落之间的因果关系。一个重要的事件场景导致下一个事件场景的出现，并以此建立起总的情节关系。

四、情节的表现形式

影视剧作的结构是一个立体框架，无论怎样的形状都必须同时具备时间与空间的双向展示，具体形象与情节进程组合而成，两者缺一不可。

一般来说，传统的电影故事片采用的是戏剧式结构方式，而这种戏剧式结构必须符合冲突律的法则，情节从人物之间的冲突开始，依次经过发展、纠葛、高潮直到最终结局。因此，这一类故事片的情节是以冲突来构成的。

情节进程是一条线，侧重于时间的展示；场面是一个面，侧重于空间的体现。影视结构体的负载量固定的前提下，线将面串联起来，于是切点与切面数量成反比，切点多切面就小，切点少切面就大（图 2-3-1）。

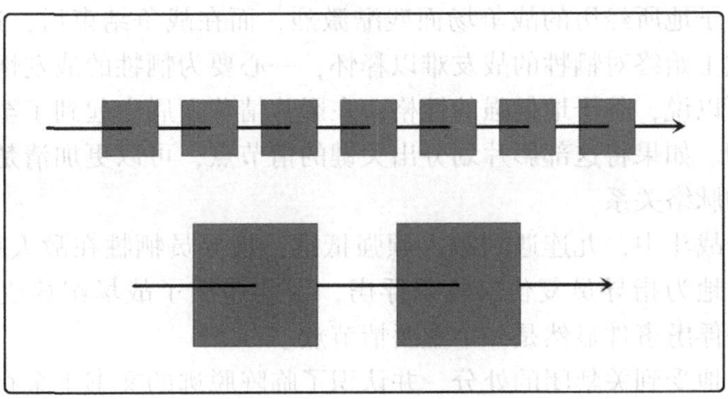

图 2-3-1 情节进程

许多国产影视剧也是采用此类结构，情节也是建立在冲突基础之上的，最为明显的是一些战争题材的电影和电视剧。

第二次世界大战之后，随着意大利新现实主义电影的出现，一些表现日常生活的“生活流”影片对戏剧式电影形成了巨大冲击。例如，在

《偷自行车的人》《罗马 11 时》等影片中不再有明显强烈的矛盾冲突，传统的情节依靠戏剧性冲突逐步走向高潮的方式，被另一种人物情感逐渐蓄积的形态替代，这就形成了一种依赖于场面的积累来建构情节发展的新方式。如美国影片《克莱默夫妇》，中国的“散文电影”《城南旧事》等影片均属此列。

以戏剧冲突为基础的电影情节，事件的因果关系在其中发挥着明显作用，前事件的“因”导致后续事件“果”的发生。这使得情节发展跌宕起伏，矛盾冲突趋向激烈，最终走向全剧高潮。在这样的情节发展链条中，往往会设置一系列的情节点，促使主人公的行动“踏上一条不归之路”，所以，对此类影片情节点的考察是审视事件安排是否合理有序的关键美国电影理论家悉德·菲尔德在《电影剧本写作基础》一书中提到：“情节点，它是一个事件，它‘钩住’动作，并且把它转向另一方向。”至关重要的是，情节点能够“把故事推向前进”。在戏剧中，情节点一般出现在每一幕的结尾处，而在电影中也大体相似，但一般是出现在每一段落的结尾处。“当你的电影剧本完成时，它可能包含有十五个情节点之多。究竟要有多少，全靠你自己故事的需要。每一个情节点都把你的故事推向前进，一直到结局。”

以影片《集结号》为例，该片时间跨度从解放战争、抗美援朝一直到新中国成立以后，与以往国内拍摄的战争片相比，在视觉和主题内容方面都有很大变化，是一部观赏性和思想性结合得较好的影片。在影片中，九连连长谷子地所经历的战争场面残酷激烈，而在战争结束后，这位忠诚、勇敢的战士始终对牺牲的战友难以释怀，一心要为牺牲的战友恢复烈士的荣誉。可以说，谷子地倔强的性格，在影片情节发展中起到了至关重要的推动作用。如果将这部影片划分出关键的情节点，可以更加清楚地看到剧情发展的脉络关系。

一场战斗中，九连遇到敌人顽强抵抗，指导员牺牲在敌人炮火之下，连长谷子地为指导员复仇，枪杀俘虏，因此违反了战场纪律受到严重惩罚。枪杀俘虏事件显然是一个重要情节点。

谷子地受到关禁闭的处分，并认识了临阵脱逃的文书王金存。结识王金存是又一处情节点，该情节点甚至也为后来王金存未婚妻的出场做了铺垫。

团长刘泽水决定派集体受罚的九连掩护全团撤退，并约定九连只有听到集结号后才可撤退。团长的命令即是该段的情节点，集结号声决定着九连的命运。

谷子地带领九连顽强阻击敌人，大部分战友牺牲，有人为了九连命运谎称听到号声，而谷子地本人没有听到号声坚持不撤退。最后只有谷子地幸存下来。坚持听到号声才能撤退是该段落的情节点。

在野战医院里，谷子地因穿着敌军军服，被误认为是敌军的老兵油子而准备遣散。恰逢赵二斗招炮兵，谷子地重新回到队伍。赵二斗将他带入炮兵部队又是一处情节点。为此，谷子地对赵二斗心存感激之情。

在朝鲜战场上，谷子地从地雷阵中救出赵二斗，两人的情义愈发深厚。在此段落里，两人成了生死之交，使日后赵二斗坚持不懈地帮助他为牺牲战友恢复名誉。

退伍后，谷子地回到当年的战场，寻找牺牲战友的下落，途中遇到王金存的未婚妻。由于部队将九连牺牲的战士列为失踪，谷子地决定重新找赵二斗，并让其帮助寻找自己以前的老部队。列为失踪这一消息作为情节点，促使谷子地决心再寻赵二斗帮助。

在赵二斗的帮助下，谷子地终于找到老部队的下落，并且见到司号员小梁子。小梁子告诉他，为了保证部队顺利转移，当初根本没有吹号，团长刘泽水后来也牺牲了。老部队首长准备为谷子地授勋，但却难以追认其他牺牲者为烈士。老部队首长的决定是该段落情节点，为此，谷子地决定自己亲自寻找战友的遗体。

谷子地在当初战友们牺牲的窑口疯狂地挖掘，希望找到战友的遗体。他的痴情与执着的行动本身即是一处情节点，引出了最终结果。

谷子地的决心令所有人备受感动。最后，终于为牺牲的战友争回了荣誉。

从以上的情节点可以看出，前面的情节点即事件，都导致了后续事件的出现也即在前后事件之间建立起了必要的因果联系。同时，主人公谷子地的性格在每个事件中都发挥着“推动”作用，并且作为贯穿全剧的“动作”构成一个完整的情节。

非戏剧式结构的影片，往往没有激烈的情节冲突，故事内的事件与事件之间也不定具有明确的因果关系。如中国散文电影的代表作《城南旧事》，是根据作家林海音同名小说改编而成，由著名导演吴贻弓执导。影片表现了童年时期的小英子在老北平经历的几件事情，并依此构成影片的整体。小英子只是作为事件的目击者出现在影片中，并非事件的行动主体。影片中的几个事件正如人生所经历的一样，充满偶然性地出现在人们面前：围绕着“疯女人”秀贞的故事，一个面带笑容的可爱的“小偷”哥哥的故事，以及女佣宋妈家中遇到的不幸。在目睹了人生坎坷与不幸的种种变故之后，小英子的内心世界也发生了悄然变化，这种变化自然在她充满童真、稚气的脸上流露出来：影片开始时，小英子带着一张天真、纯洁的面孔出现在银幕上，而在影片结尾处，小英子的脸却被蒙上一层哀伤、忧郁的淡淡阴影。这类影片的情节，实际上也符合高尔基所做的定义，即是“某种性格、典型的成长和构成的历史”，但却是种以场面的积累建构情节的发展方式。

美国影片《克莱默夫妇》的情节发展也有类似特征。男主人公特德由于平时很少管理家务，在妻子乔安娜离家出走之后一时手足无措，但又不得不承担起照顾儿子等家务责任。影片开始不久，在父子二人做法式煎面包场景中，小儿子对父亲很不信任，特德手忙脚乱，最后还是没做成一顿像样的早餐。但是，当影片接近结束时，父子之间的感情已变得十分深厚，此刻，儿子知道即将离开父亲与母亲一道生活，因此显得与父亲依依不舍。父子二人异常默契地做着早餐，儿子不时用安慰的眼光看着父亲。从一开始的父子隔阂状态，到最后父子情深的场景，这一切变化的发生正是场面的积累和情感蓄积的结果。

五、情境与情节推动

前面曾经提到黑格尔认为情节包含三个要点，即时代、情境、性格。他所讲的时代，就是我们通常所说的社会时代背景，或称大环境；情境，就是可以感知的现实生活环境，或称小环境。一般来说，影视剧的情节开端往往与环境因素有着直接的关系。无论是现实世界中的人，还是影视剧作品中的人物，都脱离不开人物所处的时代，即黑格尔讲的“一般世界的情况”。人们在观赏影视剧作品时，往往要依赖于对现实世界的体验和经验，并由此进入到作品世界之中，对关注现实的作品是如此，即便是对科幻、梦幻这类与现实有一定距离的作品亦是如此。因为只有这样，观众才会建立起对影视作品的信任度，并心甘情愿地顺从情节的发展，体验着被故事或人物的命运感动的快感。

在费穆先生导演的影片《孔夫子》中，影片开场便以一系列富于时代特征的场景揭示出孔子所处的时代环境：诸侯荒淫无度、贪婪成性、礼法荒废、道德沦丧。这样大的时代背景，既是历史的大写真，同时也为影片情节的发展做好了铺垫。因为正是这样的大环境促使孔夫子坚定了自己的信念，并且为了宣扬自己的儒家道德理想而开始了周游列国的艰辛之旅。

当然，在许多日常化的影片中，情节基本是在一些生活的小环境（亦即情境）中展开的。比如，《克莱默夫妇》中，影片开始时妻子离家出走，这就把特德置于一种意外的情境中，接下去情节的发展就是要解决特德今后“怎么办”的问题。实际上，情境不仅可以出现在剧作的开端，也可以出现在情节后续的发展、纠葛以及高潮阶段，并在内、外因力量的作用下使情节发生转机。

这里就涉及情节发展过程中的内部动力和外部动力问题。所谓的外部动力，即是由外部事件的介入而形成的情节推动力，它可能是神秘的自然力量，或是具有某种权威的外来者的强大力量，也可能是某种突发事件的发生，等等。而内部动力则来自于剧中人物自身，即剧中主人公要求从具体情境中走出的愿望和行动，往往由其性格、经历和遭遇处境而决定。例如，在电视连续剧《激情燃烧的岁月》中，石光荣在庆祝解放的腰鼓队中发现了褚琴之后，就开始了他的“求婚”行动，先是追随文工团到各个部队观看褚琴演出，后又与假想的情敌胡团长进行较量，后又跑到褚琴家里拜见她的父母，各种招数都试过之后仍然不见成效。剧情发展到这里似乎已经到了山穷水尽的地步，毕竟，人物内部的动力几乎已经完全耗尽，那么最好的办法就是借助外部动力使剧情继续发展。于是，编剧适时请出师领导亲自过问石光荣的婚事，并最终使褚琴答应嫁给这位农民出身的英雄团长。

一般来说，在情节发展过程中，内部动力和外部动力都是不可或缺的。在内、外部动力的作用下，剧中人物从一个个具体的、充满矛盾或危机的情境中走出，并最终走向全剧的结尾。

任何一部影视剧脚本，必须有其中心情节，它是整个故事的灵魂、核心和能源。“中心情节”就是一般所说的“主题”。王迪著《现代电影剧作艺术论》这样表述主题和主题思想：

一部电影剧本是否成功，取决于许多剧作元素，但决定剧本的思想深刻与否，则在很大程度上取决于作者对主题、主题思想的认识与把握。

主题是艺术品的核心、灵魂，它对一部作品的成败优劣，有着至关重要的意义。主题不是抽象的思想，而是具体艺术品所体现出来的起主导作用的基本思想。一般地说，它并不是单纯、孤立地存在，而是依附于具体、生动的艺术形象之中，是在艺术形象的显现中自然地流露出来的。

主题首先和题材相关。对于题材（即进入作品中的生活材料）的选择和表现，反映了创作者的认识和评价，因而，也是和作品主题紧密关联的。主题还和艺术形象结合在一起。艺术品中的艺术形象指包含着作者情感、认识的描写对象。在不同体裁、不同题材的艺术品中，艺术形象也有不同的含义。刘文周在《电影电视编剧的艺术》这本书中，也谈到主题的重要，他说：

编写剧本之前，必须有一个主题，宛如在建筑一个大厦之前，应有个蓝图同样的重要。试想一个建筑师，如果没有蓝图，他就不知如何做起，也不晓得建造哪种样式的楼房，等等。同样地，编剧如果没有主题就写剧本，自然无法写出好的剧本。

第四节　人物特征

一个人做什么就说明他是“谁”，而并不在于他说些什么。因为我们是用画面讲述故事，我们必须表现人物对于他或她不得不面对和克服的事件如何动作和反应。如果你想让你的人物更强有力、有更大的空间和更具普遍性的话，首先要看他们在剧本里是不是一种动作性的力量，看看是不是让他们导致了事件的发生，决定了事件的结果。费尔德教授在他的《电影脚本写作的基础》里谈到人物时说：“每部脚本都有戏剧性的动作和人物，你必须知道谁是你的电影中要描述的。还有什么事情会临到他或她，这是写作的最基本概念。”他还给“动作”和“人物”下了清楚简明的定义：“动作就是发生什么事情，人物就是谁去碰到些什么事。”

美国的埃洛里在其所著的《编剧艺术》一书中也说：“任何人，不论是否有灵感，如果把剧本的成败寄托在人物性格上，他的方向就算对头，他的方法就不会出错，不管他是有意还是无意。关键不在剧作者口头怎样说，而在笔下怎样写。任何伟大的文学作品都着眼于人物性格的描写，即使作者是从情节入手也一样。人物性格一旦被创造出来，就成了头等重要的因素，情节必须重新安排以适应它们。”

无论是先有故事，还是先有意念，或者是一则不为人知的小新闻，只有人物的注入，才能促成脚本从无意的雕琢提升为有意义的生命，悲则令人泣不成声，喜则使人舞之蹈之。人物赋予情节生命和意义。人物是脚本的骨架，动作是血肉部分，两者相连才构成一部完整的脚本。影视剧本的任务是写人，这是毋庸置疑的。但是这个人，并不是孤立的，他是社会中的人，是生活中的人。脚本要描写什么样的人物呢？什么样的人物才适合编成脚本呢？这是值得探讨的问题。

一、戏剧人物必须具备特性

首先，人物必须具备人类的“普遍性”——有食欲、性欲、知欲等“人类本性”；有对权力、金钱、道德规范态度的“社会理性”；有信仰、尚美，对艺术和精神方面追求的“精神性”。其次，人物还必须有“特殊性”——一个普普通通、平平凡凡的人，一点都没有“戏感”，怎么会引起观众的兴趣呢？这种普通人，音容笑貌与其他人没有两样，观众见得多了，平淡无奇，这样的人不太适合成为剧中人物。唯有特殊的人，一言一行都与众不同，这样的人一举一动都有“戏”，自然引起观众的兴趣了。

其次，世界上平凡的人多，特殊的人少，千百而不得其一，因此剧作者必须有丰富的经验与敏锐的观察力，在千千万万人群中，在平凡中求特殊，在特殊中求平凡。如何从特殊中寻找平凡，在平凡中发掘特殊，这里有一个简单的方法，就是发掘“反常”的地方。例如普通人都有嫉妒的心理，这是人之常情，并无特殊之点，所以有这种嫉妒心的人，还不能成为戏剧性的人物。可是如果个人的嫉妒达到疯狂，甚至杀人的程度，这就是异于常人，而成为戏剧性的人物，如莎士比亚笔下的奥赛罗便是。又如好人不如坏人，妻子不如情妇，结婚不如偷情，谈天不如吵嘴，吃饭不如喝酒，喝酒不如酗酒……再如坏人本是作恶多端，忽然放下屠刀做好事；严守妇道的妻子，竟然背叛丈夫红杏出墙……这些都是平凡中有特殊，特殊中有平凡。

再次，影视剧还需要人物有“冲突性”。因为戏剧的本质就是冲突，戏剧人物具备冲突性，这是不可置疑的，问题是人物要有如何的冲突呢？脚本不论写什么人物，都必须安排在冲突的局面中，也就是说，一个普通的人物，一旦使他有了冲突，他的生活和行为就不平凡，他隐藏在内心的秘密、动机、善恶的观点，及伪装在外的各种面具，他的喜怒哀乐、情感理智………一件一件揭开了，赤裸裸地呈现在观众眼前，也深深震撼着观众，把他们的欲望表达出来。根据这点，什么人物都可以写，帝王将相、皇亲国戚，固然是脚本的好人选，贩夫走卒、三姑六婆都可以是脚本的最佳人选，问题只在这些人物必须有值得在观众面前呈现的冲突。

影视剧作品是社会生活的一种艺术的反映，而社会生活，都是由人的活动构成的。没有人物，没有人与人的社会关系，没有人的活动，就没有社会生活，没有社会生活中的矛盾和冲突，就没有作品。

二、影视剧人物的作用

（一）人物决定故事情节走向

什么是由事件所决定的人物？什么是由人物所衍生的事件？这是一个具有深远意义的命题。我们中国影视剧有一个很好的艺术传统，那就是围绕着剧中的人物形象来设置故事情节。就连直播电视剧时期的开篇之作《一口菜饼子》，也是为了塑造姐姐这个人物具有节约粮食、勤俭持家、艰苦朴素的品德，才设置了妹妹拿一块枣丝糕逗狗的情节，旧社会一家四口逃荒在外父母先后病死的情节。“文革”后电视剧复苏，像1980年的中央台和福建台联合录制的上、下两集的《何日彩云归》，成功地塑造了台湾岛上国民党的军医官黄维芝的形象。剧中，围绕着黄维芝，就设置了他收到一包从大陆寄来的药材当归而被阴谋陷害的情节，遭到阴谋陷害时被逼得走投无路而潜逃的情节，随后又忍痛放弃和留在大陆的妻子钟离秀兰团聚，冒着生命危险帮助一对受迫害的青年回归大陆的情节，最后他自己又在一位高级军官曾耿的安排和协助下回到祖国大陆的情节。

（二）人物体现剧作主题思想

一部影视剧主题的表现，无一例外地是由人物形象的塑造来体现的。对于一部影视剧来说，人物形象及形象系列的塑造所具有的主导和决定的作用，就是它主导和决定了这部影视剧的美学品格。表现在以下四个方面。

第一，人物形象及形象系列的塑造，主导和决定了一部影视剧所选择的题材和对题材蕴涵意义的开掘是否在尽可能深广的程度上反映了社会生活本质的真实。

第二，人物形象及形象系列的塑造，主导和决定了一部影视剧所塑造的人物是否反映了我们民族历史和现实生活中代表一个时代前进方向的人物的人性美。

第三，人物形象及形象系列的塑造，主导和决定了一部影视剧的画面叙事策略是否创造出了和我们这个时代的审美需求、民族的审美期待相适应的电视艺术文本。

第四，人物形象及形象系列的塑造，主导和决定了一部影视剧的审美价值是否体现了我们这个时代的先进文化和健康有益文化，有益于社会进步和人类健康成长。

（三）人物影响剧作的格调品位

20世纪90年代以来，在影视剧领域里，主导文化、精英文化、通俗文化站在一条战线上和西方传入的现代商业性大众文化展开了激烈的较量。也就是在这种激烈的较量中，我们的影视剧作品有了不同的文化格调和品位，乃至不同的文化品质。

如果把鉴别各种文化属性的标准的底线确定在有益于社会进步和人类健康成长，总是说得过去的。当然，在一部影视剧里，要做到这一点，制约因素也会很多，简直就是一个系统工程。不过，其中人物形象及形象系列的塑造，的确是主导和决定性的因素。事实上，我们的影视剧作品里具有这种审美价值的作品也非常之多。不说那些大题材，就拿这些年非常兴旺发达的家庭伦理剧来说，就有很多的剧目深受欢迎。

作为叙事艺术中的一种，塑造出色的人物形象也是影视剧作品追求的目标和任务，“人物”塑造的好坏往往成为鉴定作品格调、品位的决定性因素。在影视剧里，编导者可以尽情地抒发他们对于生活的感悟，可以将生活的百般滋味甚至家常琐碎都艺术地再现于屏幕。叙事艺术作品的主题思想、格调品位要通过对人物的塑造才能得到体现。所以，人物在叙事艺术作品中处于一个重要位置。它是叙事艺术作品的核心，因此，高尔基把“文学”称作“人学”。叙事艺术家把研究人作为自己的职业，把写作的焦点放在塑造人物身上。为什么人会成为叙事艺术的中心呢？这是因为，人是社会生活的主体。马克思曾经说过，人是“社会关系的总和”。这就是说，社会生活中的各种关系，各种矛盾和斗争，都是从人和人的关系中体现出来的。所以，艺术要反映社会生活，就要写人；叙事艺术是以人的活动为内容的。从时间上的发展而言，每一种创作理念的产生都在不同程度上继承和颠覆着前代人的学说。类型说是从抽象的观念出发，以突出共性为目的。在一般与个别、共性与个性、本质与现象、必然与偶然的矛盾统一体中，以前一方面作为矛盾的主要方面，并且以抽象的观念，如道德、荣誉、凶恶等的直接呈现来满足人们的审美要求。在主要人物身上应该让观众看到一种普遍的价值观念，看到一种启迪现实的力量。同时，影视剧对于类型人物以及个性人物并没有太强的排斥感，甚至可以说，在类型人物与个性人物两极相交的中间地带，就是典型创作理论。在把握住人物性格及人物关系之后，剧情就会自然而然地产生出来导演赵宝刚对于如何拍出“当红电视剧”提出的拍摄思路是：首先要塑造个大众喜欢的角色形，根据这些影视剧的编导者和表演者亲身的经验，更加证明了影视剧作品需要有鲜明的、出色的人物形象。《激情燃烧的岁月》让人们牢牢记住了一个刚直的军人石光荣；《历史的天空》里的姜大牙形象深入人心；《亮剑》，让人们喜爱上了敢作敢为的“魅力男人”李云龙；《空镜子》里总是笑呵呵的孙燕，美丽精明的孙丽；《贫嘴张大民的幸福生活》里胖墩墩的、全凭一张好嘴的张大民，更是给人们留下了深刻的印象。

三、影视剧作人物的类型

人物是无法分类的，因为“人心不同”，未必“各如其面”，无法完全按外部形态详细区分。不过为了说明的方便，概略地分类，对脚本的写作当有助益。

（一）根据人物在事件进程中的作用划分

主要人物：事件核心，矛盾焦点，观众的主要看点。

必要人物：没他事件就不能成立的被爱者、被害人，助手或者对手。

次要人物：叙事要件，主要人物的行为条件。

（二）从塑造和传播的角度划分

戏剧界和影视界长期以来形成一种共识，把人物分成“圆形人物”和“扁平人物”两大类。这里所说的“圆”和“扁”没有褒贬意向。

圆形人物指的是更接近于现实的，立体、多侧面的性格集合。这种人物因其复杂、神秘、变化莫测，更能吸引观众，当然塑造的难度也更大；而扁平人物则是按照受众广泛认知的概念与类型塑造的人物，是影视剧人物的多数。这种人物可以细分为各式各色的“正派人物”和“反派人物”。

常见的正派人物有以下几种。

（1）平正型：这一类型是最常见的一种人物，也可以说是最正常的人物，品行端正、见解平和、面貌端正、心地善良。

（2）机智型：这一类型智慧高而异常机警，但用心公正，不是为了一己之私而用心机的人物。

（3）拘谨型：这一类型就比较有特色，他言语谨慎、行动拘束，不敢多动多言，显得过分老实。

（4）忠正型：这一类型是忠臣义士型的人物，他们的机智未必胜过机智型，但其人品德高尚，忠诚正直，超过常人，如岳飞、文天祥。

（5）粗豪型：这种人物多是很可爱的粗人，心地善良、行动粗鲁，如《水浒传》中的鲁智深。

（6）纯真型：这一类型的人天真未泯，并不是孩子，但是对任何事情都只看见平直的一面，是容易受骗的好人。

（7）拙笨型：这一类型并不是喜剧里面可笑的笨蛋人物，而是在智慧上稍低于常人，因而产生戏剧性。

（8）刚愎型：这一类型的好人，有时会因过于刚正而做错事，他绝对的有心为善，当然更无心为恶，却会做坏了事。

（9）火躁型：性情太急躁，没有耐性，三言两语之间就能吵起来，甚至挥拳打架。

（10）自卑型：有严重的自卑感，因而造成过度的自尊，使许多事由于他的心理阴影，造成偏差，事实上他并非存心为恶。

以上就正派人物粗分为十种类型。实际上，人心不同，各如其面，正派的人绝不止十种，千百种也概括不尽，不过我们实不必那样细分。但剧中人物要有分别，同是正派人物，就必须分成几种类型；否则，每个人物都相同，成了复制品。

常见的反派人物有以下几种。

(1) 纨绔型：这一类型只知享乐。可以一夜赌输全部祖产，可以淫人妻女不以为意，这样的人，最后走上穷途末路，可以为盗贼，可以为卖国贼。

(2) 堕落型：这一类型的人，吃喝嫖赌，作奸犯科，无所不为，见利忘义，毫无品德可言，自暴自弃，只图眼前快乐，而且用卑劣方法求取将来的快乐。

(3) 阴险型：这一类型的人，外貌看起来并不凶恶，而内心阴险，专门处心积虑地做坏事，害人图利，实际的凶狠，比凶狠型更有过之。

(4) 凶狠型：这一类型的人物，外形凶恶，一见就知道是反派，做事心狠手辣，切形之于外的坏人。

(5) 小丑型：这一类型的人是坏人的手下，仰人鼻息，助纣为虐，混口饭吃，卑鄙得可怜，下贱得可恶，但他还自鸣得意，狐假虎威。

(6) 谄佞型：这一类型的人媚上骄下，以说别人坏话，打倒好人为职志，对上谄媚，不知羞耻，但知如何逢迎邀宠，做了坏事却不觉得惭愧，也没有同情心。

(7) 败类型：这种人游手好闲，社会败类，专为欺压诈骗，恶人帮凶。这种人以做坏事害人取利为快意，视作正事、做好人为不正常

(8) 奸诈型：这一类型人物，在外表上极力表现其美善，而内心隐藏着极深的奸诈之心。他一切用诈术，别人或许对他深有好感。他比阴险型更可怕十倍。

(9) 泼辣型：这当然专指女性。戏剧中泼辣型的女人，都是相当突出的，多属反派。

(10) 风骚型：这当然也是指女性。风骚型和泼辣型大为不同，泼辣型是在言语行动之间，似乎无人能限制她，因此造成一种许多人都怕她的情况。而风骚型放纵表现女性魅力，由于此种行为的放纵，往往造成不正常的行为。

影视剧人物塑造不同于小说、散文或诗歌。许多文学作品对人物的文字描述是很具体而统一的，但是影视艺术是通过具体形象直接展示在观众眼前，每个观众都有不同的什么标准，对于人物的性格，也有着不同的

喜好。

现实中人物的性格总是在与生活中的矛盾冲突进行碰撞的过程中表现出来的。因此，艺术形象的性格也要通过与矛盾冲突的碰撞来表现。影视作品对人物的塑造，首先要从宏观上规范出所要塑造人物性格在某种生活冲突中的体现，这是影视人物性格设计的基础。

第三章　影视文学的创作手法

第一节　人物和语言

一、剧中人物

影视剧的主题思想，往往是通过情节表现出来的，而情节的发展又是由人物性格所推动的。由此可见，人物形象和性格的塑造在影视剧剧本中处于十分重要的位置。当然，换一个角度说，影视剧作品给人留下深刻印象，常常是因为在这些作品中塑造出了栩栩如生的人物形象。在这里，对于影视剧人物的研究不妨从两个方面入手，一方面研究人物形象、性格如何塑造，另一方面研究人物作为角色在剧情发展中的功能和作用。

影视文学剧本是为银幕而写作的，因此，剧本的语言多带有指示和引导的作用。剧本的语言既是对整部剧本的全面描述，也具体表现为对场景、人物形象、动作的细节描述，当然也包含人物的对话、独白和旁白等。为银幕而写作，就需要充分考虑到影视画面和声音的思维方式，充分利用诸如蒙太奇手段、场面调度、镜头使用以及色彩、光线、音响等手段技巧。总之，就是用文字语言描述出来的电影蓝图。关于影视文学剧本的语言，可以分为两个部分，其一是描述人物造型、场景画面以及剧情发展的叙述性语言，其二是未来影视剧中的有声部分，即人物对白、独白以及旁白性语言。

（一）人物性格及形象塑造

一切以叙事为特征的文学艺术，如史诗、小说、戏剧等，无不以写人作为艺术创造的焦点。高尔基曾精辟地指出“文学即人学”，他的这一论断同样适用于电影文学剧本的创作。

我们经常提到人物形象和性格的概念，但是在艺术理论中，这两者是有一定差别的。一般地说，人物形象的概念大于性格，形象泛指特定现实环境中，人的生活面貌及其生存状态，而性格则指人在特定的社会关系中全部稳定的行为和心理特征的总和。一个电影剧本的成败，往往取决于对人物性格的独特发现和创造。如影片《血观音》就塑造了诸多女性人物，如棠夫人、棠宁、棠真、县长夫人、议长特助、院长夫人、林议员夫人等等，这些人物在性格上都有强烈而突出的特点，她们每个人都有着自己的想法，甚至可以用“各自心怀鬼胎”来形容。当影视文学作品将人物性格研究透，或直接或含蓄地充分表现出来的时候，戏剧性就产生了，观众会很自然地看下去。

在人物塑造方面，我们主要把握三个关键点：人物性格、人物形象，和人物心理。这三方面是三足鼎立的形态，共同支撑起一个丰满而立体的人物。(如图 3-1-1)

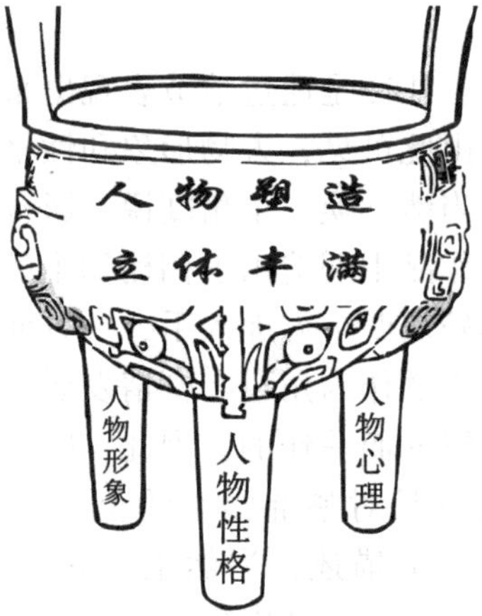

图 3-1-1

1. 人物性格

两百多年前，莱辛在其名著《汉堡剧评》中就曾明确指出：“一切与性格无关的东西，作家都可以置之不顾。对于作家来说，只有性格是神圣的，加强性格，鲜明地表现性格，是作家在表现人物特征的过程中最当着力用笔之处。”

在《电影艺术词典》中，对性格概念给予了进一步的详细说明：性格广泛应用于心理学和文学艺术创作中的术语。指一个人在特定社会关系中对现实较稳定的态度及相应的习惯化的行为方式。它是在社会实践活动中逐步形成的。先天的气质是性格的自然基础，为性格带来丰富的个性色彩。由于人的心理素质、生理素质以及所处的具体环境和教育条件不同，其性格特征就不同。在电影剧作中，性格是构成作为情节发展动力的冲突、抵触和差异的基础。

在上述对性格的定义中可以看出，性格有其先天的自然属性，同时也有后天在外界力量作用下形成的社会属性。那么，在影视剧作品中，人物性格又是如何被塑造和表现的呢？

首先，将人物放置于人与人之间的抵触和矛盾冲突关系中，人物的性格才能鲜明生动地显现出来。德国古典美学家黑格尔认为：“能把个人的性格、思想和目的最清楚地表现出来的是动作，能给人留下印象最深刻的方面只有通过动作才见诸现实…” 黑格尔在这里提到的动作指的是，由动作和反动作构成的矛盾冲突，而且是一个从矛盾开始直到最终的完整运动过程。实际上，我们也可以把这一动作的过程称为情节。而性格即是通过动作与反动作的矛盾运动（即戏剧冲突及其进程）才得以呈现。

以影片《芙蓉镇》为例，胡玉音勤劳、善良、待人和气的天性，在她开始经营米豆腐摊子的时候就表现了出来。但是，国营饮食店经理李国香却因“芙蓉姐”胡玉音抢了自己的生意，而暗自怀恨在心，她的嫉妒之心也随着米豆腐摊子的红火悄然升起，并在此后的政治运动中转换成了行动。这样一来，政治运动斗争的实质就具体表现为两个人的矛盾冲突。随着政治斗争的展开，李国香对胡玉音的迫害加剧，并导致胡玉音的丈夫被逼自杀。在这样矛盾尖锐激烈的冲突中，胡玉音性格中坚毅、隐忍的一面开始凸显出来，也正是因为她这样的性格特点，才使她能够顽强地坚持到“文化大革命”结束，并和秦书田开始了新的生活。

在影片中，“右派分子”秦书田也是一个极具特性的人物。由于他是“改造”的身份，在李国香、王秋赦等人面前总是竭力表现得唯唯诺诺，但他性格中的另一方面却在暗自与李国香等人的较量中显现出来。秦书田“被改造”的工作是每天清晨扫街，一次，他偶然发现王秋赦悄悄从李国香家爬窗出来，于是，这个“秦癫子”便偷偷地在李国香的窗外放上一团牛粪，让王秋赦吃了一个大大的哑巴亏。

实际上，一部电影或电视剧在整个剧情动作中，可以表现出人物性格丰富的多个侧面，或是体现出人物性格发展变化的过程。例如，霍建起导演的影片《暖》，在影片的前半部分表现了暖少女时代的天真烂漫，而随着剧情的深入，暖对于人性和生活的理解渐趋成熟。少女时代的暖能歌善舞，充满青春的激情向往，还爱上了省城剧团里的“小武生”，一心想成为省剧团的演员。此时，打谷场上的秋千架恰好成了她内心世界的象征，摇来荡去，总不甘于平静。十年之后，早已是城里人的井河重新见到暖之后，看到了中年暖的性格变化。井河了解到，暖为了保持自己的尊严主动中断了她和自己的关系，同样是为了尊严，她再次放弃了嫁到城里去的机会。哑巴对暖长久的默默关心，让暖感受到了哑巴内心的真诚与善良，并最终和哑巴结合在起。《暖》是一部艺术性较强的影片，现实时空和过去时空交替进行，井河既是片中的人物角色，同时又是一个叙述者，从他的视点角度去看暖的性格变化，并最终串连起整部影片的剧情。影片中虽然没有强烈的人物冲突，但是，在暖和后来的哑巴丈夫之间却有着抵触的关系。少女时代的暖对哑巴既厌烦又惧怕，只是到了后来才认识到了哑巴的善良，并找到了心灵的归宿，同时，在这样抵触消解的过程中，暖的性格也开始成熟起来。

当然，影视剧中人物性格的某些侧面在每一次人物之间的抵触和矛盾冲突中，也都可以得到具体显现。

例如，在美国西部片《关山飞渡》中，当驿马车中途歇息准备用午餐时，军官太太露茜傲慢地拒绝与妓女达拉斯同桌用餐，这种性格恰是世俗偏见的一种表现。然而“越狱犯”灵果却对此等流俗异常蔑视，大胆地邀请达拉斯坐到自己的身边。这一次小小的冲突把各个人物的性格特点凸显无疑，也为后续情节的发展做了很好的铺垫。在随后的旅途中，露茜突遇难产的困境，而达拉斯却不计前嫌，自愿地帮助露茜接生。达拉斯充满爱心的举动，终于打消了露茜的傲慢与偏见，这也算是军官太太露茜性格的一个小小改变。前面有关性格的定义中已经提到，人物习惯性的态度和行为方式即构成了性格特征，但是，人的态度或者行为方式在外界力量的作用下也是可以改变的。

其次，性格在具体的情境场景中也可以得到很好的表现。在影视剧作品中，人物的性格是在不同的场景中逐渐被揭示出来的。然而，在某些场景中并不一定都是通过人物之间的抵触和冲突来表现性格，也可能是通过一次平静的谈话，凭借人物的一个下意识动作，就会将性格特征直观地呈现在观众面前。在瓦西里耶夫兄弟导演的影片《夏伯阳》中，有一个场景是夏伯阳问手下的指挥官们，在战斗中指挥员应该站在队伍中哪个位置？听了指挥员们的回答之后，夏伯阳很不满意，于是把正在吃的土豆、政委手里的烟斗等都作为道具，模拟进攻的队伍、指挥员和敌人的机枪位置，并告诫大家什么时候指挥员应该保护自己，什么时候又该冲锋陷阵。整个场景里，只有夏伯阳在生动地讲解，但是，却把这位鲁莽英雄细腻而又智慧的一面展现出来。

在影片《暖》中，哑巴善良的性格也是在一个个无言的场景中加以体现的。当井河考上大学之后还时常给暖写信，于是，哑巴每天守候在村外路口等待邮递员的到来，每当接到井河的来信，哑巴便兴冲冲地手捧着井河的信送给暖；暖被困在滂沱的大雨中，哑巴不顾一切地背上腿脚不便的暖，把她送回家中；暖把井河寄来的皮鞋扔到河塘里，哑巴却将那双皮鞋打捞起来，重新送给暖……在这些场景中，没有哑巴与其他人物之间的抵触和冲突，但是，哑巴的性格却在这些场景中渐渐浮现出来，真可谓达到了“此处无声胜有声”的效果。

2. 人物形象

我们知道，文学使用文字语言来塑造人物形象，而电影和电视剧则使用视听语言尤其是直观的造型动作来塑造人物。人物外在的表情、动作和形象，往往能把内心深处的思想、情感状态准确地传递给观众。随着时空环境的变化，观众对于人物的认识也就有了从初步印象到逐渐深入的过程，并且随着这一过程的发展，对人物的认同感也会不断加强。优秀影片的人物造型，往往具有强烈的视觉冲击效果，如美国影片《与狼共舞》，主人公邓巴跃马冲入敌我双方对垒的中间地带，毫无畏惧地伸开双臂，犹如自由飞翔的雄鹰，导演特意使用了高速摄影的手法，将邓巴这一形象深深烙入观众的记忆之中。看过苏联影片《夏伯阳》的观众，无不对身披斗篷、纵马驰骋的夏伯阳留有深刻印象，这一造型也是他性格的缩影或外化，甚至可以通过它开启对整部影片回忆的大门。所以说，人物形象的造型特征，一方面可以显示出影片的视觉冲击力，另一方面也与影片故事的整体保持有机的联系。

电影可以通过人物的动作，也可以通过人物表情的细微变化塑造视觉化形象。在吴贻弓导演的影片《城南旧事》中，有一个场景是小英子好奇地看着骆驼嚼草，看到出神时，她自己的上下腭也不由自主地嚼起来。从这个小小的举动中，似乎可以看出小英子是一个既好奇又喜欢观察的小姑娘，以她的眼睛去看世界一定会有许多新的发现。在《电影美学》一书中，匈牙利电影理论家贝拉·巴拉兹曾谈到动作、手势以及面部表情和内心世界的关系：“他打手势并不是为了表达那些可以用言语来表达的概念，而是为了表达那种即便千言万语也难以说清的内心体验和莫名的感情。这种感情潜藏在心灵深处，绝非仅能反映思想的言语所能传达的；这正如我们无法用理性的概念来表达音乐感受一样。面部表情迅速地传达出内心的体验，不需要语言文字的媒介。”从这里也可以引申出这样的一个观点，视觉化的形象塑造本身还不是最终目的，形象还要能传递出埋藏在人物心灵深处的情感，而这种情感才是真正打动人心的。

除了以动作、表情来塑造人物形象的手法之外，空间环境、色彩、光线、音乐和声响等也是塑造形象的重要手段。电影导演普遍注重空间环境的选取，如陈凯歌的《黄土地》、张艺谋的《红高粱》都把外景地设在了雄浑苍凉、富于文化底蕴的西北，让影片中的人物形象与空间环境产生内在有机的联系，这两部影片中的色彩对于人物形象的塑造都起到了重要作用。根据莫言小说《白沟秋千架》改编的影片《暖》，把外景地设在了风景如画的婺源，而不是小说原著中的山东，这样就使得影片中的人物染上了江南的灵秀，从而具有清新淡雅的风格。与这一环境相应的暖也不再是原著中那个饱受磨难的女人，而变成了一位成熟、淡定的江南村妇，地域环境的改换甚至对暖的性格发展也发生了某种作用，使之更加符合我们所能接受的生活逻辑。

苏联影片《一个人的遭遇》是一部黑白影片，在使用光线塑造人物方面令人印象深刻。当影片主人公索科洛夫被德军俘虏之后，夜晚，他和其他红军俘虏被羁押在间废弃的教堂里，月光从教堂高处的窗口照射到黑暗的教堂之内，让不同类型的人物暴露在惨白的月光下，月光此刻具有某种叩问心灵的作用。镜头画面里出现一个惊慌失措的俘虏，月光照在这个人的脸上，可以看出他恐惧和绝望的眼神；索科洛夫默默地坐在角落里，目光中充满忧郁。在这里，教堂空间以及从窗外照射进来的光线，似乎在尝试着照穿每个俘虏的灵魂，将索科洛夫放置在这样的环境中，即是让他在此经受着精神的考验，他的形象因此而具有了受难者的特征。

再如美国影片《鸟人》，在黑色画面之后出现的第一个镜头，是透过铁条窗口拍摄到的蓝天，随后镜头切换到像鸟类一样蜷缩的人的双脚，镜头再往上摇动，我们看到了已经褪色的蓝色衣裳，鸟人的眼睛凝神地注视着铁窗外的蓝天。镜头拉开，房间是灰暗的，从窗口折射进来的光线，让这个封闭的小屋和外界多少有了联系。导演艾伦·帕克在影片的第一时间即让鸟人的形象展现在观众面前，鸟人的这一空间造型给观众留下了第一印象，但是，观众还不了解鸟人到底是一个怎样的人物，他的内心世界还需随着剧情的逐渐展开而被揭示出来。实际上，观众看到这一形象之后，很想知道围绕着他会有一个什么样的故事，所以，在这里鸟人形象的初现也起到了引发剧情的作用。对于这个例子需要补充的是，有关形象，并非仅仅是如何塑造的问题，正如我们在生活里与一个人初次相识那样，此刻还很难了解他或她的脾气秉性、习惯好恶，许多属于人物内在气质和思想的东西，还需后续交往才能渐渐知晓。影视剧中的形象也有一个从初识到深入了解的过程，这就需要随着情节的发展不断予以揭示。所以说，形象塑造往往要到故事情节中去思考，也会给观众带来一系列的惊喜之感。

3. 人物心理

影视剧中人物形象蕴涵丰富的精神世界往往最能打动观众的心，这就是影视剧所特有的情感力量。在不同的情境状态下，剧中人物的喜怒哀乐，情感的微妙变化直接作用于观众，并能够使观众产生情感的共鸣或认同。应该说，真正能够唤起观众情感的影视剧作品，才可以称得上是优秀之作。

早期电影表现人物的心理活动，往往要寻找一些相应的外部动作，如运用电影特写镜头，去“放大”人物的动作，以此显示内心状态：人物双眉紧皱，表示人物正在凝神思索；双脚不停地在地上来回走动，以表示还处在犹豫彷徨状态；拳头重重地砸在桌子上，以至于茶杯都被震得跳了起来，表示终于下定决心等。当然，早期电影也有一些透过形象、动作表现人物心理世界的优秀之作，例如在格里菲斯导演的影片《被摧残的花朵》中，丽莲·吉许扮演的穷姑娘被人追赶，昏倒在一个中国商人的门前，商人发现了她并把她带到家里，给这个患病的姑娘治病。姑娘的病体逐渐复原但却始终不见笑容。于是，中国商人问这个余悸未消的姑娘：“你不会笑吗?”姑娘回答道：“我试试看。”她拿起一面镜子，一边笑，一边用手摆弄脸上的肌肉。最后，中国商人慈祥而又亲切的目光使她的脸上浮起真正的笑容，显然，她情感的微妙变化是被中国商人真诚感动的结果。

人的情感状态都是在特定的情境之下生成的，因此，剧中人物的情感流露也须和故事情节的发展联系在一起。意大利新现实主义代表作《偷自行车的人》选用一名失业工人来扮演主人公安东的角色，虽然没有受过专门的表演训练，但是他本人的经历使得他很容易就能把安东的情感表现出来。影片中，安东好不容易找到一份张贴海报的工作，可是，工作的第一天他的自行车就被偷了。安东带着小儿子跑遍了罗马的大街小巷，依旧没有找到可以保住全家饭碗的那辆车。万般无奈之下，他竟然偷了别人的自行车，结果却被人抓住。在小儿子布鲁诺的哀求下，众人才算饶过安东，父子两人满怀屈辱地游荡在街上。路上行人熙熙攘攘，从体育场走出一群观众，兴奋地谈论着刚结束的比赛，却无人注意到父子二人此刻的孤独与绝望。父亲再也无法抑制自己的悲伤，眼泪从他的脸颊流落下来。

主观镜头经常被用来表现人物的内心状态。所谓主观镜头，即摄影机的视点直接代表剧中人物的视点所拍摄的镜头。因其可以使观众从该剧中人物的角度“目击”或“臆想”其他人物即场面的活动与发展，从而产生与该剧中人物相似的主观感受。如我们以前曾经谈到过的，苏联影片《雁南飞》中鲍里斯牺牲时的那段著名的主观镜头，摄影机即是从中弹之后即将跌倒的鲍里斯的视点进行拍摄的，随之出现的他和薇洛尼卡的婚礼场面，揭示出他最后时刻对幸福的热烈向往，也更能反衬出战争对于人生的残酷。另一部苏联影片《士兵之歌》同样也有一段出色的主观镜头。在影片开始，年轻的士兵阿廖沙被德军坦克追撵着东奔西跑，摄影机从奔跑、翻滚的阿廖沙的视点可以感受到坦克的巨大威胁，大地和天空也都随之翻转起来，再配以坦克不断逼近的隆隆马达声，阿廖沙极度恐惧的感觉被很好地传达出来。

当然，现代电影已经掌握了许多表现心理意识的方法手段，能够很好地对人物的梦境、幻觉以及潜意识加以表现。伯格曼、费里尼等现代主义电影大师的作品，在此方面都有卓越的表现，并且对后续电影的发展产生了深刻的影响。电影可以像小说样，直接描写人物的心灵，即用直接的视像去表现，形成一种电影独有的心理描写手段，即我们经常提到的“心理时空”。这种心理时空可以将人物的所思所想用直观的视觉形象表现出来，并且与现实时空不断组接在一起。伯格曼的《野草莓》中，老医生伊萨克的第一个梦境作为死亡的心理暗示，使他改变了主意，决定开车去接受颁奖仪式。对于往事难以泯灭的记忆自然也属于人隐秘的内心世界，有的影片使用闪回镜头加以表现，使之成为故事因果链条中的一个部分，有的影片却也可以将记忆作为结构整部影片的基础，如塔尔科夫斯基的《镜子》。在《镜子》一片中，塔尔科夫斯基童年时代居住过的小木屋以及木屋前翻滚的麦浪，是他心中永远难以忘怀的记忆。他将这一记忆的时空直接搬到银幕上，并随之展开对往昔岁月的回忆：父亲的归来、母亲因为一篇文稿引起的恐慌、逃离弗朗哥控制下的西班牙家庭、中苏边境珍宝岛事件等。这些记忆又如意识流一般连续呈现在银幕上面，把个人记忆、幻想和历史事件奇妙地结合在一起，从中也抒发了个人对于父母、家庭生活以及时代的深切情感。其中母亲的形象与塔尔科夫斯基充满眷恋的情感水乳交融，达到一种很高的艺术境界。

（二）角色的功能

西方对于叙事性文艺作品中的人物研究，可以分为两种基本类型或者说存在两种人物观，其一是侧重于人物性格的研究，其二则侧重于人物在叙事中的角色功能。前面已经提到莱辛、黑格尔、高尔基等人对人物性格的论述，此外，英国学者福斯特在《小说面面观》一书中提到的“圆形人物”和“扁形人物”的观点，对国内影响也比较大。所谓“扁形人物”是围绕着单一观念和素质塑造的，而“圆形人物”则宛如真人那般复杂多面，两者虽然都具有性格特点，但福斯特更加认同的是圆形人物性格的复杂立体。同时，福斯特也提到人物是故事中的角色，但是人物的角色功能问题显然不是福斯特强调的重点。

最早真正系统地研究人物在叙事中角色功能作用的是苏联学者普罗普，他在1928年写成的《故事形态学》一书中，将角色“功能”界定为“从其对于行动过程意义角度定义的角色行为”，同时，他把对“功能”的考察概括为以下四点：第一，角色的功能充当了故事的稳定不变因素，它们不依赖于由谁来完成以及怎样完成，它们构成了故事的基本组成成分；第二，故事已知的功能项是有限的；第三，功能项的排列顺序永远是同一的；第四，所有故事按其构成都是同一类型。在普罗普的研究中，人物是承载功能作用的角色。在对100篇俄国民间故事分析之后，他区分出了具有共性特征的七种角色和31种功能。

这七种角色分别为：

反面角色；协助者；救援者；公主和她的父亲；送信人；英雄；假英雄。

31种功能具体如下：

（1）一位家庭成员离家外出。

（2）对主人公下一道禁令。

（3）打破禁令。

（4）对头试图刺探消息。

（5）对头获知其受害者的消息。

（6）对头企图诱骗受害者，以掌握他或他的财物。

（7）受害者上当并无意中帮助了敌人。

（8）对头给一个家庭成员带来危害或损失。

（9）灾难或缺失被告知，向主人公提出请求或发出命令，派遣他或允许他出发。

（10）寻找者应允或决定反抗。

（11）主人公离家。

（12）主人公经受考验，遭到盘问，遭受攻击，等等，以此为他获得魔法或相助者做铺垫。

（13）主人公对未来赠予者的行动做出反应。

（14）宝物落入主人公的掌握之中。

（15）主人公转移，他被送到或被引领到所寻之物的所在之处。

（16）主人公与对头正面交锋。

（17）给主人公做标记。

（18）对头被打败。

(19) 最初的灾难或缺失被消除。

(20) 主人公归来。

(21) 主人公遭受追捕。

(22) 主人公从追捕中获救。

(23) 主人公以让人认不出的面貌回到家中或到达另一个国度。

(24) 假冒主人公提出非分要求。

(25) 给主人公出难题。

(26) 难题被解答。

(27) 主人公被认出。

(28) 假冒主人公或对头被揭露。

(29) 主人公改头换面。

(30) 敌人受到惩罚。

(31) 主人公成婚并加冕为王。

普罗普关于人物角色功能思考的核心是行动，而对具有执行功能作用的角色形象和心理并不感兴趣，因此，和传统意义上注重“行动表现人物性格”的研究就有了明显不同。在上述31种功能中，可以看出，前九项是为主人公的行动进行铺垫的，也即是为主人公出征奠定道义上的合法性。

美国人沃格勒所著《作者的历程：讲故事者和编剧的神话结构》一书，被称为“电影业的圣经”。该书总结了好莱坞电影普遍具有的七种功能角色：

英雄；导师；把关者；信使；变化者；影子；小丑。

沃格勒所列出的这七种角色也可以作为原型来理解，是在人类生活中每个人都可能遇到的身边人。在英雄采取行动的时候，这些角色构成了与主人公同向或逆向的关系，而英雄与逆向关系者实际上就构成了抵触、矛盾和冲突。英雄承担着叙事驱动的主要功能，把关者、影子等承担着反动的角色功能，这样，主要的矛盾冲突得以形成。由此可见，沃格勒的这些功能角色也许更适宜于戏剧式结构电影。

具体来看，这七种角色所具有的心理和戏剧功能如下。

(1) 英雄

戏剧功能：故事的主人公，情节的推动者、发起者。英雄的成长要以重大牺牲为代价。英雄可以令观众对影片产生认同感。

心理功能：英雄的成长代表着人从本我到完美自我的心理完善过程。

(2) 导师。

戏剧功能：成熟、睿智、经验丰富（通常以智慧老人的形象出现）；

通过教导或训练，帮助英雄成长，使英雄获得命名。当一些英雄成熟以后，引导者往往走向死亡，以表明一种精神的再生。

心理功能：代表“超我”。代表英雄的“最高理想”和“神圣自我”，是一种心理榜样和精神父亲。

（3）把关者

戏剧功能：故事中阻碍英雄前进的人。他挑战英雄的能力。英雄通过战胜把关者证明自己的“英雄”身份。

心理功能：代表生活中的各种障碍和阻力，以及邪恶势力带来的心理压力。

（4）信使。

戏剧功能：宣布重要的变化或挑战者带来的角色。为英雄提供预言。使者可能是个人，也可能是一种力量。

心理功能：代表一种宿命感。

（5）变化者。

戏剧功能：在故事中有意无意改变身份的角色。给英雄带来迷惑、误导和悬念。

心理功能：对于男性主人公，变化者可能是心理上神秘莫测的“女性部分”；对于女性主人公，变化者代表的是神秘莫测的“男性部分”。

（6）影子。

戏剧功能：阻碍英雄前进的一种宿命的力量，可能是英雄挥之不去的敌人，也可能是英雄自我的心理阴影。

心理功能：代表英雄内心的“黑暗面”——被压抑的恐惧、欲望和痛苦的回忆。

（7）小丑。

戏剧功能：故事中通过玩笑和恶作剧给主人公带来陪衬的角色。有时也兼具使者的功能。

心理功能：代表心理中的娱乐倾向。

我们从3D影片《功夫熊猫》中可以比较轻易地找出上述几种角色。熊猫阿宝自然是片中主人公，一个成长的英雄，同时，他贪吃贪睡的特点，又使他兼具小丑的角色功能，经常惹得观众捧腹大笑；影片中的乌龟仙人、浣熊师傅相当于导师的角色，前者是熊猫阿宝的精神引路人，后者指导阿宝练出惊世武功；恶魔雪豹大龙承担了把关者的角色，当他冲破牢笼欲对和平谷实施报复的时候，熊猫阿宝以自己的武功和智慧最终战胜了他，并向世人证明了自己是一位真正的英雄；而“盖世五侠”悍娇虎、灵鹤、快螳螂、俏小龙和猴王则承担了变化者的角色，他们个个武艺高强，尚且不是雪豹大龙的对手，笨拙的熊猫阿宝能否担负起扭转乾坤的重任，实在让人充满疑虑；熊猫阿宝的内心阴暗面即是他自己的影子，他有着贪吃懒惰、害羞胆怯等弱点，也有痛苦的回忆，这些都是妨碍他战胜对手的宿命般的内在阻力；经营面馆的鸭子爸爸仁慈宽厚，整日唠唠叨叨，更多的是具有丑角的特征，总能令观众会心一笑。

在这些角色设计中，我们确实可以看到角色功能对于故事情节发展的作用。强烈的戏剧冲突在作恶多端的恶魔雪豹大龙与和平谷的人们之间展开，这是一种直接的外部的冲突。而内部冲突同样也是异常激烈，这其中既有“盖世五侠”和熊猫阿宝究竟谁更有资格成为战胜恶魔的英雄的竞争，更有熊猫阿宝角色内心的冲突。阿宝内心既有战胜邪恶、成为英雄的欲望冲动，也有怯懦、懒散等陋习，这就是他和自己心中“影子”的内部冲突。因此，他首先要战胜内心的“影子”，才能最后战胜外部的对手雪豹大龙。所有这些都是3D影片《功夫熊猫》在视觉奇观之外的剧作因素，也是保证了该片获得剧作方面巨大成功。

不过，沃格勒所总结的七种功能角色，在戏剧式结构影片之外并不完全适用。例如，在影片《城南旧事》、《边城》、《小城之春》、《暖》等影片中，主人公行动的欲望和动机并不强烈，因而所受到的外部阻力和冲突均不明显，反倒是更加注重内心情感的变化和体验，所以角色的动力功能和机制相对较弱。这些影片可能还是需要更多考虑人物的情感和性格等内在因素，从而使观众更好地体验到情绪情感积累过程的韵味，获得另外一种审美感受。

二、影视剧中的语言

影视剧本中的语言有两种：一种是叙述语言，即剧本中用以交代剧情，描述人物外貌、动作及其生活环境的语言；另一种则是人物语言，包括对白、旁白、独白等等。拍成电视剧或电影故事片后，那些叙述语言便消失了，转换为画面中场地、演员的外貌及动作、自然景物的表现等等，而人物语言则依然以声音的形式保持原来的形态。

影视语言其实包含了画面、声音和文字三个因素，要掌握好影视语言，就是要学会合理有效地利用声音、画面及文字间的关系，使之成为和谐的整体，以达到完美的境界。

通过观察发现，有的电视剧对话较多，如香港的商业片，有的电视剧对话则较精炼，如许多艺术性较强的电视剧。电影中的对话也往往要比电视剧中的对话要少，我国第五代导演的许多电影如《一个与八个》、《晚钟》、《红高粱》、《菊豆》等等，对话都很少，以至于整部片子都给人以沉闷的感觉，这样少的对话在电视剧里，尤其是在长篇电视剧里是难以想象的。写过剧本的同学说，他们在写剧本的时候往往把握不准，有时候觉得剧本中的对话太多，有时候又觉得太少，没有把人物该说的话都写出来。那么，到底应该怎样平衡人物语言与画面的关系呢？其实，一个真正成熟的剧作家在写作的时候不会也不大可能去考虑人物语言与画面间的关系。他写作时完全凭着个人的感觉，找到了那种感觉，所有的一切都会自然而然地从心底流出来，该对话多的时候对话就多，该用画面来表现的时候就会用画面来表现。情节的节奏、画面中的意韵等都会水到渠成。

有剧作者曾经不无骄傲地向人炫耀，他的一个电影剧本总共只有80多句对话。在有些人看来，电影也好，电视剧也好，说到底是画面的艺术，能用画面来表现就要尽量少用声音，对话少，说明自己对画面理解得深刻。这类观点不是全无道理，却也有失偏颇。在影视剧中，对话的多和少，首先取决于剧情的需要。一般说来，电视剧尤其是长篇连续剧由于对情节更为讲究，加上受到荧幕狭小的影响，无法像电影那样追求精致的画面，相对说来对话要多一些（事实上，有些电影中的对话比电视剧中的对话还要多）。其次，剧作者对剧情意境的把握以及对艺术的追求也是至关重要的。第五代导演大都追求画面本身的冲击力，更讲究画面意境的营造，情节往往有些淡化。他们拍摄的大多数影片风格都较为凝重，意境也很深远，这样的影片，如果对话过多，就会破坏其中的意境。在影视剧中，对话与画面的和谐只能根据剧作者在创作中所形成的心境来调节，其效果如何，取决于剧作者的艺术功力和对剧情把握的程度。

（一）叙述性语言

影视文学剧本的叙述性语言，包括镜头画面中出现的人物造型、表情动作、场景环境和具体景物等方面。叙述性的语言不止是对影片镜头部分的描述，还必须充分考虑到电影的整体，以显示出个体与整体的关系和画面的运动感。具体来说，叙述性语言包括人物形象描写、景物描写、行动描写以及剧作者根据某些意图或技巧对电影其他主创人员的提示等。此外，还需考虑摄影机视点、视角和镜头运动等因素，以引导和加强观众对画面中出现的人或景物的印象。在某些场合，环境造型一旦成为人物特定心境的对应物，便也会成为人物动作的延伸，具有角色动作的属性。总体上来说，叙述性语言具有两个方面的特征：具象性和综合性。以下结合一些具体影视剧本语言的实例，分别进行详细说明。

1．影视剧叙述语言的具象性特点

我们说电影既是叙事的艺术，同时也是造型的艺术。正是电影造型艺术的特征向电影剧本语言提出了具象性的要求，因此，在剧本创作中对形象的描写要具体生动，有利于镜头表现。

2．叙述性语言的综合性特点

苏联著名导演M·罗姆曾说："摄影机参与剧作就应当从文学剧作或在副本中加以规定，不是从技术上，而是从艺术上，不是抽象地，而是从一开始就可以感觉到地体现在构思之中。摄影机就是艺术家的视角，是他处理素材的手法之一，摄影机是一位新来的剧中人（朋友或敌人），它不是机械的录像器，而是具有自己的见解的共同参加者—当然，这样一种摄影机的出现不可能是无缘无故的。摄影机同事件的确切关系应该首先在剧本中得到富有表现力的处理。"

影视文学剧本中的叙述语言应该具有造型性特点。如果再进一步说，剧本的语言还要充分综合影视的视听技巧手段，对剧中的人物和环境加以表现，即需要充分考虑到摄影机运动、镜头使用、声响、时空剪接、画面构图、场面调度、色彩、色调等多种因素，也就是要充分运用影像化思维对剧本内容加以描述，以便于将剧本最终搬上银幕。剧作中的描写对象始终只能是展现在剧作者头脑中的电影场景，只要这些电影场景在他的大脑里是清晰可见的，而不是似是而非的，它就必然综合着各种艺术表现手段。

对于影视文学剧本叙述语言的综合性，我们还可以通过阅读和分析更多的优秀剧本来加以掌握。这种综合性体现出剧作者精细的构思和写作技巧，但这一切都应该建立在对影像和声音技巧的成分理解的基础上。

（二）影视剧中的有声语言

概括地说，影视剧中的有声语言包括人物的对话、人物的独白和旁白。无论是人物之间的对话，还是旁白和独白，都具有显露人物心迹、引导剧情发展的作用。

1．人物对话

在《电影艺术词典》中，有关"对话"这一概念是这样解释的：

对话：两个或两个以上剧中人物的交谈活动。电影剧作者塑造人物的基本手段之一。由于它既能传达对话人的心理活动，又能与对手交流，影响彼此的情绪、情感、思想和行为，故又常常称之为“言语动作”。它的主要功能是叙述说明、推进剧情、加强造型表现力、刻画人物性格、揭示人物内心世界。运用的基本要求通常是：符合人物的身份和性格逻辑，具有性格色彩；符合人物关系和规定情境；具有动作性；精练、简明、生动，必要时蕴含丰富的潜台词；与画面及其他表现元素（如音响、音乐等）密切配合；做到生活化、口语化。由于电影主要诉诸视觉，更多依赖人物的外部动作，并具有镜头转换迅速和多场景的特点，对话不宜过多。

电影对话中的这些特点和功能，对于电视剧来说同样适用。不过，应该补充说明的是，人们普遍认为电影中对话不宜过多，因为对话过多势必会妨碍电影视觉表现能力的发挥，然而，电视剧则被认为是“对话的艺术”，相比之下，在电视剧中视觉技巧常常成为辅助性的手段

下面我们从影视剧本中人物对话的功能角度，将人物对话分为三个方面加以考察。

(1) 叙述交代和说明

任何一部叙事艺术作品都要受到时间的限制，在有限的时间内进行艺术表达就必然要考虑到取舍的问题。因此，对事件的处理就有简略压缩或重点强调的区分。一部影视剧本在直接表现出来的场面之前或之间，都必然存在着一些没有直接表现出来的生活内容或事件过程。它们恰似虚线将剧情联结成一条连续的整体。尽管它们不值得占用剧本的宝贵篇幅加以表现，但观众却只有在意识到它们的存在和了解它们的粗略过程之后，才能借助于自己的联想将直接或未直接表现出来的一个个场面在头脑中结合成一个整体。这就决定了任何一部剧作都必然存在着或多或少的交代说明，诸如剧情发生的时间、地点、时代背景和剧中人物在剧情展开之前的生活遭遇，以及他们的职业、他们之间的基本社会关系等前史，以及随着剧情的时空跳跃而省略掉的事件过程。

人物对话在发挥叙述交代和说明的功能时，经常会融入谈话人的性格特点，因而生动有趣，避免了单纯叙述可能带来的枯燥乏味

(2) 刻画性格，揭示人物的内心世界

影视剧中的人物对话与人物身份和性格具有互为表里的关系。当然，从功能角度说，影视剧（尤其是电视剧）对话是刻画性格、揭示人物的内心世界的重要表现手段之一。

(3) 对话可以推动剧情发展

剧情发展的根本动力是人物动作。所谓动作，即指那些能够传达出人物的意志意图和思想情感，并能促使人物关系发展的行为。对话之所以被称为“言语动作”，就是因为它具有上述作用。运用对话手段推进剧情是

电影剧作者必不可少的基本功。

有关推动剧情发展的动作，常有以下两种情况：某些剧情可以主要依赖视觉动作来展开，例如追逐和打斗的动作；然而，也有一些剧情则必须依靠视觉动作和语言动作的相互配合才能完成，例如开会、争论、说明、记者采访、律师调查、辩护和诉讼等。例如，在美国影片《克雷默夫妇》的高潮场面中，我们所能看到的即是后一种情况。泰德和乔安娜这对夫妇在关系破裂后，为儿子的归属问题在法庭上展开了一场激烈的较量，并最终将剧情推向结尾

2. 独白和旁白

在影视剧作品中，画面内外出现的声音除了人物的对白之外，还有独白和旁白。独白和旁白在披露人物内心世界、勾连剧情等方面往往起着重要作用。人们通常认为这两者具有较强的文学性色彩。

(1) 独白

独白也经常被称作内心独白。在影视剧中以“画外音”形式出现的人物角色的内心自白，是剧作者揭示人物心理活动的基本手段之一。与旁白的不同之处在于，它只能以“第一人称形式”出现，是角色在规定情境下产生的心理活动。独白往往是人物充满深情的告白，也可以是陈述自己内心的观点和思想，因而不具有与剧中其他人交流的作用，而是人物与自己心灵的对话。

人物独白的形式也是从戏剧中借鉴而来的。经典的戏剧独白，会散发出永恒的艺术魅力。如莎士比亚的戏剧中哈姆雷特那段著名的内心独白：“生存还是毁灭，这是一个值得考虑的问题；默然忍受命运的暴虐的毒箭，或是挺身反抗人世的无涯的苦难，通过斗争把它们扫清。这两种行为，哪一种更高贵？”这样的独白充满了智慧和思考的力量，所以至今仍广为传颂。而在影视剧中，一些优秀的独白常常也如在戏剧中一样富于节奏和韵味，给人以奇妙的艺术感觉。

(2) 旁白

旁白也是以“画外音”的形式出现，但却是解说性、评论性的语言。旁白可以分为两类：其一是以剧作者“第三人称形式”的客观视点出现，对影视剧中的人物、背景、剧情进行介绍或评述；其二是以剧中某一人物出现，以“第一人称形式”主观视点进行介绍或评述。

旁白手法的使用既能够对背景信息进行简明扼要的交代，从而节省篇幅和时间，同时，也能够深入到人物内心世界，从而揭示影像难以体现的心理活动过程，并能增强影视剧的意蕴深度和层次感。

第二节　小说的创作

小说是以叙事为主的虚构文体。小说的虚构，是指从故事框架，到人物、时空、场景等要素都是虚构出来的，或者主要是虚构出来的。很多优秀的小说被改编成影视剧本。

一、小说的文体特征

小说是深受读者欢迎的一种文学形式，“小说”二字，最早见于《庄子・外物篇》。汉代班固撰《汉书・艺文志》把小说列入九流十家之一，并且指出：“小说家者流，盖出于稗官，街谈巷语道听途说者之所造也。”可见当时的小说不过是民间流传的趣事奇闻的一个代名词。

绝大多数小说，在创作的过程中，都需要想象力，需要进行一些虚构。即使是纪实小说也免不了要虚构。作者不对故事原型中的核心要素(主要人物和主要事件）进行虚构，而只是对次要人物、次要情节、场景等进行补充性的虚构。为了便于故事情节的开展，为了把内容描写得生动、丰富，为了把人物刻画得性格鲜明、须眉毕现等，历史小说在有些地方也不得不借助于虚构。但这种虚构又必须是在历史的情理之中，符合生活本身的逻辑，否则就会歪曲历史。凡是使用真人真名的历史小说，都应该采用有限度的虚构，对历史肆意进行“戏说”是不严肃的，也是不应提倡的。

小说的虚构对作者来说虽然具有较大的创作自由，但也不可违背常识和人类文明的公序良俗，要在正确理解社会发展规律的基础上处理“偶然”和“必然”的关系，不能胡编乱造。

二、小说的文笔

写小说，首先应该学会采用小说的文笔，这种艺术的文笔跟应用文的文笔是不一样的。

小说的行文，一般要保证流畅性、新鲜性，让读者一直惦记着每个即将打开的悬念。

新闻报道可以这样写：“今年冬季到来之前，有关部门又在市中心区域新增几家乞讨人员救助所，那里有床铺和洗浴设施，还提供热饭热水。”

但这样的语言除了讲述信息，没有文学价值。

奥地利作家茨威格是这样描写一家避难所的："这是伦敦东区的一幢房子，位于一条不显眼的马路上，不过，只要需要，总能找到去那儿的路。所有的房子都是有目的地布置起来的，没有任何豪华的设备，但特别干净，门一直敞开着，时刻迎候想在这儿歇脚的一位流浪汉或者流亡者。床铺为他们准备好了，桌子也为他们准备好了，而且，他可以得到一些建议，或者在异国他乡得到帮助。"这样的语言除了告诉人们有这么一个特定的地方，还有一定的描写，以及人道主义的温情，读者看了以后会产生感动。

文学爱好者学习写小说，应该多在心里"打腹稿"，有时可以在脑子里先把自己谋划的"电影"在脑海中"放映一遍"，如果觉得真像有那么一回事了，再写下来，这样或许进步更快。当然，文字写下来后，自己先要认真看，仔细修改，然后再拿去请别人提提意见。

三、小说中的故事

故事是小说的核心，最早的小说家就是讲故事的人，《一千零一夜》中那位用故事迷住国王的女子大概就是原始意义上的小说家。优秀的小说在讲故事的同时塑造性格鲜明的人物，体现出有意义的主题。

最小的故事也是由三个相互关联的部分组成的：现状、事件、新的状态。在故事当中，前一种情况和后一种情况之间总是存在某种关系，一般是时间关系、逻辑关系或是人物的情感变化，最终导致相应的结局。即使是最小的故事，也是包含着变化的，没有变化就不叫故事。

严歌苓的短篇小说《茉莉的最后一日》讲述了一位名叫"茉莉"的 80 岁的孤寡老人与一个即将成为父亲名叫"郑大全"的销售员，之间发生的故事。小说开端给读者交代了两件事：茉莉是孤独的，郑大全是窘迫的。全文篇幅很小，在郑大全向茉莉推销保健床的过程中，所有的细节一步步被刻画出来。茉莉已经孤独了很久，她怀念自己的儿子，而郑大全让她想起了自己的儿子。文中的一段对话如下：

"你看，它还可以自动升降，变成任何角度，适宜看电视、读书……"

"我从来不读书。"茉莉打断他。

"那好，读杂志……"

"杂志也早就不读了！"

郑大全火上来了，烦躁地嚷："那你读什么？！"

茉莉惊得吞了声："我……我只读账单。"

“好吧，你可以舒舒服服、享享受受地读你的账单!”

她看看他，畏缩地：“好的。”曾经儿子冲她嚷，她便是这样忍气吞声，怒而不敢言。

“像您这样的新顾客，公司给百分之二十五的折扣。不过我可以给你百分之三十。”

“谢谢……”

就在郑大全的销售一步步陷入泥沼的过程中，茉莉竟然没有时间来拿出她本应该服用的药物，郑大全也几次挂断了妻子的来电。

随着一系列事件的发生，最后的结局让读者唏嘘。

郑大全刚离去，茉莉已感到自己的奄奄一息。在刚才兜底翻覆的杂色纸堆里，她发现了药瓶。她将它抓在手心，正要拧开瓶盖，想起一件更要紧的事。她拖过电话机，按了银行的号码，那头是个机器声音，请她等候。茉莉却没有力气等了，对那头喜气洋洋的机器声喊道：“取消……取消……”她想告诉银行取消那张刚开出的支票，却怎样也凑不出足够的生命力将这句子讲完。她横在了沙发上。

郑大全一路飞车到家。开门撞上二楼一位女邻居，她正从她家出来：“你你你怎么回事?”她以食指枪口般指住他：“晚啦！打你的呼机，你怎么也不回话！你妻子去医院啦!”

郑大全那磨去一层皮的嘴刹时成一口洞。

“大出血！早产！没看这地上!”

地板上是一路血滴，从他的地下室延上来。血还鲜着，灯光里晶闪闪的。

《茉莉的最后一日》讲述了一个很荒唐的故事，但是这个故事看似很荒唐，却有它发生的原因，虽然是虚构的，但是每个读者都会感觉到这个故事很真实。

微型小说《永远的蝴蝶》故事非常简单，全文不足500字，但是具备了作为小说的基本要素。开头写一对情侣在骑楼下躲雨，男子要到对面的邮筒里投递一封写给母亲的信。女子说，让我去寄吧，谁叫我们只带了一把伞。于是她离开了男子。一阵刺耳的刹车声过后，女子的一生随即轻轻飞了起来，飘落到湿冷的街道，好像一只夜晚的蝴蝶。于是男子发出心灵的责问：为什么呢？只带一把伞？那封信里写着这样的话：妈，我打算在下个月和樱子结婚。这篇小说中的变化是由于车祸造成的，因此故事的内涵比较简单，一个悲伤的结局引发了读者深深的同情。

俄罗斯作家，诺贝尔文学奖得主蒲宁的微型小说《蚁道》：夏日傍晚，一辆三套马车，一眼望不到头的空旷大道……俄罗斯空旷的道路和田野多得很，但这样空无一人，万籁俱寂还真不易找到。于是车夫对我说：先生，这叫蚁道。古时候，数不清的鞑靼人就是走这儿向我们进攻。走啊走，像成群的蚂蚁，白天黑夜……走个没完没了……”我问：“是多久以前?”“谁也记不得了”，他回答道，“总有几千年了吧!”

这篇小说也非常简单，中间的情节就是对话，结尾是车夫的回答。这个回答在车夫那里可能就是随口那么一说，可是在“我”心里，在读者心里，会激起点思想的涟漪，也就构成了新的状态。

在20世纪五六十年代，有一些其实不具备小说特征的故事也被当做小说来看待。比如写有个人要出去办事，他在路上看到有人需要帮助，就毫不犹豫地出手相帮，然后再去办自己的事。这样的文章缺乏变化，原先此人就是一个具有良好道德的人，只不过是碰巧让他碰到了别人的困难，结尾没有证明此人有什么新的变化、新的升华。这样的写法最多是比较生动的好人好事的报道而已，它并没有产生小说故事的那种吸引力。

小说故事中变化的原因有自然的、社会的原因和人物内在的原因两大类。写得比较好的故事多是由社会原因或人物思想情感的变化引起的，这样的变化比较能引发读者的思考，提高人们的认识能力和思辨能力。柔石在他短暂的生命当中给世人留下的作品不多，但是一篇《为奴隶的母亲》却足以震撼读者的心灵。小说的开头和结尾描写的几乎是一样的家庭组合：春宝、春宝娘和春宝爹。但是在短短几年的时间中，家庭里面却发生了一件难以想象的事件，使得这三人家庭的性质完全变了味。原来，因为做丈夫的经营不善，家庭生活难以为继，于是丈夫想出了一个荒唐的主意，把妻子典给一个没有儿子的秀才老爷。春宝娘无奈地离开儿子春宝，来到了老秀才的家。丧失生育能力的秀才娘子开始并没有过分为难春宝娘，等到春宝娘生下儿子秋宝，秀才娘子那妒忌的烈火才不可遏制地燃烧起来。老秀才不可能再留春宝娘多住几日了，她已经完成了代人生子的任务，必须回到原来的家。但等她回到一贫如洗的家，春宝已经认不得自己的娘了。

人们掩卷遐思，一定会想到那两个可恶的丈夫。他们虽然都是造成春宝娘可悲遭遇的直接责任者，但是情况并不一样。一个是因为贫穷而丧失理智，一个是落后的传统观念在作祟，当这两个毒瘤碰撞在一起的时候，妇女的悲剧命运就产生了。

小说故事中三个部分的中间那个部分，有些是由冲突性事件或者含有冲突性的现象构成的，这样的小说故事属于典型性故事。动人心魄的故事往往由冲突性的情节构成，一个成熟的小说家也总是能够制造出含有冲突的事件，或在事件中制造冲突。所谓非典型性故事，是指并没有发生冲突性事件或情节，而是表现为景物、情境的变化，或者只是人物的感情或思想出现变化。这样的小说通常会被认为故事性不强，但是故事性不强也还是故事。

四、小说中的细节

我们已经知道，故事里面一定是包含变化的，而变化的情况就是情节，情节是构成故事、小说的必不可少的要素。作家孙犁说："情节是前进的车所留下的辙，是人物行进的脚印。"高尔基说："情节是人物之间的联系、矛盾、同情、反感和一般的相互关系—各种不同性格、不同典型的成长和构成的历史。"就是说，情节是小说中由于人物的相互关系所产生的一系列生活事件的发生过程。

因此也有人说，情节就是性格的历史，有什么样的性格，就会在他身上发生什么样的情节。情节是展示人物性格的艺术手段，是在人与人的关系中合乎规律地形成的，作者不应该抛开人物性格成长的逻辑，单纯为了追求某种阅读效果而去写情节。

细节是包含在情节之中的细化的部分，一个情节往往由若干细节组成。鲁迅说："删夷枝叶的人，决定得不到花果。"如果缺少真实生动，或者具体细腻的细节，纵然基本情节还在，故事轮廓依旧，却成不了一篇好的作品了。

马克思在《英国资产阶级》一文中写道："现代英国的一批小说家，他们在自己的卓越的、描写生动的书籍中向世界揭示的政治和社会真理，比一切职业政治家、政论家和道德家加在一起所揭示的还要多。"恩格斯曾经称赞巴尔扎克的小说"甚至在经济的细节方面（如革命以后动产和不动产的重新分配）所学到的东西，也要比从当时所有职业的历史学家、经济学家和统计学家那里学到的全部东西还要多"。

许多优秀的作家都认识到，小说是虚构的文体，但是细节却要追求最大的真实，这样才能很好地反映时代，反映人们的社会生活。有的小说家为了写好细节，做了大量的调查研究，甚至比历史学家还要耐心和细心。要写好细节，除了多读书还要多深入生活，不是走马观花，而是要下马看花。特别是要体味普通人的生活，敏锐地捕捉他们的一举一动中所透露出的情感波动和时代特征。

五、小说的结构类型

古代很长一段时间里的小说是采用"说”的形式，也就是在茶楼酒肆里说书给众人听。读者的想象力一般是来自听觉的诱发，因此，小说的结构只是停留在情节故事的“且听下回分解”“话说两头，单表一枝”的方法上。现代小说主要采用“看”的形式，读者脱离了听觉的诱导，靠着时间的逻辑来理解故事进程，这给小说的结构安排提供了广阔的空间。

长篇小说、中篇小说、短篇小说和微型小说都有各自的结构要求。中篇小说和长篇小说是由一连串的故事组成，可以反映较为广阔的生活。在所有的故事中，应该有一个核心故事，又叫故事的主线，它是小说的中心，没有这个中心，其他故事就失去了意义。短篇小说和微型小说在结构上是比较简单的，基本上只有一个故事，或者只有一个核心故事。正因为故事相对不复杂，可能反而对构思有更高要求，不一定更容易写好。

通常情况下，无论采用什么样的结构类型，小说的开头都需要有一些交代，能让读者很快了解小说的时间和地域背景，以引出人物。有些小说一开头就出现人物，那就要揭示人物身份和彼此关系。

1. 正叙

多数小说是按照时间顺序来安排情节，先介绍人物，再描写情节或情况的变化，故事高潮往往放在结尾部分。

2. 倒叙

倒叙是指根据表达的需要，把事件的结局或某个需要突出的片段提到前面，然后再从事件的开头按顺序进行叙述的方法。倒叙可以增强文章的生动性，使作品产生悬念，引人入胜，也可以避免正常叙述的平板式结构。不少侦探小说都是采用这种结构的。

3. 插叙

插叙有两种情况，一种是对故事中的事件或人物经历进行插入式的叙述另一种是插入一个跟故事本身不相干的事件。插叙的作用也主要是两个方面是作为一种叙事技巧，在节奏上调节读者的关注力；二是为塑造人物服务。

第三节　台词

一、从对话到台词

有人说，话剧就是延长了的吵架，这话有一定道理，不过，不一定是吵架，更多的是陈述、交流。小说可以通过第三人称的转述来安排人物的对话，而话剧只能是人物之间直接对话，要是没了对话，那也就没有戏了。这就是话剧跟小说的不同。

二、对话

我们要打好话剧剧本创作的基础，首先要练习如何写好对于话。剧本在人物对话之前和对话当中只能有少量的文字交代，因此，我们必须尽可能地使对话精炼，而又能把意思表达出来。请看寓言故事《大轮船小轮船》是怎么写的。一条小轮船在海上航行，一条大轮船从后面赶了上来，神气活现地说："小弟弟，你跑得太慢了"。不久港口就到了，正是退潮的时候，码头吃水浅，大轮船进不了港，只好抛锚等待涨潮。小轮船开过来了，很有礼貌地对大轮船说："对不起，我虽然跑得慢，但是吃水浅，我不等你了，先进港了"。大轮船难为情地连头都抬不起来。

这个故事就是靠对话支撑起来的，对话很有趣，也很有哲理。大轮船有大轮船的优势，可是也有劣势，小轮船有小轮船的弱点，可是也有自己的优点。谁都没有理由看不起别人。再看这个段子，一个赶路的青年向路人打听："喂，老头，到漕河泾还有多远？"路人用拐杖在地上点了点："还有五百拐杖！""路只有论里，哪有论拐杖的？""论里（礼）你应该叫我大爷。"年轻人羞得满脸通红，只好走开了。你看，简简单单的四个短句就讲清了一件事情。批评了不懂礼貌的行为。

下面是《警察与罪犯》的段子：警察抓住一个罪犯，罪犯对警察说："是别人叫我干的，我也是被人利用。你不应该抓我。就好像刀子会杀人，可是人们并不去治刀子的罪，而是去治那个杀人犯的罪。"警察说："按照法律，作案工具是要被没收的。你是被别人利用的工具，应该收押。"

这两个人都很聪明，很会说话，罪犯尤其善于狡辩，没有道理还硬是让他给说出道理来了。但是，邪不压正，警察用法律来说话。罪犯就无话可说了。著名相声演员侯宝林也是一个语言大师，他编相声主张说话要干脆流利，有味儿。比如一个客人要找一辆三轮人力车两人之间就该这样对话：“三轮!”“去哪?”“东单!”“五毛!”“三毛!”“四毛，多了不要!”“站住，拉了!”多精炼，多有味道。

先说一下戏剧语言，它有两种情况。一种是泛指，包括对戏剧场景的描写和对人物的介绍，以及对人物外部行为和内心活动等内容的提示，它们只是写在剧本里，但是不需要讲出来，也可以说是剧本的无声语言。另一种是专指有声语言，包括独白、旁白和对话。独白主要是表现人物的内心活动，旁白主要用于叙述和评述，对话是戏剧语言的主体，戏剧主要是通过对话来讲故事的。独白和旁白是对话的辅助手段，在现代话剧中很少用到。

戏剧语言主要就是人物的对话，即台词。一个话剧剧本的八九成篇幅是由台词构成的，写剧本主要就是写台词，因此才叫“话剧”。在这里我们主要讲台词。

台词有多项戏剧功能，基本功能是连接戏剧场面，推动剧情发展。小说人物的活动进程、场所等都可以由作者调动而享有很大的自由，但是戏剧人物的活动被限制在舞台上，所有的情节进展几乎都要由人物语言来展现。人物说什么和怎么说，决定了戏剧冲突的方向、缓急、结局等。因此，台词必须是精炼的，每一句话都要具备一定的戏剧意义，不能出现可有可无的“闲笔”。台词另一个不可或缺的功能是塑造人物。虽然在表演的时候，演员会有动作、表情等辅助手段，但是语言的内容始终是最重要的。因此，台词要注重表现性，就是通过精心设计的语言来表现人物的思想、性格、气质和心理。很多台词同时具有连接戏剧场面、推进戏剧矛盾和塑造人物形象的多重功能。

戏剧语言应该具有文学性，也要讲究节奏、音律和语言的美感。剧本的有声语言写得好，就给演员提供了充分的表演基础，他们掷地有声的话语往往会令观众久久不能忘怀。

第四节　影视文学创作

一、积累知识与经验寻找创作灵感

初学者在创作上遇到最困难的问题之一，是觉得没什么可写，或者不知应该写什么才好。这种感觉在职业编剧身上很少发生。一个艺术素质良好的职业编剧，通常不会为没什么可写发愁，他所发愁的倒可能是由于可写的东西太多而时间总是不够用。能不能时时感到有东西可写，是否时时有新鲜的创作构思涌出，这是衡量一个作者对于编剧艺术入门与否的一个标志。有人把产生这个困难的原因归结为缺乏生活阅历，这种看法是不全面的。因为实际上有些人的生活阅历并不算少，却依然感到没什么可写，总是写不出像样的东西。生活阅历固然重要，但同样重要的是作者是否对生活具有高度的艺术敏感性。

无论是普通老百姓还是领袖人物的生活，它的表面状态都是平淡或者平庸的，很少天生就具有戏剧性的情况。日常的生活现象只有通过作者的感受思考，才能够显示出一定的意义和艺术价值。对生活感受思考程度的独到深刻与否，决定着作者对创作素材的采掘能力。所以要学会写电影剧本，要学会从生活中发现创作素材。首先要学会从艺术创作的角度去感受生活，并进而去思索生活中存在的问题。

训练有素的编剧在这一方面的能力是很强的。一些在一般人看来并不值得注意的事情，却常常能够触动他灵敏的创作神经，引发他丰富的创作联想引起他深入思考某种含义深远的社会或人生问题，从而启动他的创作构思这种创作构思的启动是随时随地的，在许多时候甚至是很偶然的。有时一个选材的最初念头，就产生于生活中的一件小事、报纸上的一条社会新闻、闲谈中的一句笑话或者随意议论的一个什么话题的瞬间的思维火花，也就是所谓的创作灵感。

创作灵感的确是很重要的一种东西。它虽然总是在偶然的状态下出现，但是它的产生，是建立在长期的生活感受和职业性艺术思维锻炼的基础之上的，是大量的艺术积累和创作准备的结晶与迸发。因此它的出现是偶然中的必然，而不是什么神秘的现象。作为一个编剧，要获得创作灵感，其艺术思维的闸门便不能只有在写作时才启动，而要处于经常性和习惯性的备战状态，时刻准备着对有关信息做出职业性的反应。当灵感的火花闪亮时，则要及时地捕捉住它。哪怕当时只有一个很粗略的念头，一个很朦胧的设想，或者只有几句不连贯的话，只要感到它是有艺术发展价值的，就应当马上把它用笔记下来。这种记录中的某些内容，便可能成为你后来某个剧本的创作出发点。你所做的这种记录越多，感到可写的东西也就会越多。当然，这是一项需要持之以恒的工作，要依靠坚韧的毅力和对剧作创作艺术的高度热情来支持。当你经过一定的努力，逐渐具备了相应的职业思维能力之后，将会获得底蕴充实的而不是空洞虚无的创作欲望。

二、观察生活中的点点滴滴

检验一个剧作家的水平和能力，就看你能否选出别人熟视无睹的，认为平淡无奇的生活，一经你提炼表现出来，又令人惊喜无比，引起强烈的共鸣。让他或她心想：“自己每天就生活在其中，为什么没有留心注意到?”有些人常常感叹自己写不出东西，只见树木，不见森林，是因为没有生活！殊不知你每天都在生活之中！世上无难事，只怕有心人。说到底，这还是一个选材的问题。

影视艺术发展到今天，其表现力足以囊括社会生活的各个阶段、方面和层面，从理论上讲，它不存在题材范围上的限制。但在实际创作中，由政治、经济、文化、时代、大众审美情趣等原因构成的对影视创作题材的限制，却一直是客观存在着的。这种客观限制永远不可能被完全消除，对此编剧只能适应，只能力求在某种既定的限制之中，去努力扩大自己的选材范围

同时，每个编剧必定都有其自身的局限性，能将古今中外各路题材都驾驭得很好的作者是不存在的。所不同的是，在有的编剧身上这种局限性大些，有的则小些。素材的来源和积累素材的方式是多方面的人们通常认为，最重要和最宝贵的创作素材是采自编剧亲身经历和体验过的生活。这一观点当然是正确的，但在创作中仅凭这一点却远远不够。所以，对于一个想长期从事编剧工作而不是偶尔为之的人，必须善于在立足于直接的生活体验的同时，去开拓广阔的间接的创作素材源泉。要做到这一点，除了勤奋之外，很重要的一条是要对生活有热情、感兴趣。对生活的热爱和由此产生的责任心、正义感，促使你去关注、表现它的动力。因为只有通过这样的努力，才能使你对社会生活各阶层、各方面的情形更多地熟悉起来。同时这还是对编剧艺术素质的一种训练。

在进入具体的选材工作时，应注意考虑下面几点问题

1. 选择你最熟悉的题材

选材的第一要义，是要衡量自己对该题材所要表现的生活范畴的熟悉程度。编剧未必只能描写自己亲自体验过的生活，但必须以自己的生活体验为创作的立足点，这是一条不可动摇的原则。艺术想象离开生活基础的保障就会走向虚假，无论是怎样高明的编剧，对一个从社会环境到人物形象都存在某种隔膜的故事，是不容易写好的。一个距离自己的生活经验较远的题材，即使原始素材再动人，你也很难把它加工撰述得真实而生动。

比如让一个从未迈出过国门的编剧去写一个发生在国外的留学生的故事，必定会写得勉强而僵硬。因为在这种情况下，他所能写出的，只会是它的躯壳，而不可能是它的血肉和灵魂。因而选材的重要法则之一，是尽量选择距离自己生活经验较近的题材。

2. 选择你最“有感觉”的题材

对某个题材是否有创作激情，是决定你是否能写好它的又一个重要因素影视剧作要以情动人，而剧作中的情要靠作者赋予。只有作者对所要讲述的那些事情、那些人物怀有强烈的爱憎，具有不吐不快的倾诉冲动，才有可能使未来的作品情蕴深厚、撼人心灵。饱含激情的写作对作者来说是一种享受，缺乏激情的写作却是一种毫无意义的折磨，因而也只有在激情洋溢的状态中，才能使作者无论在创作上遇到什么困难，都能够毫不动摇地坚持下去。

选择某个题材的意义和价值是什么，它将会产生什么效果，得到怎样的社会反应和经济回报，这些问题都应在选材之初就考虑清楚。影视作品与文学作品不同，它既是精神产品又是物质商品。高昂的制作成本，决定了对它的投产不能片面地考虑其经济效益与社会效益，无法使制片商获得较好收益的选材是不容易找到出路的。

3. 选择“成活率”高的题材

作为一个编剧一定要有市场意识，要注意研究和把握影视市场的动向，随时了解影视市场的需求。不合时宜的和过分个人化的曲高和寡、孤芳自赏类的题材，是影视剧作应该尽量避免的。

不同的厂家对摄制成本的接受能力不同，要求得到的回报率及回报形式也不相同。有的厂家希望找到故事较好而摄制成本较低的剧本；有的厂家则希望搞大制作，不怕高投入，但要求取得高回报；还有的厂家并不把回报的希望寄托在国内市场上，而是寄希望于海外的发行或国际上的获奖。作为编剧，应当对制片商的不同要求有所了解，有针对性地去进行题材的选择，才能够提高剧本的成活率。对市场行情的预测，即使是有相当经验的编剧也很难把握得完全准确。自以为是选择了一个热门题材，却受到了多数制片商的冷遇，这种情况是时有发生的。选材不当是某些初入门的编剧屡屡碰壁的重要原因之一，也是踏入编剧大门过程中的必然经历。只要善于总结经验教训，一次次的碰壁会使你变得逐渐聪明起来。大凡在选材上既对个人的能力风格有自知之明，又对剧本的出路有较稳妥的把握的编剧，都是在多次的失误磕碰中磨炼出来的。

在影视界常常有这种情形，一个题材获得了较大的成功，便有一群人蜂拥而上地也去写这个题材。这种赶时髦随大流的做法是不明智的，并且一般也不会再获得同样的成功。因为第一，某个题材的成功，很重要的一点是在于它的新鲜，你再去追随，在观众心目中不会再造成同样的新鲜感。第二，对于成功的作品，欲取得与它同样的成绩，仅达到与它相同的水准是不行的，而必须超越它的水准，才能获得新作品的成功。

4. 开掘立意，力求旧瓶装新酒

艺术创作都是贵在出新，但是叙事艺术发展到今天，可以说一切行之有效的基本故事类型都已被用尽。这就是当你写出一个新故事后，总会有人感到它在某些方面与以前的某个故事有相似之处的原因。这种状况对我们来说是既有利又有弊的。它的利处在于使我们有丰富的创作遗产和创作经验可供借鉴。尤其是对于初学者，模仿成功剧本的结构形式不失为一种学习上的入门途径。而它的弊端，就在于你呕心沥血编出来的故事，总难免有落套的危险因此在当代，"避免落套"成为每一个编剧在每一次创作中都要面临的课题。

欲求避免落套，第一要多读多观摩前人的作品，以求尽可能多地了解各种类型故事的写法。只有见多识广，才能知道什么东西是陈旧的，什么东西是新鲜的，从而使你能够有意识地去舍旧求新。第二要在故事的立意方面下功夫在故事的类型已被基本用尽的今天，对于故事的出新，其关键就在于立意上了。由于立意的不同，有的可能会显得很俗套，有的却可能给人以全新的感受。所以说故事构思的出新，不仅仅是一个艺术技巧问题，还是一个思想深度问题

三、强调"故事内核"

生活中有好多东西可以写成阅读文学，但不一定适合影视文学的创作。一个编剧的境界，就是指他一切修养的集大成，选材绝对是需要高境界，慧眼识珠。艺术效果的高境界应该是这样的：当读者和观众看过你的作品，大喜不笑，大悲不哭。犹如心中有一根琴弦在久久地弹拨，让他震颤和激动得无以复加，具体的感受自己也说不清道不明。

将零散的原始生活素材凝聚、组织成个故事的第一步，是要找到或者说抓住这个故事的内核。所谓故事的内核，就是构成这个故事的最主要的事件和动作线。

这个内核不是一下子就能找得着、抓得住的，需要编剧在充分掌握素

材的基础上反复经营，琢磨、设计、推敲多种构思方案。

在构思与寻找故事内核的过程中切忌思维的僵化固执和懒惰，不能只认定一个构思方向想下去，不向四面看看，顺着一条路走到黑。也不能因为已经取得的构思是经过了千辛万苦的，就想努力维持住它而不愿和舍不得再推翻它。为了给故事尽可能地找到一个最佳基础，这时候的思维是绝不能在一棵树上吊死，要根据素材提供的可能性去进行广阔地假设和联想。以生活逻辑为依据的合理联想是故事构思的命脉，好的故事构思都是经过大量的联想，通过对无数个念头的筛选，将其中的精华逐渐提炼和综合而形成的。当一个绝妙的故事内核摆在人们面前时，人们往往会觉得它居然是如此之简单，感叹“这样一个构思我怎么就没想到呢?!”其实在这个貌似简单的结果背后，包含了创作者大量心血。

故事内核不要求复杂而要求简练，要求用几句很简短的话就能够概括出来，以高屋建瓴的气魄起到提纲挈领的作用。此时千万不可陷入对某个情节局部的考虑，一旦陷入局部，所谓内核就将不成其为内核。内核的唯一任务，就是确立起故事中最基本的情节主线。这个最基本的情节主线对未来的故事面貌有着全局性的控制作用。比如有一个表现老年人再婚问题的剧本，其最初的故事内核就是这样的：一个为子女含辛茹苦了大半辈子的老人，在晚年希望得到属于自己的一份幸福，然而却遭到子女的强烈反对。为了子女的利益，老人最终放弃了一生中最后一次追求幸福的机会。

要通过总结提炼出来的那几句简短的话，来检查和感受这条情节线是不是合理，是不是具有独特性，是不是具有故事发展和造型表现的潜力，是不是具有思想及艺术上的震撼力。如果通过这几句话，不仅能够使人感到它的情节魅力，而且能够使人感到它的情感魅力，那么它的成功机率就比较大。某些制片公司雇用着一些所谓出主意的人，要求他们从事的就是寻找故事内核这件事。故事内核离一个详尽完整的故事还很远，但它是产生故事必不可少的胚胎。

若以美国作家海明威小说创作的“冰山理论”指导影视剧本的创作，同样恰当、准确、深刻。一个优秀编剧选择的题材，同样应该是一座漂浮的冰山，观众看到的银幕上的故事，只是浮出水面的冰峰，顶多占整个冰山的三分之一。这就是说，要求我们每选择一个题材，每创作一部作品，都要有巨大深厚的生活积累为基础、为底蕴。也只有这样的作品，才能经得起时间的考验，经久不衰。

四、斟酌

进入剧本构思时，要考虑确定故事所处的时代和背景。有的题材在这方面没有什么选择余地。比如写慈禧，只能是清朝；写“七七事变”，必然是抗战前夕。而有的题材在这一方面则较为灵活，有可能将故事放到不同的时代背景中去表现。比如一个凄婉的爱情故事，既可以放在明清时代去写，也可以放在民国，甚至可以放在现代来写。对于具有故事发生年代既定性的题材，作者一旦选定了它，就要尽力去熟悉那个特定时代面貌的问题，以便在创作中有效地结合时代特征设计剧情。对于对故事所处时代背景要求较灵活的题材，则应考虑一下把故事放到哪个背景下去写更为有利。一般来说，应尽可能把故事放到作者最熟悉、写起来最顺手的时代背景下，这样会有利于发挥作者在生活素材积累及知识结构等方面的优势。无论如何，对于故事发生时代十分陌生的题材，是不能贸然去写的。

有时会遇到这样一种情况，创作素材中所提供的事件很好，但如实按事件所处的时代及人物的真实身份去写，会发生某种政治上的麻烦，或者不可能被审查机关通过。这时如果你不想放弃这个故事，就只有将故事发生的时代背景连同人物身份一起进行改动，把它们放到一个不犯忌的情况中去。比如写一个揭露官场黑幕的题材，由于政治影响等原因，放到现代背景下去写可能难以展开，甚至剧本根本就无法得到投拍的机会。这时就不妨考虑一下，是不是可以把故事放到新中国成立前甚至更远一点的年代中去，就会少了不少顾忌，在情节设计上可以更为大胆，在剧作主题上亦可起到以古寓今的效果。实际上，许多古典题材的剧作，都是醉翁之意不在酒。当然，要这样做，是以作者具有描写那个时代的能力为前提的。

意在笔先是艺术创作的普遍规律，它与概念化的主题先行不是一回事概念化的主题先行是不管创作者的生活感受如何，在进入创作之前就先强行制定政治性的主题，然后让作者生硬地用生活素材去图解这个主题。由此而产生的作品当然是不会有什么艺术感染力的。我们所说的创作之先的立意是要求作者抓住在生活中感受最强烈的东西，把它提取出来。在这里面，是包含了作者对现实生活的认识与态度和对理想生活的愿望与期冀的，而这些东西正是一个好故事所不可缺少的灵魂。对于这种立意，作者或许很难用一两句话理性地把它概括出来，但一种饱含情感色彩的社会人生立场倾向应当是有的，并且应当是明显的。如果没有这种倾向性，写出来的多半会是一个缺乏意义的无聊的故事。

五、故事的架构

构思故事是影视文学具体创作工作的开始。作者所搜集到的创作素材需要通过故事来找到凝聚点和在作品整体结构中的位置，作者对生活的感受思索以及由此而升华出来的哲理思想，也只有通过包含有精彩情节和动人形象的故事自然而巧妙地渗透出来，才会产生打动人心的艺术感染力。拥有个好故事，对于一部影视文学，特别是电影、电视剧文学剧本来说是极为重要的。

创作素材一般都是零散的和片断式的，碰到一个从生活中拿过来，就能直接写成作品的现成故事的机会是很少的。即使有的生活中的故事就其本身而言是完整的，一般来说也远远达不到不经加工改造就可直接写成作品的程度。影视文学有它自身的一系列独特的叙事艺术要求，原始的生活故事不可能天生就全面地符合。影视文学所需要的故事，是必须经过作者对生活素材进行了艺术性的整理、集中、概括、提炼和加工改造之后，重新组织结构出来的故事。也就是说，它应当是虚构的。正如纪实是纪录片的构成法则一样，虚构是故事影片的基本构成法则。换句话说，电影、电视剧文学剧本中的故事都是需要编剧编出来的。不会虚构，不会编，就不会有适合写影视剧本的故事。

由此可见，编故事的能力是影视文学作者应掌握的一个基本艺术能力。将原始的生活素材转化为影视艺术，首先需要的就是这个能力。不由编故事迈开创作中的第一步，以下的一系列创作工作都无从谈起。能把故事编好是不容易的，真正熟练、扎实地具备编故事的能力不是一件简单的事，不经过一番艰苦的努力悟不出其中的奥秘和诀窍。

故事要靠编剧来编，却又不可露出所谓“编造”的痕迹。这是编剧艺术中最大难点之所在。观众所欢迎的好故事，是编得既好看，又可信，既有别于平庸的司空见惯的日常生活，又符合大众的生活逻辑的故事。用艺术理论术语讲，就是要求它具有艺术的真实性。这句话说起来简单，要真正做好却极难，需经过长期的创作实践才能逐步掌握其中的辩证关系。甚至在一些资深编剧的作品中，也未见得能够完全避免露出人工痕迹。

艺术创作的精髓就在于寓假于真，弄假成真。无技不成艺，编故事的技巧就是叙事艺术的一个基本技巧。不理解这个道理是没法搞创作的

有了故事内核，故事构思的发展就有了明确的依附体。与情节主线有关的各种情节线索和人物关系，会随着构思的深入渐渐涌现出来，使故事由原始、简单的线性状态慢慢演变为网络状态，这时你所想到的东西中可

能会有一些细节，对精彩的细节可以记下来以备后用，但对剧情网的编织仍要着眼于大的脉络，不能因陷入细枝末节而影响了整体性的构思。编故事一定要从大处着眼，一步步地走向细部，这是一条原则。大结构不搞好，细节搞得再精彩也没有用。初学者易犯的错误之一，就是常常过早地陷入细节性问题，这是在学习中应当着力注意避免的。

随着构思的推进，故事所需要的一些比较重要的次要人物会逐渐出现。要注意设计好他们与主要人物的关系，设法将他们的动作巧妙地与主要人物的动作交织纠葛起来，与情节主线形成有机的联系，并起到丰富和烘托情节主线的作用。

经过这样一番工作之后，你的构思就由对情节主线的几句简短的概括，变成了一个具有一定具体内容的故事雏形。这个过程，就是形成初步的故事梗概的过程。将故事雏形记录、整理出来的文字稿便是初步的故事梗概。

写作故事梗概要用叙述体的形式，而不要用剧本的形式。通常的写法是在文稿的第一段先介绍清楚故事发生的时间、背景、主要人物的身份、姓名以及事件的起因，以下则以大的动作起止为依据，分出叙述段落，将故事一段段地讲清楚。对故事梗概最主要的写作要求是“叙述”，而不是“描写”。所谓“叙述”，就是要求紧紧扣住事件、动作和情节的发展线索去写，而不能像写小说那样把笔墨大量地用在抒情状物、心理分析、抽象议论等方面。因为我们此时需要的是一个剧本赖以建立起来的坚实的骨架，脱离开事件、动作和情节的其他东西，对于搭建故事骨架的意义不大。

一般说来，剧本的写作其实是从写剧本创意开始的，剧本创意最重要的内容就是故事梗概。故事梗概分三种：一是故事大纲；二是分集梗概；三是分场景梗概。

（一）故事大纲

这是将题材以略近于短篇小说的形式加以扩充，包括了主题、人物、时空、情节、思想与起伏，其中的对白像文艺作品那样，用来发展情节或引出某个角色，而非像戏剧或拍摄脚本那样发展。极似文艺作品，却没有文艺作品那样细致华丽，因为它只是影视剧脚本的前身，亦可视为影视脚本的种子、源泉。

编剧第一步要提出一个故事大纲：简短、详尽且切中要点。主要的角色必须点出来，同时有清楚的故事线。建构这么一个故事大纲，编剧得在实际情形的考虑下抓住一些美学的原则。这些原则其实是大部分说故事的人都会考虑到的：人物、节奏和叙事架构都能清楚成形。对电影编剧来说，唯一特殊的要求，是以上这些原则必须能在银幕上（而不是纸上）呈现出来。

写故事大纲是为了使制片人对剧本的内容有个大致的了解，这个时候，剧本还没有立项，也没有真正进入写作阶段。故事大纲内容比较简单，只要把故事轮廓勾勒出来即可。一要简洁明快，二要尽可能地把故事的精华或者卖点展示出来，故事不一定很完整。

（二）分集梗概

从编剧的角度来说，分集梗概有两种作用：第一，为了给制片人看，使他更多地了解剧本的信息；第二，整理创作的思路，为将来的剧本写作打下基础。尤其在有的时候，一个剧本需要几个人合作写，分集梗概显得更为重要。与简单的故事大纲相比，分集梗概更为详细，已经形成了未来剧本的雏形。从制片人的角度说，看了这个梗概，对整部剧的情节构思乃至剧作者的功力都有所了解，而对剧作者来说，这已经是比较完整的故事，只需加些场景，加上对话，就能把剧本写出来

在很多情况下，分集梗概是在故事大纲的基础上写成的，也有的剧作者并不习惯写故事大纲，而直接写分集梗概。分集梗概虽然不要求按场次来写，但应将每集戏中最主要的事件写出来。有时甚至要求把主要场景中发生的情节都写出来。

（三）场景梗概

“场景”，指的是影视剧中的“一场戏”。例如影片《卡萨布兰卡》开篇，为完成背景介绍任务而进行的“叙述”中，场景梗概如下：

1. 德国人占领法国人管理的城内，疾驶而来的警车冲破沉寂，人群躲避、逃散，警察冲入旅馆撞进各个房间时，出现一个吊死的人影。

2. 街道一角，警察拦住一个路人在盘查……那人突然逃跑，警察开了枪。

3. 一对被吓呆的匈牙利年轻夫妇到警察局想申请离境护照，却看到了大批的难民绝望地被赶了出来。而又有大批难民涌向警察局…

上述每一种场景中，都包含着引人入胜或强烈或含蓄的情节冲突，而在该系列小的吸引人的冲突演进过程中，在观众兴趣盎然地观赏的同时，已经完成了片头背景的“叙述”。

六、理顺格式，创作文学剧本

（一）剧本的格式

影视剧剧本并没有固定的格式。创作原本是讲究个性化的，想用一种固定的格式约束创作者的个性和风格显然是不现实的，但作为编剧必须意识到，自己创作的剧本是为拍摄用的，因此要尽量使剧本的格式符合拍摄的要求。影视剧的特性在于镜头向镜头的运动，也就是蒙太奇形态结构。它的叙述和表现的方法，是在它之前出现的各种艺术所无法做到的。据此，我们来讨论一下影视剧本文体在结构形式上的特点。

电影脚本与其他的文学作品不同，它不是写给一般读者欣赏的，它只供有关的演职员参阅。因为它的编写重点是专为拍摄电影所拟的一份蓝图，不像一般文艺作品具有独立性。它的内容只是拍摄的景物及演员的动作和对白，它的目的是使工作人员知道如何工作，使演员知道如何表演，仅此而已。

文学剧本包含对白和动作场景的描述，是接近“蓝本”之类的东西。文学剧本可以作为选择演员、美术设计、安排拍摄进度等工作的一个依据。

（二）从故事梗概到文学剧本

编剧应该学会根据故事梗概写剧本，几个人“接力”合写的时候，故事梗概的重要性更为明显，要是脱离故事自由发挥，就会导致前后难以衔接。

前面说过，故事梗概与最后完成的剧本还有着很大的距离，那些看上去好看的内容，未必就能写出好的戏来，相反，那些看上去似乎没有什么戏的情节也未必就真的没戏，这在很大程度上取决于编剧本身的艺术功力。

譬如关于电视剧《贫嘴张大民的幸福生活》开头的那段戏，作家刘恒在故事梗概里只写了一句话：张大妈和儿女们张罗午宴准备款待张大民的未婚妻；老三张大军却领着女友来赴宴；当张大民黯然归来，人们发现他喝多了。就这三句话，似乎看不出有什么戏好做，但刘恒却在这看上去没戏的地方，写了三场很精彩的戏。

在剧中我们看到，第一场戏刘恒抓住了宰鱼这样一个细节，把三个人的性格都写了出来。第二场戏梗概中没有写，显然是后加的，通过张大妈和李大妈在水龙头下的对话，写出了两家人的微妙关系，也很有戏。后两句话都发生在一场戏中，张大民醉酒归来，原本也不是什么大事，但作者却写出了一场极为精彩的戏。

有时候编剧不得不根据别人写好的故事梗概来写作剧本，而有些梗概又写得不是很规范，把握起来难度比较大。在这种情况下，编剧应该对故事梗概进行认真地审视，从中找到情节点，深入挖掘，有戏则长，无戏则短。

第五节　影视剧的时间与空间

一、影视剧空间

影视剧空间可以理解为画格内的空间动态。以电影为例，在单一画格内如果只考虑到横、竖两个轴线（X 轴和 Y 轴），那么这只是一个二维空间，如果再加上纵深向度的轴线（Z 轴），那么它是一个三维空间。然而，电影是以每秒 24 个画格的速度连续运动而呈现出影像的，那么这里就加入了时间的维度，因而它的空间就变成了四维空间。因此，影视的空间是加入时间因素的动态空间。

我们在考虑影视空间问题的时候，首先要注意到某一个时间点中的空间位置情况，也就是某一个画格或图片，以便观察静止图像内部的叙事可能性，如我们前面构图中所提到的问题；其次，从影视运动的图像中观察画格组合的变化，如人物的行动方向，人物之间或人物与物体之间的位置关系变化，从中发现所透露出来的叙事信息。

二、影视剧的时间

从研究的角度来说，影视剧的时间包括放映时间、叙述时间和心理时间。放映时间即影视剧播出放映所需要花费的时间。叙述时间，是指通过影像、声音、字幕等对故事情节或场面事件进行交代、叙述的时间。叙述时间可以按照故事发生的时间顺序去表现，也可以打破正常的时间顺序去表现过去或将要发生的事件，或是表现幻想中的事情。叙述时间是可变的，它可以根据创作者的意图进行省略、压缩或延伸。心理时间，是对人的精神、情绪、潜意识活动加以表现而形成的影视时间，具有不确定性特点。创作者可以借此把人物瞬间的思维活动加以突出、强调和渲染，把时间加以延伸或压缩，以增强艺术的感染力。

我们所看到的影视剧作品是由众多镜头剪辑组接而成的，叙述时间很少与我们所经历的时间步调一致。在影视剧中，从一个镜头切换到另一个镜头，故事真实的时间历程就可能会发生改变。一位翩翩少年的镜头与多年之后饱经沧桑的面孔剪辑在一起，这样短暂的叙述时间将现实时间做了极大幅度的压缩。叙述时间可以加快也可以减慢，比如我们看到的快镜头或慢镜头，甚至也可以停顿，比如定格镜头。故事时间的正常顺序也可以被打乱，如闪回镜头让时间回到过去，而闪前镜头则可以让时间进入到未来。

在影片《战舰波将金号》中，有一个叙述时间将现实时间加以延伸的经典段落，即“敖德萨阶梯”。在“敖德萨阶梯”这一段落里，镜头不断在镇压的士兵和被屠杀的群众之间快速切换，惊恐的妇人、被枪杀的母亲、慌忙奔跑的人群、一辆婴儿车无助地顺着台阶向下滑动……整个段落节奏不断加快，营造出完全绝望、失控的情绪气氛。表现沙皇士兵屠杀平民的影像时间大约六分钟，远远超出了人们奔跑过阶梯的正常“现实时间”，通过延长影像时间造成异常强烈的情感效果，有力地支撑了水兵起义的合法性。从这个经典的影视时间案例中，我们也发现了影视的时间问题与人们的主观感受紧密相关的原则。

在现实生活中，由于心理作用，人们常常感觉时间过得“很慢”或是“很快”，即所谓的“心理时间”。电影采用“心理时间”的技巧会将正在进行中的事件与人物的内心意识有机地连接起来，并揭示出深层的意义。

在表现时间方面，我们还经常遇到所谓的“慢动作”和“快动作”，即高速摄影和低速摄影导致的时间效果。高速摄影俗称慢动作，是指拍摄频率超过每秒 24 格的摄影，可以获得比拍摄对象实际运动速度慢的银幕效果。低速摄影也称降格摄影，俗称快动作，是指摄影频率低于每秒 24 格的摄影，可以获得比拍摄对象实际运动速度快的银幕效果。

高速摄影技术形成的慢动作既可以用来表现幸福抒情的情绪，也可以表现忧愁悲伤的情感状态。如国产影片《甜蜜的事业》中，恋人的奔跑、追逐；苏联影片《雁南飞》中，鲍里斯临牺牲前眼前出现的婚礼场景：他与薇洛尼卡身穿结婚礼服，在人们的欢笑和祝福中走下楼梯……

低速摄影则形成快动作，往往用来制造喜剧效果。如卓别林在众多喜剧中经常使用该技巧，还有国产片《举起手来!》中也有快动作制造的滑稽效果。

此外，一些影视剧还使用定格技巧，将时间凝固，以给观众留下深刻的印象并进而引导观众去思考。定格通过重复印制同一画格然后连续播放它们来实现，让观众像看照片一样看它，呈现出肖像的感觉。比如，在法国导演特吕弗的影片《四百下》的结尾处，安托万跑到大海边转身面对摄影机，这一定格镜头给观众以强烈的震撼感受。在影片《杀死比尔1》里面，当乌玛·瑟曼回忆起被枪击的场景时，人物也被定格。定格使人物或动作停止，我们虽然可以猜想接下来会发生什么，但是却不能确切知道，事件真相永远也不会被揭露，这样就留给观众更多想象、思考的空间。

前面曾经提到打乱影视故事时间顺序的闪回和闪前技巧。闪回，是指在某一场景中突然插入另一场景镜头或片段的一种影视叙述手法。闪回内容一般是前一镜头中某个人物的意识或回忆，可以使观众更清晰地感受人物此刻的意识状态。从整体剧情的角度看，闪回的内容往往又起着提供背景信息的作用。闪前，是发生在未来时间内的镜头、场景或段落，它可以将人物的精神活动视像化，比如人物对未来的想象或憧憬。有些影片大量使用闪前，甚至形成特定的叙事模式和时空形态。香港导演王家卫的影片就偏爱时间的重构，闪前与闪回交织，形成一种自由处理时间的叙述风格。

三、影视时空的功能与特性

无论是电影还是电视剧，都具有把时间转换为空间和把空间转化为时间的能力，每一个镜头空间都占据一定的时间，每一段时间又都通过空间内部和外部的动作而延续，因此，影视剧中的时间和空间相互依存，不可能单独存在。

我们前面提到的影视时间的延长、压缩或者停顿，都是为了强调这一时刻的画面空间以引起观众的特别关注，从而实现这些技巧的特有功能，即造成多种情绪或情调。

关于电影时空的特性问题，林洪桐在《银幕技巧与手段——中外名片优秀手法剖析》一书中，将其概括为三点，即非连续的连续性、主观性和有限中的无限性。

(1) 非连续的连续性。电影的时空不等于现实的时空，因为它可以对现实的时空随意剪切、组接。它是编导创造出的艺术新时空，具有新的秩序和新的意义。电影艺术家通过自己对现实世界的重新编排、表现，表达自己对现实世界的思考和解释。

(2) 主观性。观众所能看到的电影中的一切都是由电影艺术家提供的。比如景别的选取、空间环境的设置、构图、色彩、声音以及光线的使用等，都是为了引导甚至是强制观众的注意力集中到编导的创作意图上。因此，创作者对时空的选择、配置，常常直接影响到观众的艺术感受。

（3）有限中的无限性。电影虽然受到放映时间和银幕的二度空间限制，但却可以将现实中的一切，乃至现实中并不存在的景象表现出来。同样，电影也可以将现实时间随意拉长、缩短。

第六节　蒙太奇

蒙太奇（montage）来自法语，原为建筑学术语，是构成和装配之意，借用到电影艺术中作为镜头的组接和构成的代称。

蒙太奇的概念具有三层含义：

其一，是电影剪辑的具体技巧和技法；

其二，是电影的基本结构手段和叙述方法，包括镜头、场面、段落的安排与组合的全部艺术技巧；

其三，是电影艺术表现现实的思维方法，即蒙太奇思维或蒙太奇原理。

一、蒙太奇是电影剧本结构的基本方法

一部摄制完成的影片是由多个片段组成的，因此涉及对镜头、场面和段落如何结构的问题，蒙太奇即是电影结构的基本方法。早在1926年，苏联电影艺术家普多夫金就曾经专门写过《论电影编剧》一文，在这篇文章中，他把电影编剧的工作程序分为三个部分：主题、剧情（处理）和把剧情加以电影式的安排（用电影的手法加以表现）。普多夫金特别提到，电影本身结构的特殊性，即影片连续的片段迅速地转换，要求编剧和导演必须使观众的注意力高度集中，如果电影的结构稍微不清晰，观众就会感到模糊不清而难以理解电影的情节和主题。在普多夫金看来，了解蒙太奇方法就是为了以电影的方式保证情节结构的完整和连贯，而相应的摄影机位置、镜头、场面和段落的连接方式都属于蒙太奇结构的内容。

剧作家在剧本创作过程中，必然会考虑到人物形象、性格的塑造，事件发展，导致情节发展或紧张或舒缓的细节等因素，那么就需要一种造型的形象思维，能够从可见的外部形象动作加以表现。如何才能通过外部形象动作来塑造人物形象呢？普多夫金以影片《可容忍的大卫》为例给予说明。该片有一个段落描写越狱流浪汉的出场，即是以造型的方式塑造了他

的形象：

①那个性情残暴、脸上长满了胡须的流浪汉，正想跑进一所房屋里去，但是一件东西吸引住了他的注意力，他便停了下来。

②流浪汉瞪着眼睛的“特写”。

③银幕上出现他所看到的东西正在太阳光下睡觉的毛茸茸的小猫。

④又是那个流浪汉。他拾起一块很大的石头，显然是想打死那只睡觉的小猫。恰巧这时有一个正向房里搬着东西的人偶然撞了他一下，这才阻止了他实现那残恐的意图。

这位流浪汉的形象由以上四个镜头加以表现，那只正在阳光下睡觉的小猫显然是幸福安详且无辜的，而流浪汉却拾起一块大石头准备砸向小猫，这一动作就很好地揭示出他的形象。这个例子也说明了文学与电影塑造形象手段的差别，前者是用语言去描写一个事件，而后者是用造型的方法去描写事件。

为此，普多夫金总结道，试想一下，如果不用语言和伴随语言的手势，而用和物件有联系的动作来表现愤怒、喜悦、惶惑和忧愁等，那你就不得不想出一些极富于造型的表现力的形象来了。处理造型素材对于编剧来说是极其重要的。他在处理过程中，就可以学会去想象他自己所写的东西如何在银幕上表现出来。像这样得来的知识，对于正确地和有效地进行编剧工作是非常必要的。为了更好地在电影中表现情节和主题，剧本编剧就必须了解蒙太奇结构。

普多夫金一再指出剧本必须具备电影的基本特性，剧作家必须掌握蒙太奇结构方法：

整个镜头剧本要分作若干段落，每个段落又分作若干场面，而最后，场面本身则是由许多从不同角度拍摄的片断构成的。一个真正能用来拍摄的电影剧本，必须具备电影的这个基本特性。编剧在纸上对于素材的处理，必须和这些素材在银幕上出现时完全一致，这样才可以精确地说明每一个镜头的内容以及它在一个段落里面的地位。将若干片断构成场面，将若干场面构成段落，将若干段落构成一本片子的方法，就叫作蒙太奇。蒙太奇是电影艺术家所掌握的最重要的造成效果的方法之一，因而也是编剧所掌握的最重要的造成效果的方法之一。

在《论电影的编剧、导演和演员》一书中，普多夫金根据电影结构的三个基本层级，分别详细论述了场面蒙太奇结构、段落蒙太奇结构和剧本蒙太奇结构的基本原理和构造原则。

（1）场面蒙太奇结构。在论述场面蒙太奇结构时，普多夫金首先说明了全景和特写在场面构成中的基本关系。比如，在一个场面中有三个人，最初只是表现一般的过程，那么就用全景镜头表现他们具体在做什么（例如是在搬运东西），但是，如果是其中某一个人要采取影响剧情的动作（可能是突然拔出手枪），这时摄影机就要转向他一个人，把他的动作单独拍摄下来。

普多夫金从现实生活的实例出发，指出现实中观看者的观看行为方式可以成为电影场面结构的基本原则，道理虽然质朴、简单，但却蕴涵着构成电影时空秩序的根本逻辑。

试想你在观察着展开在你面前的这样一个场面：有一个人站在一幢房屋的墙边，把头转向左边；左边出现了另一个人，他正小心翼翼地从大门潜进院内。这两个人离得相当远，他们都停止下来。第一个人拿着一件东西给第二个人看，并且嘲笑他。第二个人握着双拳愤怒地扑向前者。就在这个时候，有一个妇人在三层楼上的窗口向外张望，并喊道："警察！"两个对打的人便朝两个相反的方向跑开了。

现在我们来研究一下，这些事情是怎样被观察到的呢？

（1）观察者观看着第一个人。这个人把头转过去了。

（2）他在看什么呢？观察者于是把视线转向同一方向，看到另一个人正要走进大门里去，但是忽然停了下来。

（3）第一个人对于第二个人的出现有些什么反应呢？观察者于是又把头转回去，看见第一个人拿出一件东西并嘲笑第二个人。

（4）第二个人的反应如何呢？观察者于是又转过头去，看见第二个人正握着双拳扑向他的敌手。

（5）观察者于是退在一旁，观看这两个人如何在地上翻滚厮打着

（6）从上面发出了叫声。观察者于是抬起头来，看见一个妇人在窗口呼喊。

（7）观察者低下头来，看到了警告的效果：两个对打的人朝着相反的方向跑开了。

这个简单的例子非常接近蒙太奇的基本意义，蒙太奇的目的就是表现一个场面的发展过程。摄影机如同观察者的眼睛，不断地将目光分别对准其中的某一个人，包括他们的一些细节表情和动作。一旦将拍摄下的这些镜头剪辑在一起，放映到银幕上，观众便也和当时的观察者一样体验到事件的具体过程。

根据这个例子，普多夫金还提出，蒙太奇甚至也是影响观众情绪的方法，因为当时观察者快速地移动目光和视角，所以拍摄下的镜头也随之快速切换，这必然也给观众带来兴奋感。反之，如果拍摄一群沿着大路缓慢行走的牛，可以依据在同一条路上的步行者的观察点来拍摄，结果便能获

得安静缓慢的蒙太奇结构。最后，使用蒙太奇将一些镜头片段构成场面时，重要的是把观众的注意力集中到动作的关键性因素上，这个因素具有推进的力量，足以激发出下一个镜头动作，比如一个嘲笑的动作，引起另一个人的愤怒反应。依此类推便可建立起一个具有逻辑秩序的场面。

（2）段落蒙太奇结构。仅仅依靠场面尚不能构成一部电影，还需要将一系列场面构成段落，表达一段相对完整的意义。将场面构成段落的原则与将镜头片段构成场面的原则类似，场面和场面之间也需要逻辑秩序的支配，上一个场面的关键性动作激发出下一个场面，这样才能把观众的注意力从上一个场面带入下一个场面。比如，我们要结构出这样的一个段落：两个奸细正悄悄接近弹药库并企图将其引爆，他们途中遗失了一封密信，有人拾到密信并交给警卫，警卫及时赶到抓住了奸细，保全了弹药库。在这里，我们还是把摄影机当成观察者，时而跟随那两个奸细，时而又转向警卫室，随后又回到正在准备爆破的奸细那里……段落蒙太奇同样需要吸引住观众的注意力，可以依赖均匀的节奏使观众始终保持兴趣，让观众产生这里将会发生什么的疑问，猜想随后又会变得怎样，依次把观众从一个场面引入到下一个场面，以形成一个有序的段落。

（3）剧本蒙太奇结构。电影剧本由许多段落组成，那么段落组合要以什么为依据？这就要看他们之间是否保持了“连贯性”，即各个段落连接到一起是否体现出剧情的戏剧性连贯。应该指出的是，这种各个段落之间衔接的连贯性的基础在于剧情。普多夫金特别提到，在电影剧情中有一个“最紧张的一刹那”关键点，这也是剧情基础的根本所在。“提醒编剧注意下面这一点是非常必要的：每个电影剧本的剧情发展中都有最紧张的一刹那，这最紧张的一刹那几乎总是在影片的结尾。为使观众有所准备，或者更正确地说，为使观众为最后的紧张场面保留一些精力，就要特别注意不让观众在影片放映的过程中感到不必要的疲劳。”普多夫金的这段论述，实际上在告诉读者，剧本中各个段落的连接最终是以达到“最紧张的一刹那”为目的，所以它才会在剧情中占据十分重要的位置。遗憾的是，该译文是由英文转译而来，在英文版中，对于剧本的结构蒙太奇部分有所删节，因此，普多夫金的原意没有进一步清楚地表达出来。针对这一问题，我们不妨做些必要的补充。美国剧作理论家 J. H. 劳逊在《戏剧与电影的剧作理论与技巧》一书中提到：“高潮是动作的基础和顶点”，普多夫金所说的“最紧张的一刹那”即应当是剧情的高潮。很多学者也曾提到“由高潮看剧作的统一性和连贯性”的观点，这对于保持剧作结构内部段落衔接的有机性和完整性非常重要。

就一部完整的电影剧本来说，它是一个由个别到整体的过程。然而，对于剧本创作来说，首先必须要有一个剧情结构的总体规划，随后才能进入到具体创作中："总的来说，首先是要详细地写出剧情（动作），然后把它分成段落，再把段落分成场面，而这些场面则是由一些片断通过蒙太奇而结构出来的。每个片断相当于一个拍摄角度。"

二、蒙太奇手法的主要类型

作为电影艺术技巧的蒙太奇有许多具体的手法，前人对此也有过多种归类。有些研究者并不采用蒙太奇一词，而仅仅把它归入"剪辑"技巧里面，贝拉·巴拉兹则与此相反，他曾说过："我不喜欢'剪辑'这两个字，我认为法文的说法'蒙太奇'倒更切合原意也更能表达原意，因为'蒙太奇'的原意是'装配'，而剪辑实际上也就是这样一回事。剪辑者按照预定的顺序把许多镜头连接起来，结果就使这些画格通过顺序本身而产生某种预期的效果……"

（一）有关蒙太奇的不同观点

国内有学者把蒙太奇手法分为叙述蒙太奇和表现蒙太奇，这实际上是根据电影理论发展史上曾经出现的争论而划分的。在电影史上，苏联电影艺术家对蒙太奇曾进行过多层次的深入探讨，但也曾出现过一些分歧。普多夫金有关蒙太奇的总结，大多是根据好莱坞电影剪辑技巧而来，所以侧重点放在蒙太奇的叙事功能方面；而爱森斯坦的蒙太奇理论，则更多考虑的是镜头内部以及镜头之间的冲突，他认为，只有通过这种冲突才能最有效地表达创作者的思想。为此，爱森斯坦曾经与普多夫金展开过多次争论。在《单镜头画面之外》一文中，爱森斯坦曾这样解释自己与普多夫金等人的不同观点。

那一次也是这样的。他（指普多夫金）是库里肖夫学派培养出来的门生，热心地维护那种把蒙太奇看作是诸片段连接的观点。连成链条。"砖头"的连接。

把砖头排列起来便可以叙述思想。

我把蒙太奇看成是碰撞。我拿自己的观点反驳他。这就是由两个客观实在的东西碰撞而产生思想的观点。

总之，蒙太奇是冲突。

一切艺术的基础永远是冲突（辩证法的独特的"形象的"转化）。

单镜头画面是蒙太奇的细胞。

因而也必须从冲突的角度来对它加以考察。

从这段话里，可以看出在爱森斯坦和普多夫金之间，对于蒙太奇的理解的根本性不同在于，爱森斯坦强调的是蒙太奇碰撞、冲突的特征，这便不仅仅是为了故事流畅而把部分连接为一个整体。爱森斯坦还曾提出，蒙太奇不是两个镜头的简单相加，而是要在两者的撞击中产生新的意义。他对蒙太奇的研究和认识对于后来电影的发展产生了深远的影响。当然，普多夫金等人从叙述顺畅的角度对于蒙太奇的总结对于电影剧作的理论化发展，尤其是在叙事的有效性方面也自有其合理性。

（二）蒙太奇手法

普多夫金在《论电影编剧》（1926）一文中，认为蒙太奇不仅是连接场面或片段的方法，还是从心理上引导观众的一种方法，并具体总结出五种基本的蒙太奇方法。

（1）对比蒙太奇。比如要表现一个穷人挨饿的悲惨处境，可以拿一个富有的饕餮之徒进行对比剪辑。通过镜头、场面或段落之间的对比，获得相互比较、衬托的效果。这种蒙太奇手法普遍被用在表现道德题材的影片中，如国产影片《一江春水向东流》里，爱国青年张忠良在前线拼死作战，而大后方重庆却依旧是一派歌舞升平的景象；随着张忠良的堕落，他陷入醉生梦死的环境中难以自拔，相应的对比段落是妻子和母亲在敌占区忍受着饥饿和疾病的痛苦煎熬。这样对比的结果，显然会对观众的心理情感起到很好的引导作用。

（2）平行蒙太奇。这一蒙太奇手法和对比蒙太奇相似，但应用更加广泛。该手法是指两条以上情节线索，在不同时空中并列表现、分头叙述，并统一在一个情节结构里，或者几个表面上没有联系的情节或事件互相穿插、交错表现，并统一在一个共同的主题之下。如格里菲斯导演的《党同伐异》，即是将四个不同时代、不同国度的故事并列讲述，以表现一个共同的主题：在人类历史上一直持续着排除异己的斗争，这给人类带来了无尽的痛苦和灾难。平行蒙太奇的作用是多方面的，用以处理剧情，有利于集中概括，扩大影片的容量；多条线索平行展开，相互烘托、对比呼应，可以丰富剧情；时空自由转换，使剧情结构丰富多样，避免了单调乏味。

（3）象征蒙太奇。该手法通过镜头或场面的对列或交替表现，含蓄而形象地表达创作者的某种寓意或思想。它可以引发观众的联想并使其领会导演的意图。普多夫金所举的例子是爱森斯坦导演的《罢工》，其中枪杀工人的场面，穿插进屠场宰牛的镜头，以此来象征工人被任意宰割的命运。这一手法能够形象地把抽象的观念灌输到观众的意识之中。这一蒙太奇手法也被称为“隐喻蒙太奇”。在普多夫金导演的影片《母亲》中，将工人示威游行的镜头与春天河面上涌动的冰排剪接在一起，用奔涌向前的流冰象征革命不可阻挡。

（4）动作的同时发展。“在美国影片中，最后的那一部分多半是由两个动作同时的迅速发展结构而成；其中一个动作的结果是由另一个动作的结果来决定的。曾经引用过的《党同伐异》里面描写现代部分的结尾就是这样结构的。这种手法的目的就是使观众不断地问一个问题，从而造成极度紧张的情绪，譬如在《党同伐异》中观众不断地问着的一个问题是：‘他们赶得到吗？他们来得及吗？’”该手法后来被概括成“交叉蒙太奇”，是由平行蒙太奇发展而来，它强调的是两条以上线索严格的同时性。它可以加强矛盾冲突的尖锐性，引起悬念，并能很好地控制观众的情绪。

（5）主题的反复出现。为了强调影片的基本主题，在影片中代表一定寓意的镜头或场面在关键时刻反复出现。应该补充的是，普多夫金写这篇文章时有声电影尚未出现，随着电影的发展以及认识的深入，电影中的各种元素都被加以精心构思、反复出现，如人物、场景、动作、语言、音乐、光影、色彩等，因而扩展形成了“重复蒙太奇”的手法。该手法可以产生出独特的寓意和特定的艺术效果。爱森斯坦曾经写作过多篇蒙太奇的研究文章，除了我们已经知道的《吸引力蒙太奇》（《杂耍蒙太奇》）之外，还写过《蒙太奇》《蒙太奇 1938》《垂直蒙太奇》等专论。在《垂直蒙太奇》一文中，爱森斯坦运用管弦乐总谱的原理，专门研究了画面和声音在表现人的观念意识方面多种蒙太奇组合的可能性。他提出构成蒙太奇的成分几乎可以涉及人类感官的所有领域：（1）触觉——质感（汗水濡湿的脊背）；（2）嗅觉（散发着野兽气味的汗臭）；（3）视觉，如光的（大厅两端的昏暗，角斗者冲进明亮场地时闪亮的肢体；警察身上的纽扣和佩刀刀柄在昏暗中闪闪发光）、色的（变得苍白的脸色，淡黄色的胡须，身体被打击的地方泛起粉红色）；（4）听觉（手掌拍在皮肤上的啪啪声）；（5）动觉（跪在地上、头顶着地转动身躯）；（6）纯情绪的感觉（挑战的目光）等。垂直蒙太奇的理论构想十分缜密复杂，大大提升了蒙太奇结构的表现能力，充分显示出蒙太奇理论所具有的形式和思想上的深度，也代表着蒙太奇理论的新的高度。

三、剪辑匹配技巧

在一些美国电影研究者看来，“蒙太奇”与“剪辑”概念的背后存在着观念上的差异。路易斯·贾内梯在《认识电影》一书中对此进行了说明

格里菲斯是一位注重实际的艺术家，他关注的是使思想和情感尽量有

效地沟通和交流。在20世纪20年代，苏联导演发展了他的联想原理，为他们所谓的蒙太奇即主题剪辑法提供了理论基础。……普多夫金说，格里菲斯使用特写镜头太少，只在说明有众多含义的全景镜头时才使用。特写镜头实际上只是一种中断，不提出自己的含义。普多夫金认为每个镜头都应提出一个新论点。把一些镜头并列起来，就能创造出新意。

同时，贾内梯对库里肖夫的剪辑实验也侧面提出了批评：

这一代苏联理论家有几点受到批评。有的评论家说，这种技巧有损于一个场面的现实含义，因为实际的时间和地点的连续性完全被改造。但是普多夫金和苏联其他的形式主义者则认为全景镜头获得的现实离现实太近：舞台可以如此，电影却不该这样。电影应当抓住现实的本质，而非表面的枝节问题。只有把对象结构、象征以及其他经过挑选的细节的特写镜头并列起来，导演才能把隐藏在混乱的现实生活中的意义生动地表现出来。

有的评论家还认为这种剪辑风格对观众引导太多，也就是说存在既定的导向。观众只能被动地坐着，接受银幕上出现的各种关系的必然联系。这里涉及出于政治角度的考虑，因为苏联把电影与宣传连在一起。宣传不管有多少艺术性，总不可能有自由的公正的评价。

从该书中可以看出，贾内梯对蒙太奇也就是主题剪辑法并不认同，这在美国的电影理论中具有一定的代表性，因此，在很多书中使用的术语是“剪辑”而非“蒙太奇”。不过，贾内梯笼统地将苏联的蒙太奇理论简约化为“主题剪辑法”，有意无意间也掩盖了后者蒙太奇理论的巨大成就与影响。

在现代电影中有许多出色的镜头匹配技巧，在影片时空转换和吸引观众注意力方面具有令人印象深刻的效果，体现出电影艺术家们的独特构思，在此不妨加以介绍。

电影中的镜头匹配现象，常常出现在场景转换之间，电影编导可以利用这一场景组接的特性来推进故事向前发展，也可以借此传递故事新的信息。镜头匹配现象包括画面匹配和声音匹配两种。画面匹配，是指两个镜头画面在内容相似的基础上进行匹配剪辑，例如画面中图形、形状、动作、大小或色彩等相似则可匹配剪辑。画面匹配既可以推进剧情，也可以在两个画面基础上形成新的思想（如爱森斯坦的蒙太奇思想）。声音匹配，是指两个相似或具有某种联系的声音相继出现时形成一种新的义。

通过画面与声音的匹配剪辑，在叙事方面巧妙地完成了时空的转换，可以省略许多铺垫，节省时间，加速了情节发展的节奏。更为重要的是，匹配剪辑能够精妙地表现创作者艺术构思以及角色思想意识。隐喻，也可以将其称为隐喻蒙太奇，蒙太奇理论对当今世界电影具有深远影响。

第七节 悬念

提出悬而未决的矛盾冲突，引起观众的关注，这就是悬念。悬念是影视剧编导吸引观众的最有效的手段之一。悬念设置的巧妙，很大程度上取决于事情结局与真相的“半隐半露”的独具匠心。正如狄德罗所言，“由于守密，戏剧作家为我们安排了一个片刻的惊讶。可是由于把内情透露给我，却引起我长时间的焦急”。

对此，悬念大师希区柯克曾有一个著名的例证，更为形象地说明了这个道理：假如一列火车上有两个旅客在闲谈，突然一声巨响，原来是桌子下面隐藏的定时炸弹爆炸了，观众在这爆炸声中会受到震惊，但如果在爆炸之前没有任何离奇事情的发生，那么仍然构不成悬念。倘若让观众事先看到一个恐怖分子把炸弹放置在了桌子下面，并且设定在1点钟引爆，还剩下15分钟的时间。这时候观众就要替剧中的人物着急了，他们恨不得马上告诉那两位旅客：赶快逃吧，不然就没命了。观众的心与剧中人物一起跳动，这就是悬念设置的巧妙功用。

有经验的剧作家还指出，一个好的影视剧本要让观众“5分钟小紧张一次，15分钟大紧张一次，紧张的因素在于疑问、人际纠葛和时间的限制；悬念一旦设置，就要注意保持、延宕；悬念的系扣和解扣要落实到人物的命运上”希区柯克的悬念电影《后窗》在这方面就很有代表性。

主人公杰弗断了一条腿，不能四处走动，只好百无聊赖地偷窥窗口对面的楼房住户的日常生活。这本来没什么特别引人注意的地方，但希区柯克却在此大做文章。他先让观众看到对面楼里一对夫妻不知为什么大吵大闹，且经常半夜惨叫，丈夫更是行动诡秘，妻子又好像失踪等不解的事情，形成悬念，使观众产生强烈的关注心理，最后虽然几经周折设法弄清了真相，查到了凶手，但又让主人公杰弗处于危险之中，使观众刚刚放下的心又悬了起来，这样，希区柯克通过一个个悬念设置，令观众始终关注着故事情节，最大限度地引起了观众的参与和窥探心理。

人类天生有好奇心，而悬疑的情节正好满足其窥探的欲望。中国的章回小说里有“欲知后事如何，且待下回分解”，正是悬疑手法的最佳例证。悬疑就是悬而不决、令人猜疑、令人关怀、令人抑郁、令人怨恨、令人扼腕、令人着急、令人紧张，因而产生“非看下去不可”的欲望。在影视剧中，悬疑是经常被运用的手法，这是对编剧说的。对观众来说，悬疑则是一种心理活动。因此，悬疑既是一种手法，又是一种效应。

作为心理活动，它指的是观众在进入叙事艺术作品的情境以后，对于故事的发展和人物命运结局的关切，从而引起心理上的紧张。

作为创作手法，它是指那些对剧情转化、进展的安排，力求使观众的欣赏力特别集中，从而在吸引观众欣赏兴趣的基础上感动观众。

一、影视剧悬念的作用

情节是故事的发展过程。有的作品情节体现为事件，其发展过程中的方向，并非是观众预先已经明了的，由于相关矛盾冲突之间力量的不均衡，环境因素的变化，事物发展的内在、外在条件不断变动，所以说观众对事件发展方向一时难以判定。而当观众对剧情有所了解，对剧中各类人物的性质有了初步认识，对剧中的人物关系、剧中环境有了初步了解，对矛盾冲突中各方的力量对比有了一定程度的了解之后，当故事难以具有明朗的结局时，悬疑就产生了。

作品情节体现为人物的生活历程。这样，在对作品有了相当的了解之后，代表善的人物面临危险境地，代表恶的人物能否得到应有的下场，观众便以社会公理为尺度，对未到来的人物命运的结局，做出情感上的反应。在悬念的安排上，有时作品故意让观众知道善良人物的危险在步步逼近，而当事者本人还不知道。一方面观众希望剧中人赶紧行动，以逃离危险境地；另一方面剧中人因不知情，依然安之若素，悬疑便产生了惊险的效果。

悬念不是故事的一个成分，而是观众对故事的反应，如果有人说这个故事没有悬疑，这意味着当把故事讲给观众听的时候，他们不能感受到悬疑。

悬念是观众对故事里角色的意图将产生怎样结果的一种疑虑。它常带给人一种神秘感，因而夹杂着一股强大的吸引力，驱使人全神贯注，拭目以待，非看到事情的究竟才肯罢休。有些电影平淡无奇，一点也不吸引人，主要原因就是缺乏悬念。利用观众的好奇心理，一重一重的奥秘，一层一层地剥落，至末了才令人恍然大悟。

著名的悬念大师希区柯克是运用悬念的能手。侦探片或间谍片大多以悬疑的情节来制造紧张的气氛。从20世纪70年代后期到进入21世纪以来，我国的一些“反腐”剧、“打黑”片，也喜欢采用悬疑的情节，故弄玄虚，令人疑惑不安，吸引观众。让观众在诸多“曲折”之后，“惊奇”地获得“满意”的审美体验。下面分述这些技巧。

（一）曲折

千回百转，变化无穷，即是曲折。曲线是世间最美的线条。而电影的情节也讲究曲折感。如果情节如同一条直巷，笔直通到底，一目了然，见首知尾，那怎能吸引观众呢？所谓一波未平，一波又起，但需注意其层次分明，曲折趋强，把剧情推向高潮。

剧情的发展，如抽丝剥茧，愈抽愈多，愈剥愈出，使观众如游名山，到山穷水尽处，忽又峰回路转，别有洞天，应接不暇，这样才算深得曲折之美。编剧写到“曲径通幽处，禅房花木深”和“遥知杨柳是门处，似隔芙蓉无路通”的境界已是能手。如能更上层楼，达到“只言花似雪，不悟有香来”的意境，则是深达炉火纯青的地步了。

曲折的情节大致可分为两种：一种是直线型的曲折；另一种则是曲线型的曲折。直线型的曲折，换句话说是开门见山的曲折，也就是一开始就可预见的结果，虽然开门即可见山，但要登山，还必须千回百转，历经千辛万苦，领略万千胜景，才能完成登山胜举。因此，尽管开门可以见山，然而所经历的过程，仍然造成一股很强的吸引力，令人向往。至于曲线型的曲折，是以抽丝剥茧方式进行，观众对结果茫然无知，仅随情节发展而行进，最后达成目的。

（二）惊奇

文学作品不分中外，如欲引人入胜，非用“巧”则不奏其功。电影为了吸引观众，编剧就必须把情节安排得极尽“巧”之能事。在此，先给“巧”下个定义，然后，以此定义来透视“巧”的技巧与运用。巧的意义有二：一是为文构思之“巧”，一是巧合之“巧”。前者近似“巧夺天工”中的“巧”，后者颇似“无巧不成书”的“巧”。构思之巧以情节离奇取胜，读者读来，观者观来，如醉如痴，欲罢不能。巧合之巧则是扭转故事情节的转折点，由悲转欢、由离转合之类的巧安排。这里所说的巧，就是我们要讨论的惊奇。并不是设计许多人所未见、人所未闻的奇事奇物，使人看了惊奇，而是要在情节发展变化之中，有令人惊奇的状况。写脚本时应该注意，情节必须不落俗套，如果观众一眼看出，或一下子就猜到，那便索然无味了。编剧好像与观众斗智，如果在情节发展中，令观众想不出“以后如何”，而观众在猜疑之中，剧情的发展完全出乎意料，那么就产生“惊奇”的效果。也就如李渔所说的：“事在耳目之内，思出风云之表。”但是这种惊奇的效果，必须在合情合理中变化发展而来，如果刻意制造惊奇，失去理性，造成情节不合理，那就不妥当了。

情节的发展讲究合情合理，事件的发生有其来龙去脉，编剧不能笔下快意，在纸上呼风唤雨，要什么有什么，其结果必使观众如坠云雾中，晕头转向，不知所云。要想将情节安排得合情合理而又出人意料，一定要用伏笔，就是先将后面可能发生的事件或出现的人物，在前面适当的情节中种下一个“因”，只给观众一点暗示，而不直接说明，观众当时也许疑惑，但后来必恍然大悟。但要注意伏笔安排要自然，最好不着痕迹，如果硬将伏笔塞进情节里去，观众一看就知道怎么一回事，不但收不到效果，反而破坏了情节的完美。

（三）满意

曲折、惊奇、满意，这三者有先后的相关性。也就是说，剧情的发展在悬疑之中，悬疑的剧情解决的时候，应该使观众惊奇；而在结束的时候，应使观众有“除此之外，绝无更好的办法”的满意。这种满意的感觉，使观众感到情节的发展趋向、变化真的引人入胜，能够合情合理紧扣人心，而不是剧情的大团圆，所有的一切都圆满解决而使观众满意。这时观众随着情节的发展也入戏了，随着剧中人笑，随着剧中人哭，随着剧中人喜，随着剧中人怒，使观众如醉如痴。

编剧不能让观众总紧张，张弛有致，有所调节方能维持长久。一件事已达完成阶段，观众的注意力及精神自然松弛下来，做暂时的休息，所以，又需新的事件发生，以重振观众的精神，但此事必已潜伏于前节中，否则会使观众感到突如其来，不知为何有此段插曲之布置，节外生枝，注意力随之分散了。就是说情节变化虽多，意思却是一贯而统一的。由于情节变化无穷，一波方落一波又起，一方面可以陈述故事始终自然发展的过程，另一方面可以使观众的注意力维持恒久。

（四）制造戏剧危机

有时，一个动作片剧本有很强烈的、有特色的动作段落，而故事的戏剧性前提却很弱，或者和以前的影片雷同。换句话说，我们以前都见过。出问题了，有好多问题。不光情节或人物，动作本身可能也有问题。有些作者天生具有写动作片的能力，而其他许多人都认为写人物更顺手。最需要说明的是你在写任何一种动作片或动作段落之前，首先要弄明白动作片是什么，其性质是什么。

当我们写一个动作片剧本时，焦点必须集中在动作和人物身上，两者必须是共存的，并且是互相影响的，否则非出问题不可。常常发生的情况是动作超越故事并决定着人物，结果是剧本不管写得多好，都显得平淡无趣。这需要有高潮和低谷间的平衡，在剧本里要让读者和观众能有停下来喘口气的功夫。所以，我们要了解如何避免在一部动作片的剧本里产生这些问题。动作在字典里被定义为“一个运动或一系列运动”，或者“处于活动中的状态”。好的动作片剧本还包含着色彩、节奏、悬念、紧张感，而且在多数情况下还需要有幽默。

二、影视剧悬念的构成

“悬疑片”一词通常指一种引起焦虑和惊惧的电影或电视节目类型。这种惊险片在传统意义上是将主人公置于凶险的、常常是危及生命的情景，以此来惊吓观众。糟糕的影片有时通过无缘无故地增加暴力、流血以及破坏场面来加强影片的惊险效果。正因为惊恐的因素在影视作品中时有所见，但悬念比制造惊恐效果应用得更为广泛。它是所有成功作品最基本的组成部分，是每个戏剧性场面的基础，与演员和对白一样是作品必不可少的因素之一。只有对悬念的本质进行深入理解，导演才能加深观众对剧情的投入，才能强化作品的感染力。

当编剧和导演谋求在观众中制造恐惧时，他就必须去寻找人们的原始根基。是什么主题使得所有人都感到恐惧而无论他们属于何种文化和居于何地呢？许多深层的恐惧必须追溯到我们的原初状态：儿童时期。

（一）未知

如果你像大多数青少年一样，那么你就会害怕黑暗。为什么呢？因为你看不见黑暗中潜伏着什么，你的想象力提供了产生恐惧的可能性：妖怪、鬼魂怪诞的魔鬼。当你打开电灯，房间里变得如平常一样安全，恐惧消失了。过会儿，灯熄之后，黑暗中的未知又显现出来，黑暗召来了想象中的妖魔鬼怪。我们的童年还害怕些什么？墓地，棺木，骷髅？所有象征着死亡的东西。那么何为死亡呢？对我们大多数人来讲，死亡就意味着未知。

在日常生活中我们也面临着对未知的恐惧。我们去看牙医时，都会很紧张，对可能发生的疼痛感到惊恐。这时候牙医就会对即将发生的事件进行一番描述，他就要动手了—而我们的恐惧感却消失了大半。

对一个编剧而言，当他要在创作中营造恐惧感时，人们对未知的恐惧就成为极有用的工具。在这个世界里，我们孩童时代的恐惧再次让我们窒息。你曾看过在光天化日下上演的鬼故事吗？有没有见过哪个故事里的主人公是在“中午”拜访鬼魂出没的凶宅的？应该不会。

（二）未见

世上有些奇特之事我们未曾见识、未曾认知、也未可评价，它们的奇特之处只有任凭人们猜想。在影片《大白鲨》里，这个海中恶魔潜伏在大洋的深处。意味深长的是，故事最基本的角色是一条大白鲨，但是观众直到故事进展到差不多三分之二的时候才真正看见它。影片的开头段落以大白鲨在水中游动的主观镜头构成，画面中回响着的不祥的音乐成为大白鲨的主题，无论何时，只要一听到这个音乐，我们都会为恶魔的即将出现而惊恐不已。我们一次又一次地目睹了大白鲨肆虐的痕迹，但直到178号镜头（总共有255个镜头）我们才得以亲眼看到这个海中恶魔。海，就像黑夜一样，隐匿着它的行踪，夸大着它的危险，加剧着人们的恐怖。海像黑夜一样，本身就成了一种威胁，它使风平浪静的海面可能爆发出令人胆寒的恐惧。

（三）用镜头掩饰

仅仅呈现某人的影子或身体的一部分是用镜头掩饰身份最常见的方法。幽闭恐怖的画面构图或角度也是一种常见的方法。一般情况下，当主人公进入一个新的场景，导演多用广角镜头交代方位。然而有时导演却故意不交代方位，而是将镜头靠近主人公的脸部，从而遮挡观众的视线，不让其看清是谁或什么潜伏在周围。这种镜头由于视线受到限制而产生一种幽闭的、不安的感受。经过一段时间以后，就会积累起真正的不安和担忧。

我们来看下面一段：雷切尔走近一座破旧的大厦，紧张地环顾着四周。镜头一变，现在我们透过楼上的一扇窗户能看到她。当她抬眼向上眺望时，镜头猛然移开，仿佛怕人们看到什么似的。我们会怀疑（担心）这个镜头可能代表着某人的主观视线。果然，我们的疑虑不久就得到了证实，人们看见一只粗糙的手拉上了窗帘，挡住了人们的视线。现在雷切尔走向前门把门打开。按传统陈旧手法，这扇门会发出吱吱咯咯的、让人毛骨悚然的尖叫。在大厦里面，雷切尔慢慢地走过一间又一间屋子，镜头用保持不变的近景跟随着她运动。由于镜头局限于头至肩部的特写范围，观众的视线遭到屏蔽，就像一个在黑暗卧室里面的孩子，我们看不清周围有什么。我们的紧张加剧了，急切的视线受屏蔽的时间越长，我们的不安也就越剧烈。

幽闭镜头的悬念价值有两个方面：一是未见之事比可见之事更可怕；二是延迟揭示真相的时间也能使观众参与剧情。

（四）观众的想象

畅销书的读者们时常抱怨电影和电视连续剧往往达不到人们期望的结果。其中的原因就是小说依赖于人们的想象力来构成视觉形象：布景、服装面容。人类无限丰富的想象力是剧作家难以匹敌的，还不如不做这样的尝试。在所谓的惊险片中，观众对反派角色知道得越多，他所能带来的恐惧就越少试想，一个魔鬼般邪恶、嗜杀成性的强奸杀人犯却对别人喋喋不休地讲述自己内心的希望和梦想。另一个人身份完全相同，只是从不说一句话。两者不妨作一番比较。这时我们的想象力就起作用了，因为我们想弄清楚究竟是什么卑鄙可耻的、不可告人的欲望促使他去作恶。虽然前一个人物可能代表着一种更常规的表现方法，然而后一个却毫无疑问地使人感到更加恐怖。当导演企图掩盖或者部分地掩盖人物的真相时，人们的想象力就能开拓一个更大的空间，它能将其所未见的转变为一种比特技专家所能制造的更为可怕的形象。

（五）推迟揭晓真相

在所有影片中，希区柯克都曾利用过未见与未知的惊恐，故意推迟揭示观众想了解的事实真相，以延长观众的焦虑。我们从他的一部人们较少赞誉的影片《回归线下》里取两个例子来分析，一个运用镜头和剪辑，另一个仅仅运用调度来推迟揭示真相。

场景一开始就显现了与由英格丽·褒曼饰演的角色有关的不祥之兆，她是一位由约瑟夫·科顿饰演的澳洲商人的妻子。观众在未见过她之前就已经急于想知道她遇上了什么样的麻烦。在晚宴上，科顿的生意伙伴开始问及她的情况，随后就局促不安地赶快改变了话题。不久，我们听到了楼梯上她的脚步声，越来越近的脚步声激起了人们的期待，所有的眼睛都紧盯着那扇通往客厅的关闭着的门。脚步在门外停了下来，门慢悠悠地打开，在我们看到褒曼之前，希区柯克却切入了一组来宾的反应镜头。这时候，我们理所当然地希望希区柯克能切入来宾的视点镜头。然而导演仍然不让我们看到我们想看的人，而是慢慢地让镜头从来宾一张张惊愕的脸上平摇过去。最后，导演才切入了褒曼的镜头，他再一次延迟了真相的揭晓，先是一双脚的特写，然后慢慢地向上摇起镜头。

下面取自同一部影片的例子更为成功。褒曼躺在床上，忽然间感觉被子下面似乎有什么东西，她没有掀掉被子立即去看是什么东西，而是小心翼翼地下了床，在沉默的恐惧中盯着床的另一边，她紧张地绕向床的另一边，镜头跟拍着她，延缓着，延缓着，延缓着向观众交代是什么使她害怕。至少20秒之后，她到达了床的另一侧，猛然掀开被子，这时希区柯克切入了一个丑陋的小脑袋的大特写。这次的恐惧效果极为强烈，证明了希区柯克的延迟策略的合理性。

在许多悬念段落里，这种延迟还有一个额外的好处：它同时能营造恐怖的气氛，因为它刺激了观众的想象力，使其产生的恐惧感较观众知道真相后更加剧烈。导演有时运用平摇拍摄来增强观众对剧情的期望和紧张感。例如，个婴儿躺在摇篮里，画面上，一扇窗户悄然打开。镜头缓慢地从婴儿身上摇开，人们紧张地期待着镜头上将出现什么。缓慢的平摇拍摄仿佛是故意捉弄观众似的，迟迟不把真相公之于众。

（六）制造紧张

惊险场面绝不是偶然出现的，它往往是编导呕心沥血的结晶。惊险的时刻源自一系列让观众紧张不安的较小的磨难。请注意：作为内在的戏剧性因素的一部分，发展的因素再次证明了它自身。当许许多多较小的刺激激发我们惶吓之时，我们就可能心理失衡，显得焦虑、惊恐。这时任何重大的惊吓都可能使我们从自己的座位上跳起来。

有一家报纸就《精神病患者》采访过希区柯克，记者问起影片一开始为什么会出现一个戴着古怪的反光太阳镜、骑着被磨损的摩托车的警察。希区柯克答道：只为了一个原因—让观众紧张。导演偶尔使用的倾斜镜头也是出于同样的原因。在制造悬念的时候，他会出人意料地使用一个不和谐的俯仰镜头，目的也是让观众紧张。

因为音乐能直接作用于人的情感，所以音乐在这些能使观众躁动不安的形成氛围的各种因素中居于首位。《精神病患者》开始那场让人屏息的浴室谋杀中，血腥残忍的画面形象固然使观众毛骨悚然，然而此时的音乐却使惊恐效果更具力度。在遭毒手女子的尖叫声中，响起了小提琴凄厉的旋律，恶梦般的凛冽足以使观众胆战心惊。我们最熟悉的紧张不安的环境因素当属打雷和闪电，尽管这是恐怖故事运用的老套手法，但是它们引起人们原始恐惧的力量极其强大，所以依然在起作用。刮风以其变化多端、乱人心意的音响效果也有助于营造恐怖氛围。

（七）让观众为人物担忧

希区柯克使观众紧张的技巧之一就是让观众比角色知道得更多。事先得知坏蛋即将作恶，能使观众预见暴力，他们会为主人公的浑然不觉感到极度担忧，而又没法使其知晓即将面临的厄运，当灾难即将降临到主人公头上时，观众会承受不断加剧的惊恐。与这类影片的其他导演相比，希区柯克喜欢悬念胜于惊奇。他用处理当两个经理人员正在谈话时桌子下面一个炸弹即将爆炸的经典例子来说明两者的区别：假如观众不知道有炸弹，只有到了爆炸的时候他才会害怕。然而，希区柯克认为，让观众先知道秘密，就能取得令人满意的效果。观众明明知道炸弹在桌子下面嘀哒作响，知道15分钟之后就要发生爆炸，他们总是急着想将险情警告受害者，这样一来，观众就参与了剧情。前一种情况，只在爆炸的那刻，我们才赋予了大家15秒钟的惊险。后一种情况我们却给观众提供了15分钟的悬念。所以结论就是，无论何时，只要有必要，就必须让观众明白真相。

第四章 影视剧本中的美学思想

在文学领域，美学思想一直是重要的课题。

文学形象的创造，是一种审美价值的实现。它以情感为核心，如果没有情感而完全靠理性支撑，那必然是枯燥的。情感之所以珍贵，是因为在通常情况下，它是被功利和科学认知所压制的，只有情感能量特别强大的人才具有审美创造的才华。

艺术形象是“再现生活”和“表现作家自我”的统一，无限的生活受到了艺术形式的限制，是生活选择的艺术形式，而作家选择了与艺术形式契合的生活。在影视文学领域，很多小说都可以作为素材。小说属于散文艺术，小说所描述的生活内容和情感特征是比较趋于个体化的，不过，在情感特征方面与散文有一些区别。在诗歌当中包含的感情是诗人自己的最直接最纯粹的感情；在散文中，既有作者的思想感情，也有文中人物的情绪细节以及情感；小说的人物关系一般比较复杂，不同人物有着不同的感情特征，对比散文，小说拥有更加立体的情感空间，包含了所有层次的感情成分。换句话说，影视文学作品可以包含诗歌的美、散文的美、小说的美等。

格里菲斯从狄更斯的小说中受到启发，在他的电影中形成了成熟的平行蒙太奇叙事，爱森斯坦从普希金的诗歌中受到启发，发现后者异常生动的人物和场景的交叉描写，与电影镜头的选取极为相似。

在影视剧本里，有一些必不可少的元素，包括角色、环境、故事情节、心理活动等。在影视剧的审美过程中，出现了太多种“美”：电影《妖猫传》里的大唐盛景、电影《十面埋伏》的竹海景象、电影《花魁杜十娘》里的曼妙佳人形象、电视剧《那年花开月正圆》里的聪慧善良女子形象、电影《长江图》中的唯美诗词……这些都是美的所在。

这些美好，在影视文学创作的阶段就已经形成。

第一节 人物之美

爱美之心，人皆有之。许多的影视作品中，出现了美好的人物形象。这包括外貌的美和心灵的美。在一个影视文学作品中，总会介绍主要人物的外貌特征，这是读者了解人物的开端，当然也少不了对于人物性格的描写，人物内心之美更能引起读者的共鸣，如电视剧《红楼梦》的各个人物形象，均给人带来美的感受，久久不能忘怀。下图（图 4-1-1）为电视剧《红楼梦》的剧照。

图 4-1-1

极具个性特征的影视造型会给观众留下深刻难忘的印象。典型的人物形象造型能够揭示出其内在的精神气质，气象万千的自然景观也同样给人留下无尽的遐想。

应该说，电影诞生以前，文学作品里就已有很多对人物生动形象的描写，这为电影艺术的成熟发展提供了宝贵的经验。

所以，文学对形象化描写并不陌生，很多文学形象也都被转换到银幕或荧屏上，并对文学艺术的发展起到良性的促进作用。问题在于，影视既是空间艺术又是时间艺术，在有限的时间内，要达到一定的效果，就会要求剧本尽量简明扼要，并在空间造型上增加艺术的容量，加强形式表现的力度，让观众在第一时间领略到美感。

在文学作品中作家可以随意描写、分析和议论，是很自由的。而这种自由，在影视文学中就受到了限制，文学的思维必须和影像思维结合，并通过丰富的造型语言加以转换，这样才能适应影视文学剧本的需要。比如，有些内容在小说中要占用十几页的篇幅，而在影视剧中可能只需要几个镜头便形象地表现出来，这就是对一些文学内容通过造型语言加以浓缩、提炼的结果。

造型不只是现实的简单记录或是虚拟的影像，而且是创作者精心思考设计的结晶，所以它才能既鲜明生动，又寓意深刻，如在爱森斯坦影片《战舰波将金号》中，有一个著名的“敖德萨阶梯”段落，在这一段落中，出现了许多极富特征的形象造型：四散奔逃的人群、惊恐的老妇、绝望的母亲、无助的孩童、顺着台阶滚落的婴儿车、队列整齐的哥萨克士兵等。通过这些人物形象造型，把残暴的沙皇士兵和手无寸铁的民众进行了充分的对比，从而激发起观众的愤怒和同情，很好地揭示了影片主题。一般来说，优秀的影视剧造型往往具有深刻的象征意义，中国第五代导演陈凯歌的《黄土地》和张艺谋的《红高粱》都很好地体现出这一特点。色调浓重的黄土地象征着古老的中华民族深厚凝重的历史和文化，而在风中汹涌波动的红高粱则象征着冲破世俗者心中无法遏制的欲望。

当然，影视剧的造型性并非凝固不变，它总是在剧情中以及不断的运动中得以体现。在影片《一个国家的诞生》中，格里菲斯为了表现营救的紧张感，不断在疾驰的马队和被围困的小屋之间切换。这既是早期平行蒙太奇的经典段落，也是“最后一分钟营救”的成名案例。该影片段落中飞驰救援的马队和惊恐万状的被围困者的形象，在紧张的情节中被赋予了充分的意义。这实际上也说明了影视剧造型与叙事具有不可分割的内在关系。

影视文学塑造人物形象的前提是掌握原著小说或其他记载里面相关人物描写的文本，再加以想象，将“最终演员如何选择”“如何化妆”“如何设置环境”这些问题一一解决。

下面我探讨一下，我国小说中，对于人物之美的表现。

无论是英俊的男性角色还是貌美的女性角色，在塑造中，有很多值得注意的地方。中国古代四大美女包括：西施、王昭君、貂蝉、杨玉环。这四个人物经常出现在影视剧作品中。对于外貌之美的描写必不可少，但是也要结合人物内心，让读者或观众在故事发展过程中，逐渐深入了解人物性格特征，这才会让外貌之美更永恒，因为这样的“美”伴随着故事，来得充实、不空洞。

纵观我国小说的发展史，在我国古代小说中，对于人物外貌的描写，经历了一个“由简到繁、逐步丰富”的过程。许多古代小说作品中，作者对于女性外貌的细致描绘甚至对于人物服饰的描写，都是很考究的。

唐代是中国小说成熟的时代，其艺术成就与作者创作的自觉意识密不可分。小说不再是对与历史的补充，而是故事的编写。于是作家更注意对人物外貌的描写。在唐传奇中，对人物外貌的描写十分普遍。涉及女人物的所有小说中，几乎都会出现对其外貌的描写。

不过，唐传奇中对外貌的描写还显得简单和粗糙（宋元话本、明清传奇对于人物外貌的描写更加细致），唐传奇中的人物外貌描写，往往会限于对一个人的总体评价上，经常运用评论性的形容词来概括，比如美丽、华丽、艳丽、国色等。

宋元话本中，爱情小说和神怪小说对女性外貌比较重视，因为女主人公往往是主要人物，所以她们的容貌自然是听众关心的。许多爱情话本中的故事，都是由色生爱，外貌在男女交往中的意义重大，所以外貌描写是必不可少的。当时的说书人必须详细说明男女主人公的外貌，这样一来，在听众心中，两人的爱情发展就会很符合情理。在神怪小说中，女性外貌的描写也很多，这也是源于女妖的频繁出现。女妖如何引诱男子是故事的重心之一，所以对于美色的描写，也成了作者的叙事重心。至于社会问题小说，虽然女性人物众多，但非书中重点人物，男性角色主要是为社会问题服务，所以对于外貌的描写较少。

明清白话小说中，作者更加着力于对外貌的描写。白话小说艺术发展到了明清时代已达成熟，这一时期小说中，女性外貌描写在前代艺术积淀的基础上又有所进步，有所发展，走向成熟。明清白话小说中的女性外貌描写继承了宋元话本的艺术手法，尤其是章回小说的女性外貌描写很多都采用了程式化的方法，但相对于宋元话本，明清白话小说中女性的外貌描写不仅在篇幅上有所增加，而且对女性外貌进行了更细致的划分，同时女性外貌描写不再仅仅偏重于人物的容貌而出现了大量衣着服饰的描绘，这是小说人物美描写的进步。

在明清白话小说中，作者善于用诗歌的形式描摹人物外貌。经常做到“有诗词为证”，水浒传中，出现了太多对于外貌的描写。其中，诗歌形式的描写也有不少，这样，在外貌描写上超越了宋元话本。

在水浒传里，对于男性角色的描写，往往更重视对其才能的赞美，对外貌的描写相对较少，对于女性角色，就会增加外貌描写的篇幅。对于人物的内心美、外貌美，都是塑造人物过程中不可缺少的部分。

以下是水浒传对于人物宋江的描写：

眼如丹凤，眉似卧蚕。

大耳垂珠，唇口方正。

额阔顶平，年及三旬，有养济万人度量。

身躯六尺，怀扫除四海心机。

志宇轩昂，胸襟秀丽。

这里对于宋江的外貌描写，令人印象深刻，眼与眉的特征，让读者联想到谦和、仗义。“志宇轩昂，胸襟秀丽”也将人物气质表现出来。

以下是水浒传对于人物“智多星”吴用，以诗词的形式进行赞美：

万卷经书曾读过，

平生机巧心灵，

六韬三略究来精。

胸中藏战将，

腹内隐雄兵。

谋略敢欺诸葛亮，

陈平岂敌才能。

略施小计鬼神惊。

这是对吴用一生的概括，采取诗词赞颂的手段，高度评价了吴用的机智与才能，让读者更加深刻理解人物的特征。

《西游记》中，作者对于蜘蛛精的外貌描写，是很出色的。

闺心坚似石，兰性喜如春。

娇脸红霞衬，朱唇绛脂匀。

峨眉横月小，蝉鬓迭云新。

若到花间立，游蜂错认真。

以上是唐僧眼中的蜘蛛精，并没有妖怪邪恶的成分，只有简单而纯粹的美。

比玉香犹胜，如花语更真。

柳眉横远岫，檀口破樱唇。

钗头翘翡翠，金莲闪绛裙。

却似嫦娥临下界，仙子落凡尘。

以上是孙悟空眼中的蜘蛛精，我们知道，孙悟空练就了火眼金睛，可以识别蜘蛛精画皮之下的真相，这样的描写显示出了蜘蛛精的“本事”，竟能装扮的如此逼真，“如花语更真”与孙悟空的思想活动契合。

以下是《红楼梦》中对于林黛玉的描写：

两弯似蹙非蹙笼烟眉，一双似喜非喜含情目。态生两靥之愁，娇袭一身之病。泪光点点，娇喘微微。闲静似姣花照水，行动似弱柳扶风。心较比干多一窍，病如西子胜三分。

这段文字已经充分展示了林黛玉的外貌特征，清秀的外表藏不住哀伤的气质，也预示了林黛玉令人伤心的结局。“似蹙非蹙”的眉，让人联想到愁绪，“似喜非喜”的目，让人联想到多愁善感的性格，整段文字营造出哀伤的气氛，给读者留下深刻的印象，在塑造了这个独特的“主角光环”的同时，也为后文做好铺垫。

读者和观众一定记得林黛玉在宝玉宝钗结婚当夜，流尽了眼泪，香消玉殒，可谓凄惨。在影视剧中，人物与观众的互动过程里，人物的外貌特征是很关键的因素，做得好，可以让观众更加深刻理解人物的思想与性格；做不好，则会削弱整部作品的美感。

相貌描写，着眼于人物的全局，虽然着眼于面，但是必须根据人物形象的总貌，概括出一些主要的特征并加以突出描写，而且外貌描写中的这一两条主要特征是标明此人物区别于其他人物的关键。

回到现代小说，人物的外貌描写依然和人物性格密不可分。

以下是著名作家兼编剧严歌苓女士，在小说《吴川是个黄女孩》中，对吴川的一段描写描写：

学生们多数戴着耳机，相互间大声交谈，这个年纪同时能干好多件事，一个亚洲女孩也不例外。她或许也和这一大片美国孩子一样，同时干的每件事干了就忘，没一件算数。

亚洲女孩比所有学生更邋遢，牛仔裤和上衣都叫不出颜色，是所有含混颜色的混合。头发真多，可供她去染三个色调的黄。我心里说，转过你的脸来。脸还真转过来了。由于衣服头发的似是而非，衬得她脸惊人的清爽。原来什么都是伪装，她既不野也不匪，她是披着狼皮的羔羊。那样舔舔嘴唇，十足的嗲小妹。笑起来她总是手背一提，好像要去挡她不太齐的牙。

在这段文字里，首先将吴川的环境介绍给读者，把吴川，一个在现代校园里，众多学生之中的吴川，交给了读者。对吴川的相貌描写，也是匠心独运，为表现出吴川想要追求自由、狂野的内心，给她安排了邋遢的装扮，颜色混乱的头发，衬托出她的清秀脸庞，是的没错，她其实既不野也不匪。

以下是小说《学校中的故事》里，对于帕切克的描写：

一个人从我身边擦过。他说“抱歉。”我也说：“抱歉。”其实谁也没碍谁的事。看回去，楼梯上只剩他的背影了。还有他的一头白发。是黑发没白透的那种，是不该白的那种。我知道这白发之下不该是张老脸，可怎么也想不到它那样年轻。我的惊异似乎带了声响，引他怔怔朝我看过来。他眼睛很像婴儿，大、干净，却看不远似的。所以我怀疑他是否真看见了我。

这段描写将一个男子的单纯表现得淋漓尽致。充满了镜头感，许多小说是将人物放在通过想象力虚构的场景中，他们相遇，他们目光交错。在影视剧中，太多相遇的桥段成为人们的深刻记忆。

电影《一代宗师》，对于人物的表现，可谓经典。王家卫的经典叙事方式，台词、镜头、画面、旁白各司其职，动静虚实中营造氛围，含蓄表达，导演不喜欢把答案清楚讲出来，而是愿意和观众一同来斟酌，或许他也不确定自己思考得是否准确。同样的故事，不同的讲法，最老道的便是用人物表现主题。围绕叶问、咏春题材的影片已为数不少，看过几部的朋友应该都有一定的“常识基础”，所以别家讲过的，王家卫自不用再嚼一遍，而是试图通过一些线索来从武林众生相中分拣出“宗师”的元素，大众有心者也可向这些品质方向努力。

电影《一代宗师》里的极力塑造的人物，主要有三个，均体现了人性之美。

(1) 宫宝森。武林前辈的成就片中交代得比较清楚，不墨守成规，胸怀境界高远，放弃个人名利，力排众议，为新人铺路。对马三、对宫二、对叶问都有指点，结果如何在个人悟性，老爷子讲“人要往远看，过了山，眼界就开阔了。但凡一个人见不得人好，见不得人高明，是没有容人之心”，足见高山。

(2) 宫二。身为女子，虽然慈父望其安过妇人之道，但其掌家兴业的心思并不同道，争强好胜只为家族荣誉，为拿回“宫家的东西”执著而为，目标达成后恪守断发入道之愿，虽与叶问惺惺相惜，却能进退有分，也让人敬佩。当然“不图一世，只图一时”的心境让她成不了她爹那样一天一地的豪杰，结局虽然悲情，但也算女中豪杰，毕竟，执著也是一种境界。

(3) 叶问。叶问的人生经历国势的动荡变迁，前四十载武林中风光，生活上惬意，不惹是生非，亦不拒门前挑战，应付潇洒自如，气沉得住。与宫宝森搭手，时势使然，也为武林取长补短新开一扇门；国变家殇后存气节亦谋生活，道法自然不强求；视恩怨为缘分，踏出佛山欲北上而南下随心而动，开门传艺不苛求哪门哪派，一横一竖，重在“讲手”。自然，执著于一座座高山过后，殊途同归。

电视连续剧《最后的骑兵》，由于对常问天、孔越华和他们的战友的形象的成功塑造，使得全剧十分契合我们这个时代的审美需求。

大家知道，人类军事史上，骑兵与神勇的战马为伍，曾经在无数次的战争中建功立业，谱写了惊天地泣鬼神的英雄史诗。以至于人们会用“驰骋疆场”“戎马生涯”等美好的词语来标举一个值得敬佩的军人的身世和阅历，咏叹这个军人的风范和伟绩。

这部《最后的骑兵》里的“骑兵第一连”，就是这样一支英雄的连队。现在，无情的历史把英雄的骑兵推上“献身”的“天坛”，现代战争无情地要求骑兵退出军事系列了。于是，剧中山南草原上的“骑兵第一连”出场，演绎了一幕感人的英雄谢幕的悲壮诗剧。

军马退役仪式已然举行，退役的战士也在安置之中。一切似乎都在有条不紊地进行，最后谢幕的时刻眼看就要到来。突然，上级下达战斗的命令，通缉犯金爷一伙逃窜进了黑摩山，妄图偷越国境。骑兵连留守人员奉命进山抓捕。眼看暴风雪就要来临，黑摩山险境又时有不测，连长常问天强行留下了诸位战友，独自单骑闯进了黑摩山。

暴风雪中，他又留下了先期赶来的娜仁花，牵着他的战马走向了残酷的战斗。结果，等到孔越华、林腾火、娜仁花等人赶来，只见暴风雪里，5号界碑侧，手握马刀的常问天已然壮烈牺牲。他面向祖国的河山，斜倚在界碑上。那界碑，已然染有壮士的鲜血。而界碑前，金爷一伙罪犯则在顽抗中被英雄击毙而横尸雪原。

常问天牺牲后，娜仁花交给孔越华他生前写的那封信里说，我们的骑兵就像那胡杨林，“一千年生长，一千年挺立，一千年不朽”。

在叙事作品中，形象的主体是人物。典型是感人至深的形象。

“典型形象”是经过高度艺术概括后，能深刻揭示一定社会生活本质，具有鲜明个性的形象；所谓“典型性”是指典型形象所具有的特性，也指艺术形象具有的以鲜明形象特征反映某方面社会本质和规律。我们常常谈到“熟悉的陌生人”，实质上谈的是典型人物的个性与共性的关系。个性，是指事物的个别性、独立性；共性，指的是事物的共同性、普遍性。典型人物的共性，指这一个人物所集中概括的一定的阶级、阶层、集团或某种特定社会关系的本质属性，是一个“类”概念。

典型人物的个性，指“这一个”人物独特的性格、气质以及个性化的语言和心理描写等。典型人物与典型环境又是一对关键性概念、核心关系。所谓“典型环境”指的是人物生活的具体环境与历史发展总趋势的结合。在具体环境中，还包括了一定的社会条件、自然条件以及人物关系。典型环境与典型人物的关系首先是相互依存和相互制约的。环境不典型，其中的人物就不可能是真正典型，反之也一样。人物是一个复杂多元的构成，艺术作品中的典型人物必须区别于现实生活中人物的琐屑与杂陈。

要塑造“典型环境中的典型人物”，则是要将人物置于某种特殊环境背景和特定戏剧情境之中，继而挖掘其最突出的性格特点以及性格中最具代表性的时代特征，使这一典型成为区别于其他人的“这一个”，使艺术形象成为有别于现实人物的“熟悉的陌生人”。不妨再来看一下电视剧《贫嘴张大民的幸福生活》中对张大民一家和几个次要人物的形象设置。

需要注意，这里的人物与播出的电视剧中的人物其实是有些出入的，譬如电视剧中根本没有李小虎这个人物，剧中的古三儿本就是古大妈的亲儿子，他主要的劣迹不是搓麻将偷厂里的东西，而是勾引了毛莎莎并与张家兄弟发生冲突，赵炳文在剧中就是张大雪的恋人而且两人准备结婚，后来发生车祸才死去了。这种改变很正常，因为策划人和剧作者在创作前不可能把每个人物都设计得很好，有些人物原来设计好了，写作中却发现这个人物在剧中很难找到自己的位置，或者他的出现反而不利于剧情的发展，李小虎这个人物消失可能就是因为这样的原因。而有些人物性格或者身份与剧中其他人物关系的改变可能更利于情节的发展，赵炳文和古三儿应该属于这种情况。

如果把一部影视剧作比作一道菜，那么“主人公”（动力人物）是主料，其他人物都是“辅料”和“佐料”。所以，这里要重点探讨一下影视剧作的“主人公”。

一般而言，主人公是一个单一的人物。不过，有的故事可以由两人以上的人物驱动，如《求求你表扬我》，或者更多……由两个以上人物构成的叫复合主人公。

任何东西，只要能被给予一个自由意志，并具有欲望、行动和承受后果的能力，都可以成为主人公。主人公甚至还可以在故事的中途更换，尽管这种情况并不多见。

无论其人物塑造特征如何，所有的主人公的塑造，都应符合以下特点。

1. 具有自我意识和独立的意志

（1）具有自我意识和独立的意志。一个优秀故事并不一定非得是一个巨人般的意志对抗不可避免的势力的斗争。意志的质量和它的数量同等重要。而且，主人公意志的真正力量也许会隐藏在一个被动的人物塑造之后。

比如《欲望号街车》中的主人公布兰奇·杜波依斯。第一眼看上去，她似乎软弱、飘浮而且没有意志，如她所说，只是想生活在现实中。可是，在她脆弱的人物塑造特征底下，布兰奇的深层性格中却拥有一个坚强的意志，驱动着她不自觉的欲望。她真正想要的是逃避现实。

所以，布兰奇尽其所能，以在这个吞噬她的丑陋世界中得到一些缓冲：她表现出大家闺秀的丰采，在家具破损处放上漂亮的垫布，给裸露的灯泡加上灯罩，企图把一个笨蛋变成魅力王子。当这一切都无济于事时，她便采取了逃避现实的最后方式——她疯了。

另一方面，布兰奇只是显得被动，但主人公真的是被动的却是个令人遗憾的通病。如果一个故事的主人公没有任何需要，不能做出任何决定，而且其行为也不能产生任何层次的变化，那么，这个故事便不称其为故事。

（2）合理的戏剧性。如果人们走出影院后还在想象他们认为在我们给予他们的结尾之前或之后他们本应看到的场景，那么他们肯定不是满意的观众。我们的写作水平应该在观众之上。观众希望我们把他们带到人类经验的极限，带到所有问题都得到回答、所有情感都得到满足的地方——线索的终点。是主人公把我们带到这一极限。他必须发自内心地去追求他的欲望，一直到无论从深度还是广度而言都堪称人类经验的极限的地方，以达于绝对而又不可逆转的变化。话说回来，这并不是说你的影片不能有一个续集；你的主人公还可以有更多的故事要讲，即每一个故事都必须能够自圆其说。

（3）引发共鸣。移情是指“像我”。在主人公的内心深处，观众发现了某种共通的人性。当然，人物和观众不可能在各方面都相像；他们也许仅仅共享一个素质。但是人物的某些东西能够拨动观众的心弦。在那一认同的瞬间，观众突然本能地希望主人公得到他所欲求的一切。观众这种不自觉的心态逻辑大略是这样转的：“这个人物很像我。因此，我希望他得到他想得到的一切，因为如果我是他，在那种情况下，我也想得到同样的东西。”关于这种联系，好莱坞有许多同义语：“一个可以追随的人”“一个可以为之喝彩的人”。这一切都是描述观众心灵中所产生的与主人公的移情联系。被如此打动的观众可能会移情于影片中的每一个人物，但是他们必须移情于你的主人公。不然的话，观众与故事之间的纽带便会被割断。

如果作者未能在观众和主人公之间接上一根纽带，那么我们就无法投入到影片中，也感觉不到任何东西。情感投入与是否能唤起博爱和同情毫无关系。我们的移情作用，其原因即使不是自我中心的，也是非常个人化的。当我们认同一位主人公及其生活欲望时，我们事实上是在为我们自己的生活欲望喝彩。通过移情，即通过我们自己与一个虚构人物之间的替代关系，我们考验并扩展了我们的人性。故事所赐予我们的正是这样一种机会：去体验我们自己生活以外的生活，置身于无数的世界和时代，在我们生存状态的各个深度，去追求、去抗争。

因此，移情是绝对的，而同情却可有可无。我们都遇到过不能引起我们同情的可爱的人。同理，一个主人公可以是招人喜欢的，也可以不是。由于不明白同情和移情之间的区别，有些作家自然而然地设计出好人英雄，害怕如果明星角色不是一个好人，那么观众便不会认同。然而，由迷人的主人公主演反而在商业上失败的影片已经不计其数。可爱性并不是观众认同的保证；这只不过是人物塑造的一个方面而已。观众只认同深层人物性格，即通过压力之下的选择而揭示出的天性。

(4) 追求某种价值。对于价值的追求，产生了意志，这种意志驱动一个人的欲望。主人公具有一个需要或目标。无论内在或外在，主人公知道他想要什么，而且对许多人物来说，一个简单、明了、自觉的欲望便已足够。不过，最令人难忘、最令人痴迷的人物往往还会有一个不自觉的欲望。尽管这些复杂的主人公不知道其潜意识的需要，但观众能够感觉到，并发现这些人物的内心矛盾。一个多层面的主人公的自觉欲望和不自觉欲望是互相矛盾的。他相信他所需要的东西与他实际上需要而自己并未觉察的东西相互对立。这是不言自明的。

(5) 价值的实现。观众绝不会有耐心奉陪一个不可能实现其欲望的主人公。原因很简单没有人相信他们自身的生活中会有此事。没有人会相信，他的生活中就连实现愿望的最小的希望也没有。但是，如果我们将镜头对准生活，所有的大全景也许会引导我们得出这样结论，大多数人都在浪费他的宝贵时间，死的时候都带着一种未偿宿愿的遗憾。希望毕竟是非理性的，它仅仅是一种假设。无论命运如何捉弄我们，我们都心怀希望。因此，一个主人公如果绝对没有希望，如果毫无能力实现其欲望，那么他便不可能激起我们的兴趣。

故事的艺术不是讲述中间状态，而是讲述人生钟摆在两极之间摆动的情形，讲述生活在最紧张状态下的人生。我们探索事件的中间地带，但只是将其作为通向故事主线终点的一段途径。观众感觉到了那一极限，并希望故事能够到达那一极限。

总结来说，影视文学中的人物形象是立体的。观众在记住人物外貌的同时，也会对其行为、价值观、进行分析，最终评价一个人的全部。这样一来，许多丰满的人物形象就出来了，人性之美也引发观众的共鸣。

第二节 环境之美

在小说中，经常会有环境描写。无论是自然环境还是社会环境，都有助于彰显人物的性格和思绪。相比小说这种全靠文字的呈现形式，影视剧需要声影结合，把故事内容直接地传递给观众，这时，环境的美是非常直观地展现在观众眼前。影视文学作品会注重故事中的每一个环境，在每一个镜头，都需要对所处环境进行准备。每一个脚本也会对自然环境进行详述。

在影视剧中，人物与自然的美妙结合，总能给观众留下深刻的印象。在编写剧本的过程中，会注重自然场景的选择。在影片制作过程中，取景地的选择也是非常重要的工作，一般在筹备的过程中就要选定取景地。

图 4-2-1、图 4-2-2 为电影《英雄》的外景。

图 4-2-1

图 4-2-2

我国的自然风光和风土人情，是多姿多彩、充满魅力的，当然，现代化的都市也经常作为影视剧的背景。取景地要根据剧本中的环境来选定，大到江河湖海、自然风光，小到一个巷子、一个房间。这些都是我们要探讨的环境。在镜头中，人物所处的环境，代表了人物的处境、人物的情绪，以及故事发生的背景。

在小说中，环境的描写是非常重要的课题。环境描写主要有两个方面的功能，一是为人物描写服务；二是为故事进程起到推动作用。

在《水浒传》中，有一段《景阳冈》为众人熟知，里面有一段描写：

这时天快晚了，一轮红日慢慢地落下山去。武松乘着酒兴，踉跄走上冈来。不到半里路，看见一座破烂的山神庙。走到庙前，看见庙门上贴着一张榜文，上面盖着官府的印信。武松读了才知道真的有虎。

这里对即将发生的“武松打虎”做好了铺垫，营造了一种很可怕的气氛，明明有人告知有虎，却偏偏见到了官府的印信才相信有老虎。这也将武松的倔强性格表现出来，也为后文表现武松的勇猛埋下伏笔。

鲁迅的小说《在酒楼上》有这样的环境描写：

我所住的旅馆是租房不卖饭的，饭菜必须另外叫来，但又无味，入口如嚼泥土。窗外只有渍痕班驳的墙壁，帖着枯死的莓苔；上面是铅色的天，白皑皑的绝无精采，而且微雪又飞舞起来了。

楼上“空空如也”，任我拣得最好的坐位：可以眺望楼下的废园。这园大概是不属于酒家的，我先前也曾眺望过许多回，有时也在雪天里。但现在从惯于北方的眼睛看来，却很值得惊异了：

几株老梅竟斗雪开着满树的繁花，仿佛毫不以深冬为意；倒塌的亭子边还有一株山茶树，从晴绿的密叶里显出十几朵红花来，赫赫的在雪中明得如火，愤怒而且傲慢，如蔑视游人的甘心于远行。我这时又忽地想到这里积雪的滋润，著物不去，晶莹有光，不比朔雪的粉一般干，大风一吹，便飞得满空如烟雾。

环境描写，让自然的美丽与现实社会的黑暗形成对比，暗示了人物清高的心境。

借景抒情的手法在各类体裁的文学作品中很常见，影视文学也不例外。在象征、意向、氛围等方面的摸索与研究，成就了现代影视剧的高水准。

关于影视文学中的环境之美，需要发现的眼睛，需要合理的想象。也需要创作者的艺术敏感。任何人在一定程度上，都会具有自己特定方向、特定范畴的敏感，只是，有所发现、有所创造的人会更加敏感而已。

在文学创作方面，鲁迅由一个精神病患者，展开联想，这种艺术的敏感，让他创作了经典篇章《狂人日记》；莫言因为一场关于萝卜地的梦，展开构思，奋笔疾书，写出了小说《透明的红萝卜》的初稿。

剧中的人物处在特定的环境中，剧外的创作者也处于某一种环境，人都是这样，受到周遭事物的影响，可以展开丰富多彩的联想。

情境化，也被称为意境化，是通过情与境的有机结合，形成的整体艺术形象。在二十世纪二十年代，苏联电影是没有声音的，电影的思想内涵不能依靠人物的对话和复杂的情节来表现，只能通过各种拍摄对象的造型，各种环境的交代来做暗示，这也就是所谓隐喻的手法。

电影《双旗镇刀客》中的大漠风尘、古镇酒馆……正是一般武侠片的常态，但该片的与众不同之处在于“生死无喜怒”的反常表现。整个环境营造了恍惚迷离、如梦似幻的氛围，在大漠的狂沙之下，在寒光刀影之中，侠客死前的微笑……这些都在服务本片的主旨：重情重义、不顾生死的忘我境界。

《东邪西毒》是一部经典武侠片，讲述了欧阳锋的人生经历以及他和黄药师、大嫂、剑客洪七等人的故事。本片开拍于1992年，断断续续、拍拍停停，两年后才完工，可谓好事多磨，这部片的成功是众所周知的。它成功开辟了香港武侠电影的套路。这部影片将江湖高手的人性回归到普通人的身上，这让人物具有了个性和灵魂。

当然，这部电影的摄影也是非常成功的，太多壮美的景象让人记忆深刻。这是一部极具自然色彩和人性色彩的电影，错落的人物和故事相互交错发展，优美的摄影展示出一个虚构的想象世界。张扬的个性表演与优美的摄影，是影片的突出之处。本片塑造了诸多虚构的武侠世界的非凡造型人物。狂野、大漠、河流……这些自然景象为本片增色不少。

许多的优秀影视剧作品的成功是离不开摄影的，摄影或摄像，是综合性的艺术。在影片拍摄过程中，要将环境与人物完美地记录下来。

许多的优秀影片，如《英雄》《卧虎藏龙》《摆渡人》《一代宗师》《画皮》《花样年华》等，都让人记住了影片中的独特色彩，这些影片也纷纷或者最佳摄影、最佳美术效果等奖项。这与环境的营造是分不开的。

影视剧作品中的环境之美，是最直观地为观众所接受，但是这种美的诞生，是在影视文学创作期间。每一个构思、每一处的琢磨，成就了美好的画面，经过所有人的努力，最终呈现在观众面前。

第三节　语言之美

影视剧中的每一句台词、每一段旁白，都可以给人以美的感受。文学的美，主要表现就是语言之美。影视文学中的语言美，对于获取观众的芳心，也是非常受用的。

举个例子，出自宋代才女朱淑真的“不打诗”，曾被《还珠格格》第二部改编成另一首“不打诗”。让人们在欣赏诗句的同时，被人物的才华震撼，剧中人物瞬间又高了一个层次。

以下是朱淑真在解救老父亲时，所做的诗：

月移西楼更鼓罢，夫收渔网转回家。

卖艺之人去投宿，铁匠熄炉正喝茶。

樵夫担柴早下山，飞蛾团团绕灯花。

院中秋千已停歇，油郎改行谋生涯。
毛驴受惊碰尊驾，乞望老爷饶恕它。

以下是《还珠格格》第二部中，夏紫薇为容嬷嬷求情而作的诗：

月移西楼更鼓罢，渔夫收网转回家。
雨过天晴何需伞，铁匠熄灯正喝茶。
樵夫担柴早下山，猎户唤狗收猎叉。
美人下了秋千架，油郎改行谋生涯。
人老不堪棒槌苦，祈求皇上饶恕她！

影视文学中，出现的诗词、对联等等，是层出不穷的。这些作为台词、旁白，给观众直接带来美感，包括节奏美、韵律美、想象美等等。

诗词的美，所表现的是人们细微的感情。我国的诗词非常讲究音节美并以抒情方式为主。汉语的诗歌节奏鲜明，声音悦耳，朗朗上口。对于诗歌来说，节奏是最重要的文本特征，也是汉语诗歌音乐美的最重要体现。诗歌主要是听觉艺术，在汉字还没有诞生的时候，它就已经产生了。在当代社会仍应该坚持诗歌的音乐性，如果放弃了音乐性，诗歌这种古老文学形式将脱离大众，最终将会失去独立性。

闻一多的诗《死水》，就充满了节奏的美感。让我们来研究一下怎样朗读这首诗。

这是一沟绝望的死水，
清风吹不起半点漪沦。
不如多扔些破铜烂铁，
爽性泼你的剩菜残羹。

也许铜的要绿成翡翠，
铁罐上绣出几瓣桃花；
在让油腻织一层罗绮，
霉菌给他蒸出些云霞。

让死水酵成一沟绿酒，
漂满了珍珠似的白沫；
小珠们笑声变成大珠，
又被偷酒的花蚊咬破。

那么一沟绝望的死水，
也就夸得上几分鲜明。

如果青蛙耐不住寂寞，
又算死水叫出了歌声。

这是一沟绝望的死水，
这里断不是美的所在，
不如让给丑恶来开垦，
看他造出个什么世界。

在“一首诗的节奏如何表现”这个问题上，断句成了最重要的手段，根据文义断句是首要的原则，在朗读过程中，要追求美感，就一定要研究如何准确地断句，很多诗词出现在影视剧中，需要被朗读出来，这就考验了演员的台词基本功。

无论是现代诗歌还是古代诗词，讲究押韵，是很重要的特点之一。在诗句的相应位置采取相同的韵母，就构成了押韵。汉语诗歌主要是押尾韵。这样，读起来朗朗上口，十分动听。

如唐代崔道融的《梅花》一诗，被用于《甄嬛传》中甄嬛的台词，这一段独自赏梅的片段，给观众留下了深刻印象，诗词虽然没有全篇加入，但是美感还是被人接受的。以下是《梅花》一诗全文：

数萼初含雪，孤标画本难。
香中别有韵，清极不知寒。
横笛和愁听，斜枝倚病看。
朔风如解意，容易莫摧残

本诗属于五言律诗，每一联的末尾一字，都做到了押韵。

李白的《长干行》，则是用了不同的韵脚。

妾发初覆额，折花门前剧。
郎骑竹马来，绕床弄青梅。
同居长干里，两小无嫌猜，
十四为君妇，羞颜未尝开。
低头向暗壁，千唤不一回。
十五始展眉，愿同尘与灰。
常存抱柱信，岂上望夫台。
十六君远行，瞿塘滟滪堆。
五月不可触，猿声天上哀。
门前迟行迹，一一生绿苔。
苔深不能扫，落叶秋风早。
八月蝴蝶黄，双飞西园草。

感此伤妾心，坐愁红颜老。
早晚下三巴，预将书报家。
相迎不道远，直至长风沙。

除了押韵的美感之外，诗词本身的意境之美也让读者或观众神往。下面这首诗是宋代女词人严蕊所做，营造了意境之美。

卜算子
不是爱风尘，似被前缘误。
花落花开自有时，总赖东君主。
去也终须去，住也如何住！
若得山花插满头，莫问奴归处。

古代诗歌从四言、五言到六言、七言，差不多每一行的音节字数都相等，每一段都构成一个方块，看起来很整齐，这也叫作诗歌的建筑美，当代白话新诗仍有大量的作品，具有整齐的建筑美，但也有出现了错落有致的参差美，我们来欣赏诗歌作品《雨巷》：

撑着油纸伞，
独自
彷徨在悠长、
悠长
又寂寥的雨巷
我希望逢着
一个丁香一样地
结着愁怨的姑娘
她是有
丁香一样的颜色
丁香一样的芬芳
丁香一样的忧愁
在雨中哀怨
哀怨又彷徨
她彷徨在这寂寥的雨巷
撑着油纸伞
像我一样
像我一样地
默默彳亍着
冷漠、
凄清，

又惆怅
她默默地走近
走近，
又投出
太息一般的眼光
她飘过
像梦一般地
像梦一般地凄婉迷茫
像梦中飘过
一枝丁香地
我身旁飘过这女郎
她静默地远了、
远了
到了颓圮的篱墙
走尽这雨巷
在雨的哀曲里
消了她的颜色
散了她的芬芳
消散了，
甚至她的
太息般的眼光
丁香般的惆怅
撑着油纸伞，
独自
彷徨在悠长、
悠长
又寂寥的雨巷
我希望飘过
一个丁香一样地
结着愁怨的姑娘

诗歌的重点，在于营造意境。通过这首《雨巷》，诗人将自己的寂寥、彷徨直接表达出来，撑着油纸伞、伴随着蒙蒙细雨，在狭窄的巷子中独自徘徊，整个意境充满了忧伤与浪漫，诗人幻想着“一个丁香一样地结着愁怨的姑娘”含蓄地表达出作者的迷惘与伤感，以及满心期待的情怀。

另一方面，这首诗写于1927年“四·一二”大屠杀之后，时代的重压，使《雨巷》成为现实黑暗和理想幻灭在诗人心中的投影，贮满了彷徨失望和感伤痛苦的情绪。也有众多学者认为，雨巷代表当时黑暗而沉闷的社会现实。可见，在理解诗歌的过程中，创作背景也是非常关键的因素。

在影视文学领域，修辞的运用是十分常见的。我们来探讨一下“对偶”（也叫作“对仗”）。对偶经常出现在对联上，因为对联是要求必须做到对仗工整。如下面一副对联，来自2005年央视春节联欢晚会中，广东和广西的新春使者。

南海风清讲述春天故事

漓江水碧飘来三姐新歌

这里，上联的“南海”与下联的“漓江”对应，分别是广东和广西的“自然名片”，“风清”与“水碧”对应，均是主谓结构的二字短语，名词“风”和“水”做主语，形容词“清”与“碧”充当谓语。而“春天故事”和“三姐新歌”刚好呼应，观众当然知道，春天故事的含义以及刘三姐的形象。

下面这首李商隐的诗，也是对仗非常工整，充满了语言之美。

昨夜星辰昨夜风，画楼西畔桂堂东。

身无彩凤双飞翼，心有灵犀一点通。

这首诗在工整的结构之上，回味了前夜相聚的时刻，抒发了“彼此心意像灵异的犀牛角一样相通”的感受。

通常，在表现语言美的同时，也要兼顾人物和影片的合理性。这就要求作者拥有较强的逻辑思维能力。

人物心理决定人物行为，而人物心理是由什么决定的呢？当然是人的情感和理智共同决定。感情与理性的结合决定了人物要说什么，做什么。人物的每一个动作、每一句台词都要严密，不能出错，同时也要做到自然。

在《幸福来敲门》小说中，有这样一长段对话：

钱淑华面无表情地说：“中午在家吃吧？”

宋宇生有点儿为难地说：“我想带他们到外面去吃。”

宋隽大叫：“太棒了！我想吃汉堡喝可乐！”

宋征：“就知道吃，你知道吃一顿得多少钱啊？”

钱淑华：“你怎么带他们去啊？”

宋宇生：“坐公交车，摩托车我就放在家里。”

钱淑华想了想说：“没别的安排了？”

宋宇生：“没有，绝对没有！”

宋宇生和儿子、女儿挤在闹哄哄的快餐店的食客中。

宋隽："爸，我要两个汉堡包！"

宋征："你又没吃过，说不定不爱吃呢！就知道瞎花钱！"

宋宇生："行，隽隽俩汉堡包。征征呢？"

宋征："我要一个面包就行了。"

宋宇生："光吃白面包怎么行？这叫快餐，在北京还是第一家呢！好不容易有个礼拜天，爸爸带你们出来开洋荤，你就吃白面包啊？"

宋宇生端着一个托盘从人群里挤出来，宋征看见，赶紧起身去接爸爸手上的东西。

宋征："我就要一个面包，您干吗给我买汉堡包啊？"

宋宇生："快去坐下吧。"

宋征："那您呢？"

宋宇生："我早上吃得饱饱的才出来的。"

"你俩先在这儿吃着，我马上回来，啊？"宋宇生走出去，东张西望，又看看表。

宋征看见爸爸从门外走进店里，向一个正擦桌子的男服务员打听着什么。

宋征："爸好像在等谁。"

宋隽一回头——爸爸走过来，旁边跟着江路。

江路对两个孩子说："车太难坐了，人那个多哟！等了一个多小时才挤上车！抱歉啊，害得你们久等。"

宋隽看着姐姐。

宋征站起身，从旁边拖来一个椅子，放在江路腿边，说："我去拿杯水。"

宋隽慌慌张张地站了起来，"我也去！"

这段对话基本上可以直接作为台词使用，这里包含了场景的转换，从家中到餐厅。每个人物的语言是很自然很和谐的。钱淑华是一个唠叨的老人形象，宋镌则是天真可爱的小男孩形象，宋征作为姐姐是很懂事但也有叛逆的一面，宋宇生深爱着家人和孩子，江路则是一个善解人意、细心的女人。

台词的语言可以看出人物的性格，虽然是简单的生活场景，但在观众心中，这些才是让人物丰富起来的重要部分。

下面这一部分也出自《幸福来敲门》：

江沛："到底是怎么了？进门前你就告诉我这不能说，那不能说，弄得我连个大气儿都不敢喘，敢情你把公职给辞了？"

江路："我在那个单位待腻了。"

江沛："那个单位有什么不好啊？碍你吃碍你喝了？辞职了！你拿什么养活自己养活孩子啊？"

江路："我当然能自己养活自己了！我要是没想好，能辞吗？"

江沛："老宋知道吗？"

江路："不知道。"

江沛："你也忒蔫大胆儿了吧？这么大的事你不跟人家商量商量？你去当个体户了，人家要是觉得没脸见人怎么办？"

江路脱口而出："不会有那一天了。"

江沛："什么意思？"

江路："姐，你别逼我行吗？这是在人家老太太家，不是咱自己那儿，等征征高考完了，我到你家里头，跟你聊个通宵都行！今天你就放过我，行吗？"

江沛："不行。"

江路："姐，就听我这一回嘛。就这一次！"

这段对话中，江沛对于妹妹江路辞职一事表示不解，江沛是特别心疼妹妹江路，无时无刻不为其考虑，但是江路的性格是说一不二，特别干脆，只要自己想好的事情，就决定去做。江沛表示对妹妹江路的担心，但是妹妹江路求姐姐暂时放过，将来再聊这个话题，也是让她放心，自己有分寸。

这部小说被改编成电视剧，全局的语言比较平实自然，也是一种美。

在影视文学创作的过程中，任何一个故事出现在编剧面前，都应该被分析出原因，我们要把这个故事当成一个结果，去寻找原因。理性逻辑与情感逻辑混同，是寻求情感逻辑的最大障碍。人物的行为和语言从普遍的理性逻辑来看，可能是不合逻辑的，但是对于情感逻辑却是天经地义的。情人眼里出西施，这句话本是没有充足理由的，但是对于有感情的人，一般都会同意这个观点。不是冤家不聚头，明明是相爱很深，但又互相折磨是自相矛盾的，但又是生死不渝的。在情感产生之初，以及情感高度兴奋之时，人们都分不清酸甜苦辣的感受，因为陷于痴迷的状态，很多事情都是违反理性逻辑的。

情感逻辑看似不确定、但是又毫不动摇。在情感逻辑面前，理性逻辑的好多定律好像都失去了作用，情感辩证与理性的辩证法也是不同的，有时它以模糊难以定性取胜，有时则完全以绝对化片面取胜，情感逻辑结构功能永远是个别性特殊性、偶然性占明显优势，而不是一切人都在使用一种共同的情感逻辑。

每一个人都有自己独特的情感逻辑，作家或编剧的任务就是为每一个人找到属于他自己的情感逻辑。在任何一个故事中，我们要首先探究的不是所有人都适用的理性因果，而是超越了普遍性的，非常特殊的，只适用于一个人的情感因果。

影视艺术运用多种媒体技术和视觉性语言形态表达出文学作品在语言修辞方式上所具有的特殊美感。

在改编剧本的过程中，需要将原著中不适于当代观众理解的部分，通过合理的操作，改编成更适合观众的作品。在这个过程中，许多台词需要以新的“美的形式”出现，这就考验了编剧的文学功底。

影视文学应该将这种美感塑造出来，这是文学语言形象性的独特美感，主要来自于文学语言的意向性。影视文学应该找到一种影视与文学语言相匹配的独特视听语言，而不是影视生化和语言文字的简单相加。许多意象特征，在影视文学中出现，这主要是指影视艺术在视听语言方面具有的与文学语言相适应的特殊修辞性美感。

语言的美，让文采飞扬，让诗歌有了感染力，让每一句台词令人神往。影视文学的创作中，需要掌握基本的语言运用技巧，将剧本的品质提高，增加整个作品的艺术性。

第五章　剧本的改编

在所有的文学资源中，最具改编意义的无疑是小说。无论是古典小说还是现代小说，改编而成的影视剧作品都饱含戏剧性，充满张力。现代小说已经成为现代影视剧拍摄重要的选择范围。本章主要阐述剧本改编的相关内容。

第一节　剧本改编的相关理论

一、改编的合理性

影视剧本具有对文学作品实施声像转译的可能性。从电影史来看，把小说、戏剧改编成电影作品的现象由来已久，早期电影的奠基人乔治·梅里爱的许多影片都是改编之作。当然，人们改编电影的理由有很多：或出于文学作品的知名度以及其所能带来的巨大经济利益，或出于电影人对于某篇小说的喜爱，或出于读者渴望将书中文字转换成影像的需要，等等。事实上，正是多种力量在推动着电影改编活动，并使之成为电影史上不容忽视的一个重要现象。同时，改编电影也为电影人带来了许多的荣誉和奖项。

虽然经由改编而来的电影作品获得了巨大的荣誉，但是，对于从文学到电影的改编，无论是在文学界还是在电影界都曾有过反对的声音。著名电影导演英格玛·伯曼就曾十分坦率地说："我们应该避免以书本为素材来拍摄电影。"作家弗吉尼亚·伍尔芙也认为：小说与电影的"这种联姻是勉强的"，并且"其结果是灾难性的"。反对改编的理由主要是：把一个特定的故事从一种艺术形式转换到另一种艺术形式时，所必然面临的是两种媒介本性之间无法克服的差异性。

从艺术史上来看，各种艺术形式之间的改编现象似乎是十分常见的事情。首先，应当指出，当代评论界一般认为改编是不登大雅之堂的权宜之计，其实，改编是艺术史上的常见做法。马尔罗曾指出文艺复兴时代的绘画最初是对哥特式雕塑的借鉴。乔托的绘画是仿照圆雕画的风格，米开朗琪罗有意不用油画颜料，因为壁画法更适合雕塑式的绘画。当然，人们很快超越了这一阶段，开始追求纯绘画的解放。但是，我们不能说乔托比伦勃朗逊色，这种划分高低的做法是没有意义的。

尽管反对改编的人持有堂皇的论据，但是他们还是错了，因为文学史上有许许多多经典作品正是从其他作品改编的。反对改编的理论根据是：任何一种艺术的形式和内容都有着有机的联系，特定的内容只能通过特定的艺术形式来表现才最为合适。如果把一部真正优秀的艺术作品的内容纳入另一种不同的形式，结果只能给原作带来损害。换句话说，部分小说也许有可能改编成好电影，但是一部好小说则绝不可能被改编成好影片。

这种在理论上完全正确的论据却跟事实大有出入：莎士比亚的某些非常杰出的剧本正是取材于某些非常杰出的古代意大利小说，许多希腊古典戏剧的情节也是取材于更古老的史诗。

与巴赞一样，巴拉兹也是从艺术史的角度，对电影改编的做法给予了充分的肯定，并且指出经过改编后的作品在艺术性方面也可以达到很高的成就。巴拉兹还从德国戏剧理论家莱辛的《汉堡剧评》中找到了有力的支持证据，在《汉堡剧评》一书中，前三篇文章都是莱辛评论从小说改编成戏剧的问题，莱辛不仅没有对改编怀有一丝责难，而且还对如何才能改编得更好提出自己的意见。当然，这里也应该看到，巴拉兹在某种程度上是认同“艺术的形式和内容有着有机联系”的观点，由此，他才提出将原作看成是“未经加工的素材”的改编原则，并与巴赞提出的“忠实于原著”的改编原则有所区别。

如果说巴赞和巴拉兹仅仅是从艺术改编史的角度论证了改编的合理性，美国学者莫·贝加则从电影自身发展的实例肯定了电影改编的做法：“如果我们少强调一点理论上是否适当的抽象观念，而更多地考虑到现实本身，我们就无法否认，事实上那些著名的电影制作者已经把小说改编成了电影，而且这些影片本身是有价值的和出色的，有时还是杰出的作品。假如说，人们贬低这种改编实践，那么他就必然会反对电影史上某些艺术性极高的成功之作和某些第一流的电影制作者：例如冯·斯特劳亨、德·西卡、福特、威尔斯、惠勒、希区柯克、布莱松、特吕弗、科布里克，以及许多其他的人。而对于知名的作家来说，他们也企图或者已经改编了他们自己的小说（如斯坦倍克、格林、福尔斯和纳鲍科夫），或者根据其他小说家的作品写出了有影响的电影剧本（如菲茨杰拉德、赫克斯利、坎伯特、品特）。”

电影改编的合理性问题，是立体化的问题，不能在一个简单的理论框架之内进行研究。电影改编这一事实毕竟带有强烈的实践性色彩，理应在改编的实践中去探讨它是如何满足文学读者和电影观众的期盼，或者艺术家们在改编过程中所着重考虑的是什么这样的问题

二、改编的素材

改编成功与否，除了要看编剧的改编技能，更重要的因素是选择的素材。匈牙利电影学者贝拉·巴拉兹是“素材”说的积极倡导者，他的这一观点对许多后来研究电影改编的学者产生影响，同时，又与经典好莱坞时期的许多改编电影制作过程发生着某种暗合关系。不过，我们如果要想真正理解他的这一观点，还需要仔细分析巴拉兹提出这一观点的时候所面对的问题。在他要阐述自己的电影改编理论观点时，有一种被其称为“朴素天真”的观念横亘在他面前。该观念认为：生活本身给作家提供了现成的戏剧和小说，每一事件都有一种天生就适合某一特定艺术形式来表现的因果关系；生活本身决定了什么事件适合于写成戏剧、什么适合于写成小说或电影，而作家则似乎被给予了一种事先决定好了的素材，即明确规定只能适合于某种处理方法和某种艺术形式的题材。巴拉兹对此花费了许多文字，极力去说明生活中的每个事件并非如上帝安排好了一般，或者只能适合于小说，或者只能适合于戏剧，或者只能适合于电影。

这一决定论的观念，在今天看来似乎是一件很好笑的事情，但是，在当时却是阻挡从文学到电影改编的一种流行观念。为此，巴拉兹指出：“现实不是像成熟了的只待艺术家来采摘的苹果，现实本身并不呈现为某种艺术形式，甚至也不会自然形成适合某种艺术形式的题材。”由此可以看出，只有澄清某一事件仅适合于某一种艺术形式的荒唐观念，才可以为电影改编争取到合法的艺术身份。这里所提到的现实事件，在某种意义上指的就是“素材”。巴拉兹接着阐述道：对于某一生活现实，小说家是从小说的艺术形式观点来观察，电影家从电影艺术的角度来观察。因此，他们可以不止一次地观察生活中的某一点：一次把它当作小说素材，另一次则可能把它当作电影素材。在这里，我们注意到，巴拉兹所说的“素材”与生活本身是一致的。因为，他假设一个人既是小说家同时又是一位剧作家的情况下，小说家不会直接改编原来的作品，而是“恢复到原来的生活体验中去，将同一素材一次写成戏剧，再次写成电影”。

接下来，巴拉兹又举出绘画的例子：面对同一个模特儿，在油画家的眼里，他首先看到的是色彩，色彩就成为模特的主要特征，也就成了决定

形式的内容；素描画家见到的是模特的线条，线条决定了素描画家绘画的形式。文学的各种形式也是如此。一位作家对某一对象所处的环境、变化倏忽的心情有所感受，并以此作为题材，他可能就会把它写成短篇小说；另一位作家可能看到同一对象的中心冲突，他就可能将此写成戏剧。

如果一位艺术家是真正名副其实的艺术家而不是个劣等工匠的话，那么他在将小说改编为舞台剧或改编舞台剧为电影时，就会把原著仅仅当成是未经加工的素材，从自己的艺术形式的特殊角度对这段未经加工的现实生活进行观察，而根本不注意素材所已具有的形式。当剧作家莎士比亚读班德罗的一篇小说时，他所注意的并不是这篇杰作的艺术形式，而仅仅是小说里叙述的原始事件。他摆脱了小说形式，单独看到事件，把它看作非常适合于戏剧化的生活素材，也就是说，他看到了班德罗不会在一部小说中表现的各种戏剧元素。

“因此，虽然莎士比亚的剧本只是通过新形式来利用班德罗小说中的素材，但在剧本的主要内容上已经没有班德罗小说的痕迹了……”

到这里，巴拉兹解决了从一种艺术形式到另一种艺术形式改编的可能性问题。然而，接下来的问题是，艺术原作的内容会不会发生变化，或是发生了怎样的变化？显然，巴拉兹以莎士比亚改编班德罗小说的例子给予了明确的结论。

从巴拉兹所举出的另一个改编例子可以看出，他是较注重改编者对故事重新解释的权利。他从德国剧作家赫倍尔根据著名史诗《尼伯龙根之歌》改编的剧本中，去寻找改编之后发生的变化。巴拉兹发现，改编后的剧本保留了故事的骨架，但是却给了它一种不同的解释；动作和事件大部分都保留下来了，不过动机和解释又不一样。对于这些变化，赫倍尔在日记中十分清楚地表明了自己的观点：“我认为在《尼伯龙根之歌》的基础上可以写出完全合情合理、纯粹的人的悲剧。”我们发现，赫倍尔在改编之初即已有了独立创作出另外主题的想法，这已经不是在艺术形式要求之下而不得已改变内容的问题。这种做法是叙事艺术改编史上经常出现的现象，正如上面提及的莎士比亚改编的例子，此类改编同样会产生出异常卓越的作品，因为这取决于艺术家自身的独创能力和才华。

三、忠于原著

改编要注意的一点是“忠于原著”，由于原著已经在读者心中播种，所以，与原著相背离的改编会显得偏离了原著的灵魂，甚至违反了原著中的价值倡导。在电影改编问题上，安德烈·巴赞是“忠实于原著”的积极倡导者。有关改编的问题，巴赞曾经专门撰写了《非纯电影辩——为改编辩护》《〈乡村牧师日记〉与罗贝尔·布莱松的风格化》和《戏剧与电影》等文章，并对其进行了深入的讨论。“忠实于原著”的电影改编观点，是对电影人提出的更高一层标准，因为巴赞毕竟充分考虑到了电影工业的大众化基础，所以，他对没有忠实于原著的电影改编现象采取了包容的态度。在《非纯电影辩——为改编辩护》一文中，巴赞明确指出电影改编可分为两种类型：诸如《基督山伯爵》《悲惨世界》和《三剑客》的改编是一种类型，而《田园交响曲》《宿命论者雅克》（改编后的影片名为《布劳涅森林的妇人》）《情魔》和《乡村牧师日记》是另一种类型。前一种改编只是从文学原著中抽取人物和惊险的情节，原著对他们来说显得无关紧要，改编者通常把原著当成非常详细的故事梗概。在巴赞看来，这一类的改编是符合电影工业和一般观众需求的。

他还举出了一个具体的例子：一份外省的电影海报将《帕尔马修道院》说成是“根据著名剑侠小说改编”的影片，同时巴赞指出，这部克里斯蒂安·雅克导演的影片本身也确实歪曲了原著的主旨。但是，巴赞并不想对这样的改编影片加以指责，因为这一类影片毕竟向观众介绍了司汤达的原作，也为小说带来新的读者。从文学出版的角度上看，每当文学作品被搬上银幕后，原著售出册数也随之激增，这对于文学是大有益处的。但是，巴赞更加认同的是后一种改编，因为“为电影带来希望的显然是后一种改编方法”，也就是“忠实于原著”的改编方法。而这里所说的“带来希望”，实际上指的是改编已经不再只是从文学作品到电影的问题，还蕴涵着借此提高电影艺术总体水准的一个趋向。

巴赞之所以极力主张电影改编要“忠实于原著”，原因在于：“这不仅出自对文学的尊重，还因为电影家如果忠于原著，他自己也会获益匪浅。”在这里，巴赞强调的是电影家能从文学中所获得的益处，这是巴赞在对现代小说和电影发展进行考察之后得出的结论。他认为，现代小说家运用的叙述技巧和采用的展现事物的方式与电影表现手法有些相近。这种格局的出现，一方面大概始于“小说家直接照搬了电影手法”，另一方面也可以说是“某种美学上的契合使当代各种表现形式同向发展”的结果，巴赞更加倾向于后一种说法。正是因为现代小说叙述技巧和展现方式与电影表现手法的相近，在现代文学和作家的影响下催生出了一些重要的电影作品，如影片《托马斯·戈内》《公民凯恩》《游击队》和《偷自行车的人》。

“确实，我们难以确知，假如没有电影问世，《曼哈顿中介站》或《人的条件》是否会完全异样，但是，我们可以肯定，没有詹姆斯·乔伊斯或多斯·帕索斯，《托马斯·戈内》和《公民凯恩》恐怕就不会构思出来。在电影先锋派的鼎盛时期，我们看到一大批敢于借鉴小说风格的影片，暂且可以称之为超电影。这方面，承认借鉴倒是次要的。我们眼前想到的大多数影片并不是改编于小说作品，但是《游击队》的那些段落比山姆·伍德的《战地钟声》更受海明威（如沼泽地的场面）和萨罗扬（有关那不勒斯的段落）的影响。”

巴赞所列举的这些在文学作家影响下产生的电影作品，在世界电影史上均占据着重要位置，为电影艺术的形式风格带来了重大变化，是电影史上不同转折时期的标志性作品。在巴赞看来，这些电影取得的成就与它们的导演在文学方面的修养是分不开的，这也正是他所说的电影家从文学中获益匪浅的结果和表现。

具体说来，电影改编“忠实于原著”具体指的是什么？如何才能做到“忠实于原著”？巴赞所说的“忠实于原著”，指的是忠实于原著的精神，而不是文字。而要做到这一点，首先，需要电影人具备与作家相当的才华。巴赞认为，让·雷诺阿导演的《包法利夫人》和《郊游》这样的影片即体现出了这一点。然而，要达到这一目标并非易事，因为电影产业这个庞然大物会把一切纳入自己的轨道，导演要寻找个人艺术表达的空间，需要具备一定的条件，而且要为自己规定更高的目标，使对原著的处理不同一般，还需具备与福楼拜和莫泊桑旗鼓相当的才华。显然，这些都是忠实于原著所必需的条件。

第二，电影的创造性与对原著的忠实性成正比。巴赞在《〈乡村牧师日记〉与罗贝尔·布莱松的风格化》一文中提到，不加改动便无从改编，这一点是毋庸置疑的。所谓的“忠实”是“以创造性方式打破原格局最隐蔽、最内在的形式”，因为改编毕竟是从文字描述到视觉形象的电影化过程。电影人要探索与文学对等的表现形式，需要电影人对电影整个结构重新构思，只有这样，改编后的电影才能做到“形神兼备再现原著精髓”。巴赞在《非纯电影辩》一文中，举出德拉诺瓦根据纪德小说改编的影片《田园交响曲》的例子，他认为，纪德小说使用的简单过去式风格效果是文学特有的，它能表现出电影难以传达的微妙感觉。德拉诺瓦却找到了与之对应的电影形式，即以雪景表现精妙的象征含义。

“贯穿始终的雪景含有巧妙和丰富的象征意义，它稍稍变动了情节，增添了一种特定的精神氛围，它的价值与作家力求通过适当的动词时态造成的价值恐怕是相近的。然而特意忽略夏季的乡间景色，利用雪景烘托这种精神氛围，这一构思是具有电影化特点的创新，导演通过对原文的深入理解，方能悟出这一点。”

从这里我们也可以看出这样的逻辑关系，即“忠实于原著”应该是对原著充分理解和领悟，并从中把握作家独特的思考方式和艺术技巧，而将这些转换成电影，则需要在电影中创造出独特的、电影化的表现方式。文学原著和改编后的电影是两部独立的艺术作品，它们在艺术性上应该是相应的、匹配的。不过，值得注意的是，巴赞谈论这种电影改编与原著应达到相应的水准问题时，前提条件是向优秀的、经典的文学作品看齐，是优秀的文学作品提高了电影的艺术水平。因为，他说过这样一句至关重要的名言：“小说家最终改变了电影，当然，电影毕竟还是电影。”

第三，“忠于原著”并非消极顺从的美学原则。巴赞提倡“忠实于原著”的改编方法同时，也反对那种依照“画葫芦”的虚假忠实，即图解原著式的改编方法，所以他才更加强调电影改编的创造性。他认为，小说和电影使用的原材料不同，因此也就存在着审美结构上的差异。“小说自然有其特有的表现手法，它的原材料是语言，而不是影像。它仿佛是对离群独处的读者喁喁私语，这种感染力与影片对聚集在漆黑放映厅中的观众产生的感染力是不同的。”正是这种审美语言和结构上的差别，促使电影人寻找与文学相应的电影表现形式，并最终形成电影的审美结构形式，从这点上来说，电影改编是一种创造性的工作。作为独立的艺术作品，小说原著有着自身的结构平衡及其构成方式，电影改编必然会破坏原著的这种结构平衡，并且以自己的结构方式建立起新作品。

当然，巴赞还须面对“纯电影”派的责难，他们认为：“无论改编的作品多么令人满意，你也不敢断言它们胜过原著，更难说它们能胜过根据电影化的题材拍出的影片，即使它们的艺术水平相同。”“纯电影”派担心改编作品会把电影变成文学的附庸，主张把小说和戏剧的东西还给原著，把电影独有的东西留给电影。对此，巴赞给予了否定的回答。因为在电影的基本生存层面上，需要考虑观众的接受趣味和接受能力，那种纯电影艺术的要求很明显是不切实际的；同时，电影导演的天赋与才干是有限的，受历史、经济和政治等因素的制约，他们不可能连续不断地拍摄出“纯粹的”电影。

另一方面，电影技术和艺术技巧的更新都需要一定的时间，因此，剧作是维系电影发展的重要环节，改编无疑是丰富剧作的一个重要渠道，也是电影从文学和其他艺术中汲取营养的有效途径。巴赞认为，电影独立于戏剧和小说的时代，或许终将会来临，但这毕竟是一种假设，电影的独立性因此也还处于假设的阶段。电影将其他艺术积累了“几百年的”资源“据为己有”的情况，也仍将持续下去，至关重要的是观众“希望通过电影重新看到它们”。“忠实性”的概念，是巴赞在《〈乡村牧师日记〉与罗贝尔·布莱松的风格化》文中提出的，用以进一步区分三类“忠实于原著”的改编层级。与此同时，他更加看重的是与“忠实性”相关的“独创性”问题。第一类以《情魔》和《田园交响乐》为代表。

“忠实性”意味着尊重原著精神，以及电影探索与文学作品对等的表现手法。巴赞称：“这类影片可以与作为原型的小说‘等量齐观’。”第二类以雷诺阿的《郊游》和《包法利夫人》为代表，因为“忠实性是一种气质的相近，是导演与小说家内在情感的相通。影片不是企图替代小说，而是打算与小说比肩并立，构成它的姐妹篇，如同闪烁的双星。”《乡村牧师日记》属于第三种类型，巴赞认为在这部影片中，“忠实性与独创性的辩证关系可以归结为电影与文学之间的辩证关系”，它也是改编步入了一个新阶段的标志。因为改编后的电影不仅仅忠实原著，而且应上升到一个新的高度，即“它首先也是一部小说”“它仿佛是由电影扩充的小说”。

第二节　改编的实践

影视剧本改编所饱含的理论，具有较为丰富的内涵层次。不仅是针对从文学作品转换成为电影影像是否可能，以及如何转换的问题，而且还蕴涵着提升电影艺术表现水准的目标和希望。“忠实于原著”更精确地说是忠实于原著的精神，这意味着电影人要全面把握作家作品的思想和艺术的诸多方面，再以电影化的方式加以表达。这样的改编过程，对于丰富电影艺术的思想文化内涵以及艺术表现力无疑有着重要意义。遗憾的是，巴赞改编理论的深层次诉求经常被人忽略，其“忠实于原著”的观点也常常被以文学和电影在媒介形式上的差异为理由而否定。实际上，电影改编要真正做到“忠实于原著”的精神，的确是一件难度较高的事情。巴赞也曾说过“由于条件恰好具备”这样的话，意在提醒人们只有在电影生产、导演的个人才干和对文学原作深刻理解等条件具备的情形下，“忠实于原著”的电影改编才可能出现。有意思的是，巴赞的这一观点在苏联和中国曾获得普遍认同，一度成为电影改编的指导性原则，并且在电影改编实践中得到了更加深入的探讨和研究。

一、苏联式改编

苏联从诞生之初起即对电影十分重视，将电影视为文化教育事业的一个重要组成部分。苏联电影的生产环境与西方有着很大不同：其一，电影在那里不是以营利为自身的发展目标，因此与大工业流水线作业的好莱坞式生产方式有着不同的模式；其二，苏联的文化界没有出现文学与电影的严重对立，如作家弗吉尼亚·伍尔芙没有对电影持精英的排斥立场。爱森斯坦、普多夫金、格拉西莫夫等著名电影人都能从文学中汲取营养，在电影理论与实践中积累了丰富的经验。

苏联著名学者波高热娃在谈论改编问题时，以苏联电影的改编实例，深入诠释了巴赞的理论观点。应该说，在苏联时期，高尔基所提出的“文学即人学”的主张，对于电影创作以及电影改编同样有着深远的影响。因此，苏联电影改编所选取的对象也多是具有“深刻现实主义和崇高人道主义”特征的文学作品，这种文艺立场和观点的一致，为“忠实于原著精神”的改编奠定了极为重要的基本条件。

具体来说，即在思想主题方面体现出忠实于原著的精神。波高热娃举出两部根据普希金小说《驿站长》改编的影片，其中之一是20世纪20年代由苏联导演热里亚布日斯基导演的影片《十四品官》，另一部是1937年在法国拍摄的影片《悲哀》（托尔扬斯基导演），这两部影片对原著的忠实程度是大相径庭的。前者表现了驿站长在沙皇时代社会极度不平等条件下卑微的地位，以及他在此环境下依旧保持着真正的伟大、善良和自尊心。波高热娃认为，正是由于热里亚布日斯基忠于原著的精神，才使得《十四品官》成为一部独立的电影作品。“为了在银幕上体现文学形象，影片的作者们找到了令人信服的、对当时来说具有革新意义的、纯电影的形式，这种形式使影片成为这门新型艺术的独立作品，而不是小说的大纲。”

而在托尔扬斯基改编的影片《悲哀》中，由于人的尊严受到损害而使小人物备受折磨的主题不见了，取而代之的是驿站长过着富裕独立的生活，是一个安分守己、善于操持家务的好男人。他之所以痛苦不是因为在富人和有权势的人面前感到无能为力，而是为步入歧途女儿的命运担忧。这样，普希金原作的主题就被完全改变了，影片从道德的角度设置矛盾冲突，最终的结局是女儿嫁给了一位勇敢、浪漫的骠骑兵，并回到家中与父亲团圆。由于主题的变化，改编后的影片风格也与普希金原作纯净质朴的风格完全不同。为了给影片增添浪漫的“俄罗斯情调”，影片用许多场景表现骁勇善战的骠骑兵们的宴游、圣彼得堡的娱乐场所和疯狂的夜宴，而这些显然都是商业意图带来的结果。这样一来，原作中深沉的人道主义精神和与之相应的艺术风格都随之被消磨掉，一部现实主义的杰作被改编成消费主义的通俗剧。

在波高热娃看来，电影改编如果要做到忠实于原著的精神，不仅要对原著的主题思想有正确的理解，而且要用电影化的艺术手法加以表现，同时，还要将原著中更为重要的诗意形象表现出来。这种诗意的形象更是原著的艺术魅力所在，它可以传递出令读者、观众魂牵梦萦的艺术情调。

有一个必不可少的条件，缺了它就无法进行改编。这就是：要善于正确地理解，善于通过内心视觉看到，善于创造性地、大胆地、新颖地用电影艺术手段表达原著的哲理和主题内容，它的内在的总的思想，以及在艺术家进行创作时就萦绕在他整个作品的诗意的形象。实际上，正是由于这一形象，才得以写出优秀的作品。因此，要按照各自不同的方式清晰地看到整个作品的这种独特的、艺术的形象，理解它的意义和性质，爱上它并找到新的手段，即用另一种艺术把它再现在银幕上的方法；在这样做的时候，首先要把这个文学形象拉回到它产生的生活环境中去，然后，再重新为电影艺术复活这一形象。改编便是这一创造性活动的开始。

这里提出了一个富于诗意的艺术形象的概念，并要求改编者充分理解它的性质和含义，在电影中创造性地使之复活在观众面前。忠实于原著的精神也好，忠实于原著的主题思想也好，都必然要通过这一诗意的艺术形象表现出来。那么，忠实于原著的主题和思想，就集中在如何表现人物形象丰富的思想与情感世界。进一步来说，艺术形象是生活在具体的历史环境中的，具体的时代、历史环境塑造出了生动的艺术形象，同时，这一形象又能够揭示出那个时代的性格。所以，从事改编的电影编剧需要细致地了解的并不是原著的情节，而是情节得以展开的环境，他必须通过细节、服装、周围环境和主人公的行为，去把握并表现最具有时代特征的东西，并赋予他以时代的生命力。

可以看出，在波高热娃的表述中，带有明显的现实主义创作方法特征，也将忠实于原著精神的改编思想落实到了历史地、具体地塑造诗意的艺术形象上来。波高热娃在这里谈到的改编方法，重在思想和形象，而不是从文学原著中照搬外部情节，不是照搬故事，这与好莱坞工业体制下通行的改编方式有着很大的不同。她甚至引用陀思妥耶夫斯基对一位要改编他的小说的剧作家所提到的观点，来说明在忠实于原著思想的前提下，情节的改变与否就显得没有那么重要：“一种思想任何时候都不可能在另一种与它不相适应的形式中表现出来。当然，如果您能把小说改写或再创作为戏剧作品，仅只保留它的某一段插曲，或仅只采用原著的思想，却全然变更它的情节，那就是另一回事了。”

文学原著中的思想、形象、时代和历史，是怎样在电影改编中体现出来的呢？苏联导演格拉西莫夫改编的肖洛霍夫小说《静静的顿河》为我们提供了一个很好的范本，尤其能够让我们感受到主题是如何从艺术形象中显现的脉络。静静的顿河生活，被表现得既是美好的，又是痛苦的，‘静静的顿河上的人们，则是美丽的和丑陋的，深刻的和浅薄的，诚恳的和残忍的。在每一个人以及小说主人公的身上，都有着一个极其复杂而矛盾的思想与感情的世界，在每一个人身上都体现着过去的遗产和今天震动世界的那一切，正处于运动中并趋向于未来的那一切，拉人倒退到过去的那一切。在历史上形成的哥萨克人的命运，他们生活特殊的性质和随之而来参加革命的复杂道路这一切构成了小说的实质。小说的中心是葛利高里麦列霍夫的命运，他对所发生的事件的那种悲剧性的不理解，他身上的那种同落后的观点与信念、同对阿克西妮亚无尽的爱相共存的，个人的勇敢、正直与大无畏。

顿河的形象是哥萨克人命运的象征，具体细化的形象正是小说和电影中主人公葛利高里、阿克西妮亚以及其他人物。格拉西莫夫在苏联被看作是“散文电影”派导演的代表，他创作电影的方式有些像写长篇小说，即透过细腻的手法去表现广阔的生活过程，揭示人物独特而复杂的性格，并从中体现出心理分析的力量。格拉西莫夫成功地深入到小说的内容中，洞察了每个主人公的心理，并把他们放在情节发展的具体情境中进行细致入微地刻画。

波高热娃列举出在小说和电影中同样重要的一个段落，即葛利高里的父亲要让儿子和娜塔莉亚成婚，无可奈何的葛利高里只好去找阿克西妮亚说“该了结这段事了”。分手的这段场景选在了开满向日葵花的地里，在小说里是通过“一道尘埃飞扬的阳光”“落在牵牛花玫瑰色花萼上的阴影”以及两个人的对话，来表现人物情绪微妙的变化，并积聚起预示未来不幸的巨大阴影；改编后的电影基本上是按照书中两人的对话、动作和眼神加以表现的，但是，在原作中阿克西妮亚第二次用手去擦眼角花粉的动作，在电影里被改成“葛利高里用他那粗糙的、指甲长得很长的手指摸了一下她细腻的苍白的脸，替她擦去了花粉。两人的目光交叉在一起了”。这样，原本是要说分手的葛利高里，在他的情感的暗示提醒下，不自觉地表现出温柔的手势。他平时的粗鲁和粗暴的语言及动作，此刻都被这温柔的手势所替代，而接下来，阿克西妮亚绝望的声音又进一步激发了他的情感，因此，在这一场戏结束的时候，电影没有采用小说中葛利高里对着离去的阿克西妮亚低沉绝望地呼喊：“阿克西妮亚！”而是让葛利高里以这样一句无助的话来结束：“天啊，任你惩罚吧！”读过小说或看过电影的人当然都知道，婚后的葛利高里对阿克西妮亚的爱情反倒愈加炽烈，分手这场戏的结尾似乎已经预示出了后来所有的不幸，所以说它对葛利高里心理情绪的表现是很成功的。

苏联的文学和电影艺术强调历史的具体的方法，即主张深入到具体历史和社会环境中，深入到产生各种文学形象和人物性格的现实生活气氛中，并对时代精神有着深刻的理解，这样，艺术形象才会是具体和生动的。葛利高里的性格和命运蕴涵在顿河地区哥萨克的古老历史中，葛利高里必然在俄罗斯巨大的社会变革中承受精神裂变。在重视电影改编者和文学作家创作才干的同时，波高热娃指出："改编者与原作者内心气质的吻合，他对所处理作品的迷恋，他与人物的共同情感和体验，他对原作风格的独有特征的深刻理解，也都是必不可少的条件。"这一观点不仅在苏联获得了普遍的共识，在苏联之外也能够找到许多认同的声音。苏联著名小说《这里的黎明静悄悄》的作者瓦西里耶夫，曾在自己的同名小说改编成电影之后写过《作家和电影》一文。在文章中，他对导演罗斯托茨基的评价显示出两人在内心气质、人生经历以及情感体验等方面的诸多吻合，他们都曾参加过卫国战争，对战争都有着相同的看法，都富于同情心，善于体验别人的痛苦，具有深邃的人性和热情，因此才会合作拍摄出这部包含人性和热情的电影。"观众确实做出了反响，无论在国内还是在国外。如果影片有人性，那它一定具有国际性，因为热情是无须翻译的。"

二、夏衍的改编

夏衍自20世纪30年代开始从事左翼电影文化运动，曾经创作电影剧本《狂流》，改编的电影剧本有《春蚕》《烈火中永生》《祝福》《林家铺子》等。夏衍的电影理论及改编观念对中国电影曾发生过重大影响。他在所写的《漫谈改编》《杂谈改编》和《对改编问题答客问——在改编训练班的讲话》等文章中都曾专门论及电影改编问题。由于有着丰富的实践经验，夏衍往往能结合具体的改编实例来论述改编的重大问题。在《杂谈改编》中，夏衍认为，电影改编首先要考虑改编者对原著的看法（包括世界观和创作方法）和改编者的功力问题。托尔斯泰、鲁迅这样的大文豪所著的作品，自然令读者读起来十分享受和感动，根据他们原著改编后的电影是否同样如此，改编者对原著的理解以及自身的功力便显得十分重要了。

夏衍认为，改编托尔斯泰、鲁迅和茅盾等重要作家的文学名著要采取"忠实于原著"的立场，而在改编神话、传说和民间故事等作品时，可以采取更加灵活自由的改编方式，因为这涉及原作者和改编者世界观的问题。对重要作家的文学名著，"忠实于原著"也不可能是一成不变的照搬。"因为要把它从一种艺术样式改写成为另一种艺术样式，就必须要在不伤害原作的主题思想和原有风格的原则之下，通过更多的动作、形象，有时还不得不加以扩大、稀释和填补，来使它成为主要通过形象和诉诸视觉、听觉的形式。割爱固然“吃力不讨好’，要在大师名匠们的原作之外再增添一点东西，就更难免有‘狗尾续貂’的危险。”即使是“忠实于原著”，从文学形式到电影形式也会发生必要的增减，但是，如何才能做到适度，并使读者和观众感到满意却是一件十分不易的事情。夏衍曾经把托尔斯泰的《复活》改编成话剧，在征求巴金先生的意见时，巴金就曾挑出几处不是“托尔斯泰式”的问题，因而促使夏衍更加确信：改编者对原著的理解和自身功力是改编出与原著旗鼓相当作品的关键。对于另一类可以更加自由的改编方式，夏衍先生从中国古代戏剧史的角度印证了这种方法的可行性，例如唐人李朝威的《柳毅传》，到了元代尚仲贤所写的杂剧《洞庭湖柳毅传书》就发生了很大变化，而近代人们据此所改编的京剧和评剧同原文一样也发生了变动，这主要是改编者的立场和思想与原作者不同导致的结果。

如何做到“忠实于原著”？夏衍先生以自己改编鲁迅小说《祝福》为例进行了说明。

在改编工作中我力求做到的是：一、忠实于原著的主题思想；二、力求保存原作的谨严、朴质、外冷峻而内炽热的风格；三、由于原作小说的读者主要是知识分子，而电影观众却是更广泛的劳动群众，因此，除严格遵守上述原则之外，为了使没有读过原作以及对鲁迅先生的作品及作品中所写的时代背景、地理环境、人情风俗等等缺乏理解的观众易于接受，还得做一些通俗化的工作。

在忠实于原著的主题思想和风格之外，夏衍提出了针对电影观众的通俗化问题。从夏衍改编的《祝福》和《林家铺子》来看，这些影片都带着浓郁的江南水乡的格调，其中也有许多年节习俗、红白喜事等风俗场景。这些都是从小在江南水乡长大的夏衍所熟悉的，一方面可以作为事件发生的真实背景而存在，另一方面也可以算作他所讲的通俗化的一部分。因为许多“劳动群众”不一定喜欢去读这一类严肃文学作品，也可能还缺少鉴赏、分析这类作品的能力，如果让他们去看由此类文学作品改编的电影，似乎也是勉为其难。所以，我们根据他所讲的“还得做一些通俗化的工作”，以及在他改编的影片中占据比较突出位置的民俗文化，可以推断出，他还是有意以此作为吸引广大“劳动群众”的一个重要手段的。当然，这样做的结果，确实提高了严肃文学作品改编后的观赏效果，同时也对后来的中国电影产生了很大的影响。

20世纪80年代初，凌子风根据老舍先生的小说《骆驼祥子》改编的同名影片，其中就有许多老北京的风俗习惯；他另一部根据沈从文小说改编的影片《边城》，同样也汇集了许多湘西的民风民俗。另外，吴贻弓导演的影片《城南旧事》中，也有不少老北京风俗。此后，在第五代导演张艺谋改编的《红高粱》中，其中最为著名的“颠轿”桥段，即是以北方的婚庆习俗来突出影片优美的视觉效果。当然，夏衍最初注重江南民风民俗的问题时，还有现实主义环境真实的考量，在以后的发展中已经上升到了美学的高度，这对中国民族电影美学特征的形成具有特殊的贡献。

即使是“忠实于原著”的改编，也必然会出现一些必要的增减，因此，对于原著中人物性格的分析便成为一个焦点。在对鲁迅先生的小说《祝福》进行改编时，夏衍增加了这样一场戏：祥林嫂捐了门槛之后依旧受鲁家歧视，并被打发出来。于是祥林嫂疯狂地跑到土地庙，砍掉了自己用血汗钱捐献的门槛。在夏衍看来，鲁迅笔下的祥林嫂一方面是安分懦弱，另一方面也是一个反抗性颇为鲜明的形象。在绝望痛苦的情形下，祥林嫂会爆发出感情上的极度冲动，因此，加入这场戏是符合祥林嫂性格，也会给观众留下极为震撼的印象。在改编茅盾先生的《林家铺子》时，为了表现林老板的两面性，夏衍给林老板增加了欺压比他更小的一个商人的戏，因此使林老板的性格显得更加鲜活，也突出了“大鱼吃小鱼，小鱼吃虾米”的主题。

夏衍认为，要使电影具有高度的思想性和完美的艺术形式，改编者和导演必须熟悉人民群众的生活、思想和感情，还必须具有一定的生活知识、历史知识和艺术修养。“要做到像高尔基给现实主义创作方法所下的定义中所规定的‘描写的真实性’与‘历史的具体性’，并不是一件轻易可以达到的事情。要对电影剧本中，关系十分重要的政治脉搏、时代气氛以及故事情节、人物性格、自然风貌、风俗习惯以至生活细节，诸如服饰、用具等等做出真实、准确而又鲜明的描写，作者或改编者就必须有相当丰富的生活知识、社会知识和历史知识。”

夏衍先生之所以能够成功地改编《祝福》和《林家铺子》，这与他对“描写的真实性”和“历史的具体性”的追求是分不开的。夏衍对这两部小说所叙述和描写的具体情景、自然景物和风俗习惯都很熟悉，同时，他也经历了小说中所叙述的那个时代，像祥林嫂和鲁四老爷这样的人，夏衍小的时候都曾见过，《林家铺子》里的人物和事件，也是他比较熟悉的。即便如此，有些具体事情记不清楚的时候，夏衍还是需要查阅一些旧报纸和其他资料。比如，《林家铺子》一开始就描写了“一·二八”战争对江南小镇的影响，但是，他记不清那一年的“一·二八”是阴历的哪一天。因为这和剧本中描写一直到阴历过年的情节有密切关系，如果这个日子搞不清，随后的自然情景、气候、人物的服装、家里的摆设等，就不能做到准确描写，为此，夏衍专门查阅了公农历对照表。这个日子确定之后，人穿什么衣服，街头上什么情景，“送灶神”的话什么时候说，这些细节描写都可以落实。应该说，《祝福》和《林家铺子》如果没有这些“描写的真实性”和“历史的具体性”的艺术承载，它们的思想性和艺术性就很难确立起来。由此，我们也可以看出，夏衍先生以自己的亲身实践经验，建构起与世界改编观念相联系，又具有中国文化特征的改编理论思想。他的改编理论与实践，在中国电影史上留下了重要的一笔。

第三节　好莱坞式的改编

在前文中曾经提到，美国学者莫·贝加依照统计数据说明，好莱坞的电影改编数量是相当巨大的。从 1927—1928 年以来，获得奥斯卡“最佳影片”的电影有 3/4 是改编作品，在历年最赚钱的影片中，改编作品常常占了多数。因此可以说，好莱坞有一套非常实用的改编实践方法。

一、菲尔德的改编指南

萨伊德·菲尔德在《电影剧作基础》一书中，直截了当地说：“改编的剧本应该看作是独创的电影剧本。它只不过是以小说、书籍、舞台剧、文章或歌曲为起点。这些都是材料来源和起点。仅此而已。”

“当你改编一部小说时，你没有必要把自己仅限于忠实于原素材的地步。”菲尔德以自己改编的实例，具体说明了这种以原著为起点的改编方法。菲尔德面对的是一部长达 650 页的灾难小说，小说的大意是这样的：一位气象学家发现一个新的冰河时期即将来临，但是却没有人相信他的预言。当气候真的开始变化时，再采取补救措施为时已晚。新的冰河时期开始了。这位气象学家和其他科学家被派往冰岛去考察冰川，但是船被冰封。小说以主人公被冻死作结尾。在改编过程中，菲尔德首先保留了原作的主人公——一位气象学家，同时，为了追求更多的戏剧价值，将这位科学家置于一个充满感情冲突的情境中，这个情境一方面是他在职业生涯中面临抉择，另一方面是他与同是科学家的女友之间的感情纠葛。在职业生涯方面，当时人们正在考虑给他授予纽约大学的一个终身职位，因此，他面临着是否要说出真相的痛苦选择。有了这个基本情境之后，接下来就是如何构思故事的问题。

因此，菲尔德先是选定一个激动人心的开端，在书中，主人公在冰岛测量冰川的运动，广阔无垠的冰原具有一个绝好的视觉效果，此外还有更加惊心动魄的场景，如科学家们下降至冰川的心脏时，发生了地震，并引发雪崩。最后，科学家们总算死里逃生。这个惊心动魄的视觉段落的确很能打动观众的心，菲尔德正是以此作为序幕开始建构整个故事。

之后，教授返回纽约，把他的发现报告给上级时，他们并不相信他。结果当年发生了一场暴风雪，似乎作为一个警告预示着他的发现将会变成现实。这也是第一幕结尾的情节点。在这个情节点上，菲尔德刻意进行了渲染。他让暴风雪发生在人们尽情欢乐的万圣节（11 月 1 日）那一天，欢乐的气氛和暴风雪预示着危机交织在一起，使人们隐约预感到了不幸即将发生。而且，万圣节也给影片提供了很好的视觉效果。

在第二幕里，菲尔德将大部分动作归结成三个主要段落：第一，主人公联络起世界范围的科学家们试图解决这一问题；第二，纽约城开始冰冻；第三，人们终于接受了事实，并且试图制定出一个拯救计划。有了这样的剧情设计之后，菲尔德从原作中挑选出一些事件，把这几场戏串联到一起。实际上，这是为了使故事呈现出一个持续发展的过程，在整个结构中属于发展阶段。在这一幕里，科学家们再一次被派往冰岛，途中遭遇到了冰封的困境，而在小说里这已经接近结尾了，但是菲尔德的剧本却不能在此结束。他把考察船被冰封之后作为第二幕结尾的情节点，让主人公和他的科学家女友以及另外七个人弃船离去，尝试着去适应严寒的生活。

第三幕与小说原作毫无关系，菲尔德让这九个人像一个旅行集体一样生活，他们一路上如同爱斯基摩人一般狩猎驯鹿，并抛弃了此前的生活习惯，开始新的生活。最后，以气象学家的女友生了一个孩子来结束电影剧本，使世界重新燃起新的希望。

对于以上菲尔德讲述的改编故事，我们似乎并不陌生，这种模式甚至一直延续到了 21 世纪，如灾难片《后天》和《2012》，甚至在题材方面都相差无几。好莱坞的这种改编模式，实际上就是对一种成熟、实用的剧情模式的套用，当然，还需具备上面提到的强烈的视觉效果和事件本身的惊心动魄。不过，对于这种改编方式，美国学者莫·贝加曾经引用巴赞的话加以批评："那些以所谓银幕要求的名义很少考虑到忠实的人，他们既背叛了文学又同时背叛了电影。"莫·贝加继续写道："如果电影制作者如此重视最后的电影应当是'电影的'，而不是'文学的'，其结果可能太容易产生出来虽不像是书本的'拷贝'，但却是另一种互相重复的东西：以至于爱米尔·左拉作品的改编和斯丹霍尔或安德烈·纪德的改编似乎没有多大差别，雷蒙·钱德勒小说的改编影片和欧内斯特·海明威小说的改编影片十分相似。"

实际上，菲尔德所讲的改编方式是以好莱坞的剧作法为准则的。比如传记体式的剧本，要从主人公的生活中挑选几个事件，然后把它们构成一条戏剧性的故事主线。这一般成为一条通用的叙述原则。卡尔·福曼编剧的《青年的温斯顿》，只选取了温斯顿·丘吉尔当选为首相之前的几个生活插曲和事件；汤姆·理查曼的《煤矿工的女儿》、罗伯特·波尔特的《阿拉伯的劳伦斯》以及奥逊·威尔斯和赫尔曼·曼凯维奇的《公民凯恩》都是把主人公生活的几个事件加以戏剧性安排而构成的范例。在菲尔德看来，普通剧本创作是如此，改编小说和戏剧同样如此：挑选好事件，通过最好的视觉能力与戏剧性成分来描写故事，并使它们兴趣盎然。

二、《呼啸山庄》的改编案例

美国学者乔治·布鲁斯东在《从小说到电影》一书中，曾专门就艾米莱·勃朗特小说《呼啸山庄》的改编问题展开分析。该影片的改编剧本由本·海区脱和却利·麦克阿瑟负责，并由著名的好莱坞独立制片人萨缪尔·高德温和导演威廉·惠勒拍摄完成。这部影片和《乱世佳人》同在1939年摄制完成，在角逐该年度金像奖时，呼声亦是相当强烈。虽然布鲁斯东认为高德温和威廉·惠勒拍摄的每一部影片都以不同方式挑战标准的好莱坞程式，但是，《呼啸山庄》的改编在很大程度上还是带有明显的好莱坞痕迹，把原著中强烈的复仇主题改编成了“小姐和马夫”的爱情故事。

布鲁斯东的分析首先从两位编剧的改编入手，使我们看清了好莱坞编剧常用的手法。海区脱和麦克阿瑟的第一步工作，就是给小说施行一次简单的外科手术，将小说截成两段。在原小说中，当凯瑟琳·恩萧死的时候，小说仅仅展开了一半，小说的后半部主要描写的是第三代人的痛苦与获得拯救。在改编剧本中，以凯瑟琳死亡之后不久，希兹克列夫悲痛欲绝地呼唤她的灵魂归来，并被折磨致死而结束。这样的改编，主要还是为了把原著改编成一个爱情悲剧的故事。希兹克列夫复仇的全部过程在影片里已经不见踪影。改编之后，凯瑟琳的性格特征成为影片着力塑造的部分，为此增添了许多原著中没有的情节内容，也赋予了影片中凯瑟琳在小说中没有的性格特征。这样的结果就从根本上改变了艾米莱·勃朗特原有的意图。

在改编的影片中，童年时代的小凯瑟（凯瑟琳的昵称）和希兹克列夫玩着带有浪漫气息的游戏。他们在旷野里赛马，希兹克列夫获胜之后，所要的奖赏是让小凯瑟听从他的吩咐，但小凯瑟认为这不公平。当希兹克列夫被兴德莱鞭打之后，小凯瑟为了安慰他，说自己甘愿做他的奴隶。这时，希兹克列夫却说："不，凯瑟，你是我的皇后。不论在哪儿发生什么样的事，在这儿，你永远是我的皇后。"长大之后，希兹克列夫依旧受着，已经是呼啸山庄主人的兴德莱的呵斥。凯瑟劝他逃走："你有了钱，就可以回来把我带走""为什么你不能仍旧做我的王子呢？就像很久以前我们说过的？"过了一会儿，他们跑到林顿家的外面，偷看屋内正在举行的热闹舞会，凯瑟充满了羡慕与渴望。

之后，凯瑟穿上了一件鲜艳华丽的服装，正准备去参加舞会。希兹克列夫闯了进来，指责她不应该受林顿那些人的诱惑，这时，凯瑟却用冷酷刻薄的语言回答他："你生来只配去做贼，给人当奴仆，到路旁去要饭！"从这样的情节变化中，布鲁斯东认为："凯瑟的行为动机中，既有浓厚的幻想情调，也有对社会地位的追求。凯瑟的这种一以贯之的性格特征，值得我们强调一下。因为，我们将会惊讶地发现，这在小说中几乎没有什么根据。这种双重的动机差不多全是电影剧作者的创造。艾米莱·勃朗特笔下的凯瑟，丝毫没有那种浪漫主义的幻想，也很少督促希兹克列夫去改善自己的地位。小说中凯瑟和希兹克列夫的行为，更多的是纯然的淘气，而不是像影片中的凯瑟说话时的那种尖酸和刻薄；更多的是荒原上的粗犷，而不是我们在《贡德尔组诗》（这组神话诗是艾米莱·勃朗特，也许还有她的妹妹安妮的杰作）中看到的浪漫主义的世界。"很显然，电影给凯瑟的性格涂上浪漫主义和地位观念的色调，其结果就是将小说塞进了好莱坞的程式化模式中，表现了一个"小姐和马夫的故事"。改编后的影片，表现的是两个相互爱至灵魂深处的人，由于现实社会地位的差异以及种种阴差阳错导致了不能结合的悲剧，这不禁让我们想到了同时代的另一部好莱坞电影《魂断蓝桥》。应该说，这确实能够满足那个时代美国观众的口味。

改编后的电影在美国受到了普遍的好评，甚至到 1955 年，美国许多城市的影院还重新放映了这部影片。《纽约时报》1955 年 5 月 1 日的戏剧栏报道，在意大利，该片以《暴风雨中的呼声》的片名经常重演。至于这部与原著差异巨大的改编影片之所以能获得成功，布鲁斯东认为，正是由于改编者没有去表现艾米莱·勃朗特内心世界中错综复杂的感情，没有去表现小说中极度复杂的含义，这些是年代相隔久远的观众所难以理解的东西。也就是说，没有忠实于原著的精神恰恰是这部改编作品获得成功的重要原因。在小说中，艾米莱·勃朗特表现出对于爱情的观点，可能是观众所难以接受的。因为，在艾米莱·勃朗特看来，唯一真实的爱情是两颗相同的灵魂之间的恋情，而这种爱情在这个世界上是没有存在和希望的。毁灭乃是生命存在的原则，只有在死后远离尘世的生命中，只有当灵魂在坟墓中解脱之后，才能寻找到最大的幸福。所以在小说的后半部分，希兹克列夫的行动充满了毁灭的意味。他仰仗经济上的成功，摧毁了以前妨碍他获得凯瑟的每一件东西，最后终于把自己也毁灭掉。如他对艾伦所说："我弄了撬杆、鹤嘴锄来拆毁这两座房子。我把自己锻炼得像赫克勒斯一样力大无穷。可是当一切准备好了，一切都在我的权力之下时，却发觉自己连从任何一座房顶上取下一片瓦的意志都没有了。"当希兹克列夫意识到自己的报复行动，即使毁灭也没有办法重新获得他的爱情时，只有让自己死去，并在天国中找到幸福。布鲁斯东还提到："为了表明凯瑟自寻死路的意义，小说用了六十页篇幅，但是影片中连一个镜头也没有。"

不过，改编为了回避小说中的悲观情调，也失掉了一些特别精彩的地方。例如，在小说里，当凯瑟病情加重，神志不清时，她撕开一个枕头，像个孩子似的把里面的羽毛一根根掏出来，摆在床单上，梦呓般地说道：这是火鸡毛……那是野鸡毛，这是鸽子毛。呵，他们把鸽子毛塞在枕头里——怪不得我没法死呢！一会儿我躺下的时候，可得记住把它扔在地板上。这根是赤松公鸡的羽毛；还有这一根——放在一千根羽毛里我也能认出来——是凫毛。可爱的鸟儿，在荒原上空，它在我们头顶上盘旋。它想回到窝里去。乌云已经压着高岗，它知道快要下雨了。这根羽毛是在荒原上捡来的。这只鸟不是被打下来的。冬天我们看见它的窝里有好多小鸟的骨头。希兹克列夫在窝上张了个大网，大鸟不敢回来了。以后，我要他答应我永远不再用枪打凫，他再没有打过。呀，这儿还有好些！他开枪打了我的凫吗？奈丽！它出血了吗？有出血的吗？让我看看。

布鲁斯东称这段情节使人想起《哈姆雷特》中莪菲丽亚的发疯，读起来"就仿佛是个电影剧本"的场面。遗憾的是，为了迁就剧情要求，很多电影化的细节被丢掉了，那些细节本可以使得电影形象更能抓住人心。同时，在完成的拷贝与分镜头剧本之间也有许多出入，电影编剧所建议的许多细节，最终也没有在银幕上出现。从剧本原稿的结尾镜头来看，海区脱和麦克阿瑟使用了艾米莱·勃朗特所钟爱的"飞禽的象征"：镜头从希兹克列夫的肤色惨白的尸体化进入荒原全景，依稀是当年凯瑟和希兹克列夫两小无猜时见到的景象，两只鸟盘旋在"古堡"上空，飞向远处冬日的天空。而在最终拍成的电影中，却变成了肯尼斯医生在谈论雪地里只有一道足印这件怪事。然后，我们看到一个短短的镜头，凯瑟和希兹克列夫的灵魂，摆脱了肉体的羁绊，手拉手走在荒原上。由于镜头缺乏想象力，艾米莱·勃朗特小说的魔力也就消失殆尽了。

"显而易见，影片的精神实质，并不是从我们熟知的艾米莱·勃朗特那里来的。那么，它是从哪里来的呢？我们不能不得出这样的结论：正是从电影摄制者所增添的那些情节中来的。这一系列的增添、删节和改动都带有影片摄制者，而不是艾米莱·勃朗特的性格特征。他们加强了凯瑟性格中追求社会地位的动机，使她起到刺激希兹克列夫去改善自己的作用，把希兹克列夫从一个恶魔变成一个害单相思的马夫。他们取消了那‘自求速死’的主题，删掉了哈里顿和小凯瑟赖以逃脱他们上一代诅咒的条件。影片摄制者依靠所有这一切，把情节改编得能为二十世纪的广大观众理解。影片摄制组所增添的这些东西，加上从小说中带过来的稀薄的残余气氛，以及影片的画面结构、音乐效果、表演技巧（从此以后，人只要想到希兹克列夫，脑海里就会浮上劳伦斯·奥利弗的面容），就是这部影片的全部价值所在。今天在美国和意大利的电影院中重映的，是萨缪尔·高德温、威廉·惠勒、本·海区脱、却利·麦克阿瑟，而不是艾米莱·勃朗特。艾米莱·勃朗特仅仅提供了情节基础和感情的出发点，其余一切都是后加的。”布鲁斯东从这一改编案例中得出的结论即是：“好莱坞就是这样固执地采取一种漫不经心、不加评论的态度来对待文学作品改编成电影的问题。”

当然，好莱坞的这种改编原则，其重要理由就是把改编电影看作是电影产业的一个组成部分，因此，改编必须采取高度的情节化、故事震撼人心和视觉化效果的成熟套路，其结果自然是大众所喜欢的，而且基本上也都能实现“赚钱的”目标。布鲁斯东的观点是：“影片摄制者喋喋不休地谈论‘忠实的’与‘不忠实的’改编，却从不意识到他们实际上是在谈论‘赚钱的’与‘不赚钱的’影片。一部影片只要能赚钱，或者只要能博得好评，‘忠实’与否就不成其为问题。”

第四节　改编的方法

一、影视改编的可行性

影视艺术自诞生之日起，就从小说、戏剧那里吸取了很多叙事和表现手法，用矛盾冲突、时空转换来展开情节，通过语言和动作来刻画人物性格，运用各种景物的变换来达到隐喻和暗示的艺术效果，等等。正因如此，影视剧具有对于文学作品实施声像“转译”的巨大可能性，也是影视剧幻化人类情感与艺术意味的一条“捷径”。

二、改编中的影视差异

电影与电视文学不仅有着相互互动、共存共荣的一面，彼此之间还有制作方式与过程、传播与观赏方式等诸多方面的差异，这些差异又进一步影响了两者创作心理与思维方式的差异，现在再来看一下这些差异对于改编的具体影响。

一般来说，在电影院里的观影经验，多少具有一些超日常性。相反，很多电视剧都以人们的日常生活为素材，即使是演帝王将相，编导们刻意表现的往往也是其作为普通人的生活形态。

长篇小说最适合于以电视连续剧的形式“转译”成视听语言，电影在这方面就显得有些捉襟见肘。尽管电影史上也有改编世界经典长篇小说为电影的成功例子，但往往只是作品主要情节线索与人物的抽取与改造，这样很容易损伤原作的艺术内涵。而且即便如此，它们在篇幅上也已经达到了极限。如根据列夫·托尔斯泰的《战争与和平》改编而成的苏联影片，一共分四集，总长达360分钟；根据肖洛霍夫的《静静的顿河》改编的同名电影，也达到了270分钟。20世纪80年代，我国影视界曾将同一部经典名著《红楼梦》分别改编成电影与电视剧，应该说双方都组织了强有力的拍摄阵容，电视剧的播出引起了广大观众的强烈反响，而电影制作了六部八集，却反应平平。原因固然是多方面的，但篇幅的容纳程度显然是重要原因之一。

不过，电视剧这一“可长可短、灵活自由”的优势，如果运用不好或者滥用，就可能会把优势变为劣势。著名导演李少红执导的25集电视剧《橘子红了》，应该说剧作的摄影与画面都颇为精美，但最大的缺点在于情节进展过于缓慢拖沓，给人的感觉是编导们明显地试图拉长一个故事。其原因与编导们不加节制地把原本只有4万字的短篇小说拉长为长篇电视连续剧不无关系。

曹禺的《日出》原著，采用截取社会横断面的结构方法，在舞台上只需3个小时便将人物形象塑造出来，它的凝聚力正是原著的艺术魅力所在。但是，它被搬上荧屏后成了长达23集的电视连续剧（谢飞导演，万方编剧），从时间上算，电视剧掐去片头片尾，比话剧的演出时间还要长17个小时。

同样，老舍的短篇小说《我这一辈子》原小说也只有三四万字，但由此改编的同名电视连续剧（张国立执导并主演）却被扩展成了22集。如果每一集的文学脚本按1万字计算，也要达22万字。“掺水”太多的名著已经不能再称之为名著，即便是老舍、曹禺的作品也不能例外。

三、改编的一般原则

影视改编作为一种艺术创造行为，仍然有着它内在的规律与规范。我国现代著名诗人闻一多曾多次强调："戴着脚镣跳舞，才能跳得好，跳得美。"说的也正是类似的道理。从这个意义上来讲，影视改编应该有一些改编者应当尊重乃至遵守的一般原则。不过，这里的所谓"原则"只能是建立在最宽泛意义上的一种柔性规范。影视改编一般说来应遵循以下原则

第一，改编应该遵循改编者与原作方"互利互惠"的原则

这种"互利互惠"的关系，还应该体现在经典文学与通俗文学、精英文化与大众文化的优势互补上。影视文学，从文学形态上讲，它是一种通俗文学；从文化形态上讲，则是一种大众文化。从某种意义上说，文学经典中优秀作品的个性化、风格化特征，恰恰可以弥补乃至克服大众文化与通俗文学的类型化与模式化缺陷，同时大众文化与通俗文学广泛的社会基础又可以最大限度地扩大精英文化与经典文学的影响，弥补其只在"小圈子"里起作用的不足，这应该是最理想的影视改编，尤其是经典名著改编的方式。

第二，改编成的影视剧应该与原作之间具有起码的相似性。

美国导演弗郎西斯·科波拉之所以选用相隔半个多世纪的英国作家康拉德的小说《黑暗之心》，作为构思剧本的"故事架子"，原因也在于他对这部小说的深切热爱，对其思想主旨有着精深的感悟与理解："一个人溯江而上追寻那个已变成疯子的人，结果他找到那个人的时候，发现他面对着的是我们人人身上都存在的那种疯狂。我一向认为这给影片提供了一个不同寻常的基础。这是单枪匹马的追寻，是经典式的、寓意深长的历险故事。"所以，当与科波拉合伙的两位年轻人想拍一部反映越战的影片时，他首先想到了《黑暗之心》。尽管由于制片公司取消了计划，迫使剧本被搁置达十年之久，然而一旦时机成熟，科波拉又重新启用原剧本完成了影片的制作。这就是好莱坞的经典之作《现代启示录》。

第三，艺术上的"知音"关系，是改编取得成功的最为坚实的基础

我国当代著名导演张艺谋在谈到他为什么选择把莫言的小说《红高粱》搬上银幕时，也非常明确而肯定地说，他是因为对《红高粱》这部小说出于"本能"的热爱："我喜欢他书中表现的那种生命的躁动不安、热烈、狂放、自由放纵……我这个人一向喜欢具有粗犷、浓郁的风格和灌注着强烈生命意识的作品。《红高粱》小说的气质与我的兴趣相投。"

第四，改编者应充分发挥自己的艺术独创性，坚持艺术的创造性原则。

说到底，影视改编也是一种艺术创作，任何艺术创作都应该把创造性放到第一位。美国的乔治·布鲁斯东的改编观念体现在他的《从小说到电影》一书中，他认为，电影无法完全“忠实”于原著，因为电影有它自己的艺术特性及艺术手段，“从人们抛弃语言手段而采取视觉手段的那一分钟起，变化就是不可避免的。”在他看来，“小说不应该成为电影的规范，而应该视为一个出发点，电影只是以小说提供的故事梗概作为素材来创造性地创作一个新的、独立的艺术作品，也就不会仅仅是对名著的图解。”

第五，名著改编的特殊原则

名著与影视，一个是社会影响的根深蒂固，一个是社会影响的普遍广泛，同社会关系的紧密程度使二者在转换的创作过程中，把社会性因素影响表现得尤为明显。我们同意这样的观点，所谓尊重原著，最重要的是重视原著的精神价值和艺术价值，保留其中的精华成分，这是一个关系到改编成败与否的问题。前不久央视一套黄金档播出的电视剧《赵氏孤儿案》，应该算是改编经典的成功范例。

《赵氏孤儿》作为中国的传统戏剧，有人称它为中国的《哈姆雷特》，伏尔泰曾将之改编为《中国孤儿》，王国维则认为其“列于世界大悲剧中，亦无愧色”，说的都是它作为经典的价值。改编《赵氏孤儿》，无疑难度很大。《赵氏孤儿》改编的关键是如何处理程婴的主动献子。血缘是儒家家族文化的根基，人人皆知“虎毒不食子”的常理，程婴献子正是对这一观念的超越。当有更多的婴儿等待拯救、更大的正义等待实现时，人是可以做出这种超越性的选择。程婴违背人性的选择，是这部悲剧的关键所在。《赵氏孤儿案》对此段的处理，比较严谨、合情合理，尤其对程婴与公孙谋划此计的处理，不仅丰富了原剧的情境，也很有古典戏剧的风韵。《赵氏孤儿案》虽对元杂剧做了很多改编，在人物形象、戏剧冲突上增加了很多细节，但还是尊重原剧之魂，展示了中国传统文化对复仇与正义的价值认知。《赵氏孤儿》的几位义士，在婴儿无法主宰自己命运时，保留复仇的火种，其实是在替天行道，因为血亲复仇是合理的。如果把“三百口亲丁”灭门，视为一个巨大的不义，也就自然理解了那些义士超越人性和死亡的各种选择。

电视剧对此做了较为充分的阐释。近年影视剧改编历史经典常常遭遇各种质疑。对经典究竟是忠实还是创新，成为核心焦点。改编者几乎都声称自己更尊重原著的精神，哪怕是有所创新，也把它标榜为更贴近历史真实的解读。如何让经典记忆与当下的审美潮流做到尽可能完美的对接，是所有创作者不断思考的问题。但创新一定得尊重中国传统文化的基本精神，创新的目的是唤起人们对传统价值的新情感，体味经典的韵味与内涵。从这个角度说，《赵氏孤儿案》尊重了原著所展示的文化价值，尽最大可能还原了人物和故事之“神”。经典之所以成为经典，就在于它的历史穿透力，它所表现的价值观是经过历史与民众检验的。如何把一部经过民族历史检验的经典搬上荧屏，本身就能考验一个创作者的功力。因为经典不仅携带和见证了我们关于文明的公共记忆，它所承载的精神内涵与价值往往是普通作品无法比拟的。

2004 年，电视剧《林海雪原》对原著作了大胆的改动，对杨子荣的形象进行了再创造。杨子荣出场时不是一个精干的侦查英雄，而是一个军分区司令员身边做饭的伙夫，爱吃爱喝，也爱唱几首酸曲儿，世故圆滑，甚至有些“痞气”。而机智勇敢、不畏艰险的杨子荣一直是人们心目中的英雄人物，其英雄气概已经成为时代的标识之一，就这样被从英雄的位子上拉下来，观众心里都很不舒服，杨子荣的家人甚至将改编者告上了法庭。

黄亚洲就这个问题阐述了自己的观点：“红色经典是我们国家、民族很长一段历史时期形成的价值观念，英雄人物体现的价值深深地印在人们心中。因此，作品的改动要格外慎重。虽说作家的创作是没有禁区的，价值观的取舍改动还是要慎重，不能因为再创造而伤了人们的感情，如果没有正确的历史唯物观，没有对红色经典正确的认识，就不能轻易改编。”

四、影视改编的常见方式

常见影视理论界对一部改编作品争论不一，既包括争论它的文化价值与艺术价值，还包括它是否“忠实于原著”上大动干戈。这实属不必。因为改编本可以有多种方式。

第一种：“照编”

即是把原著内容不加变动地用影视方式体现出来。其中，可以是整体照编。如影片《祝福》对原著小说《祝福》的搬演、影片《哈姆雷特》对同名戏剧的搬演、影片《菊豆》对小说《伏羲伏羲》的搬演等；可以是缩编，如著名影片《简·爱》对数十万字的原著小说的缩写、影片《青春之歌》对同名长篇小说的缩写等；也可以是节选，如电影《红楼梦》对原著小说片段的表现、影片《林冲》只截选《水浒传》中一个叙事单元加以表现、影片《小花》节选自长篇小说《桐柏英雄》的一条副线等。

第二种："改编"

即在原著、原作的基础上，加入改编者自己某些方面的创造性改写，或者特意强调原作的某一方面或层面的故事情节或人文内涵，使之"发扬光大"，如《大红灯笼高高挂》对小说《妻妾成群》的改编、日本的黑泽明将莎士比亚的名剧《麦克白》改作由日本古装人物表演的具有本国风格的影片《蛛网宫堡》。或者将两部（或多部）原作的情节故事进行删削、挪移、拼接、组合，形成一部影视新作，如日本影片《生死恋》脱胎于《爱与死》和《友情》两部小说的合并组接、《罗生门》来源于芥川龙之介的两篇小说《筱竹丛中》和《罗生门》等。

第三种："创编"。

只是借原作的基本轮廓、大体框架，甚至只凭借原作中某一局部场景而"借题发挥"，几乎（或根本）不顾及原作的既定题旨或故事的具体内容而进行充满改编者新异发现的再创作。此类方式在一定意义上已经不能属于人们约定俗成的"改编"范畴，但由于它毕竟在某种程度上"源"于原作，所以还是宽容地将其归纳进来。

五、影视改编的主要方法

如同没有一个固定的原则来约束改编者对于作品的独特表达一样，对原作的影视改编也没有一套完全固定的方法与程序。本节只是在对前人的实践和理论进行归纳的基础之上，提供一些大致的方法以供参考。

（一）对象的选择

什么样品类的文艺篇章可以改编为影视作品？

可从两方面衡量：第一，有好的"故事"；第二，这个故事具有较强的"可视性"。并不是所有的文学作品都适合于被改编成影视剧，这应该是一个常识。鲁迅生前曾坚决反对将《阿Q正传》搬上舞台或银幕，他在给友人的信中说"我的意见，以为《阿Q正传》实无改编剧本及电影的要素，因为一上演台，将只剩了滑稽，而我之作此篇，实不以滑稽或哀怜为目的，其中情景，恐中国此刻的'明星'是无法表现的。"事实证明，鲁迅实在有先见之明，1981年出品的电影《阿Q正传》，尽管由老作家陈白尘先生亲自编剧，著名演员严顺开的表演也非常出色，但给人的感觉还是没有把原作的艺术神韵表现出来，至于2002年曾在北京电视台播出的10集电视剧《阿Q的故事》，更是把原作改得面目全非，不仅像鲁迅所说的只剩下了滑稽与无聊，还加上了令人难以忍受的低俗。

更著名的改编失败的例子应该是美国文学大师海明威，他的那些经典作品都先后惨遭“厄运”。据说他在观看了由好莱坞改编的影片《老人与海》后，说的第一句话就是：“好莱坞又犯了个愚蠢的错误！”

从中外影视文学的大量改编实践可以看到，文学名著和畅销书一直是改编者的宠儿，并且小说占了绝对数量，而小说中又以有着完整故事情节的著作为主。但是，中国的传统文学有着浓郁的诗化精神与诗化特征。这种诗化精神与诗化特征直接影响了中国电影在民族化道路上的诗意追求与探索。

著名电影《黄土地》就是根据散文家柯蓝的一篇散文改编而成的。《一个和八个》（张军钊导演，1984年）就是取自著名诗人郭小川的同名长篇叙事诗，有人曾这样评价这部电影在影视改编史上的意义——第一次，人们发现了在电影当中，故事情节不是唯一的东西。也是第一次，让人们发现了摄影的色彩以及构图和造型有如此震撼人心的魅力。

（二）取舍与整合

1. 情节结构的删改

在改编中，也许原著的精神不变，风格不变，但情节和结构却是改编中最重要的可调度的元素，正如乔治·布鲁斯东所说，当一个电影艺术家着手改编一部小说时，虽然变动是不可避免的，但实际情况却是他根本不是在将那本小说进行改编。他所改编的只是小说的一个故事梗概。小说只是被看作一堆素材。他并不把小说看成一个其中语言与主题不能分割的有机体；他所着眼的只是人物和情节，而这些东西仿佛能脱离语言而存在。当然，很多时候增删与改动又是不可分割、融为一体的。像根据艾米莉·勃朗特的《呼啸山庄》改编而成的同名电影，就几乎把原小说删掉了一半，同时又增加了三十多场戏。尽管这些新增加的戏是从小说中轻描淡写的地方发挥、延伸过来的，但改动后的影片已与原小说主题意旨相去甚远。

2. 时空的处理

文学是一种在时间上展开的艺术。在叙述故事时，是按照时间的推移把事件和情节逐点写出，就是说以时间为线、空间为点；在每个点上的具体形象要由读者自己去想象构成。在把文学作品改编成影视剧时，时空的转换处理在拍摄过程中很大程度上是一种经验性的技巧。在创造影视的新时空中，一般不是压缩了，就是拉长了，另外还有共时性的处理。

(1) 时空的压缩。文学作品中总是有一些细致的描述和交代性的内容，比如人物的外貌表情动作的描述、人物关系、时间进程的交代，这些往往是一部好作品中不可少的精彩部分，但在影视剧中就需要进行压缩处理。原作中的语言描写，文字上无论有多长，在影视剧中都可以压缩到分或秒。一般来说，影视剧中的时间压缩与省略，主要是用蒙太奇手法，在空间的转换中形成人们对时间的意识。如用光影的变换，时钟的走动，日历的换动，水流、季节的变化等暗示时光的流逝，用人物的服饰变化、环境的改变也可以表现人物命运的变迁。在奥逊·维尔斯的影片《公民凯恩》中，就体现了多种压缩时间的手法。通过同一场景共进早餐的六次不同变化来暗示时间的变换。每次早餐的景色及人物的服饰都有变化，对话也由默契到争吵到沉默；从新婚时甜蜜的早餐到最后凯恩拿着自己的《问世报》，而妻子爱米丽拿着凯恩对手办的报纸遮住自己的脸六组镜头，放映时间只有两分钟，就表现了九年中夫妇感情从和谐到破裂的全过程。

(2) 时空的扩展。贝拉·巴拉兹曾在《电影美学》中举了一个时空扩展的典型例子：一个精通业务的导演，会运用快速的剪接把快到终点的几秒钟弄得非常紧张，参加比赛者的前进速度在客观上并没有改变，但为了让观众看清楚动作的每一个细节，比赛者在最后几秒钟的画面里却像拖慢了脚步。延长时间有两种方法：一是高速摄影（又叫作“时间的特写”），它放大了时间，捕捉到时间的每一瞬间，起到突出情绪和加强镜头感染力的作用；还有一种是多方位、多视点、多景别地拍摄同一事物，再加以剪辑。最突出的延长时间、扩大空间的例子恐怕要属爱森斯坦的《战舰波将金号》中著名的段落“敖德萨阶梯”。导演将不同方位、景别拍摄的镜头反复地组接，使得屠杀的时间显得比实际时间长得多；空间上也扩大了，那阶梯显得又高又长，似乎一直都不会走完，这样就延长了观众的感受时间并产生了巨大的感染力。这组镜头历来为人们所称道。

(3) 共时性处理。影视剧是时间和空间的艺术，最能鲜明体现这种双重艺术表现功能的方式，就是共时化处理——直观地展现时空，将文学作品中描述的细节逼真地呈现在观众面前。《乱世佳人》开头，在小说中，作者先描述思嘉丽，写在廊里聊天的情形之前又要先介绍塔尔顿家的孪生兄弟；而在影片中，镜头中直接同时出现三个人——活泼任性的思嘉丽，身边两个懒洋洋的纨绔子弟，让不同的几个人的形态同时展现出来，又将思嘉丽放在画面中间，占着主要地位。这样，既直观又有重点，而且并不影响叙事的进程，并且这种共时化处理本身也就是在叙事。这几个镜头就抵上了书中好几个长段的文字描写，并且紧凑、简洁，真正应了“一个画面能抵上千言万语”的说法。

3. 视听造型

在阅读文学作品的过程中，人们都会在脑海中想象出其中的人物、情节，对于文学作品的改编，如何鲜明生动而准确地把文字中的人物、情节、环境等因素视觉化，就显得非常重要了。

（1）人物形象的视觉化。在影视剧中，人物的视觉化包括外在的“形”和内在的“神”——性格、心理和情感。改编自文学作品的影视剧中人物的外形选择比原创剧本的人物外形造型要谨慎得多，尤其是文学名著。在技术越来越成熟的影视发展中，化妆、服装设计等对于塑造外在的“形似”有着非常大的辅助作用。

（2）情节的视觉化。在文学作品中，情节靠抽象的因果关系联系起来；到了影视中，要将事件的这种因果关系转化成具体、可视的景象，同样离不开蒙太奇的手段。高尔基说：“文学的第三个要素是情节，即人物之间的联系、矛盾、同情、反感和一般的相互关系——某种性格、典型的成长和构成的历史。”情节视觉化处理的方式和人物视觉化处理有着相通之处，都是需要用某些媒介来表达，具体化抽象的东西，这往往需要改动原作中的叙述，以更“影视化”的方式来表达。像小说《围城》中，方鸿渐去见前丈人、丈母娘，有这样一段：周太太领他去看今晚睡的屋子，就是淑英生前的房。梳妆台上并放着两张照相：一张是淑英的遗容，一张是自己的博士照。方鸿渐看着发呆，觉得也陪淑英双双死了，萧条黯淡，不胜身后魂归之感。电视剧中，周太太领方鸿渐进屋，只见所有的家具上都盖了帐布——这自然是为了防尘，也说明这里是久无人居之地。周太太掀开帐布，一时帐影重重，鬼气森森。小说中虽没有这样的描写，但电视用影像把小说的氛围刻画了出来。

（3）声音的运用。有声电影出现以后，声音在电影中就成为极为重要的表现手段。改编过程中，一个重要的方面，就是要把声音（包括人声、音响与音乐等几个方面）注入到影视剧中。插曲配乐运用得当也会在影视剧中起到画面所无法取得的效果。我国著名音乐家王立平通过自己独特的艺术创造，为《红楼梦》中一些富有代表性的诗词谱上了曲子，把小说的诗情画意与情感意蕴运用音乐的形式，非常传神地表达了出来。其中主题曲《枉凝眉》及《葬花吟》《晴雯歌》等插曲，早已成为当代通俗音乐歌坛上的经典作品。电视连续剧《三国演义》也同样采用了原著中的开卷词：“滚滚长江东逝水，浪花淘尽英雄。是非成败转头空，江山依旧在，几度夕阳红。白发渔樵江渚上，惯看秋月春风。一壶浊酒喜相逢，古今多少事，都付笑谈中。”作为主题曲的歌词，那浑厚深沉的男中音与悠扬婉转的曲调配在一起，仿佛又把我们带回了一千多年前那群雄纷争、刀光剑影的三国时代，唱尽了多少英雄豪气，喟叹了多少人生无奈的感受。

第六章 脚本创作实例分析

第一节 脚本概述

在影视行业内，脚本是指拍摄电影、电视剧、电视节目等所依据的底本。严格意义上，脚本和剧本是不同的，脚本是故事的发展大纲，也包含每一个镜头的要求、具体内容、唱段、景别、服装、灯光、音乐、特效、注意事项等，是所有参与拍摄活动的人员所需要的指南。剧本则更适合普通读者阅读，了解故事情节，并没有具体的拍摄细节要求。

脚本要将人物需要做的任务安排下去。脚本中要包含的东西有以下几种。

一、镜头所要求的细节

细节是影视剧作中表现某一动作/反映（场面/变化）的最小单元。细节可以是一个镜头，也可以是连续的一组镜头。

细节主要包括四项内容如下图所示：

交代	揭示
细节	
强调	伏笔

图 6-1-1 细节内容

（1）交代

交代，就是讲述一件事情的特殊性。

例如：两个婴儿刚刚出生，被护士抱着。伴随着啼哭声，两个护士有

点乱了阵脚，没有发现两个婴儿的号码牌被拿错了……（两个孩子可能被调换了）

（2）揭示

揭示，一般指把比较隐秘的事情呈现给观众看。

例如：监控录像里出现了两个小偷，他们从窗户进入房间，打开保险箱发现是空的，于是气急败坏地将古董花瓶打碎……（原来花瓶是这样碎的）

（3）强调

强调，一般是重复出现一个景象，来加深观众的印象。

例如：散打比赛中，运动员甲处于劣势，如果想赢得比赛，必须在结束铃声之前将运动员乙击倒。这时，每一个动作都会加入比赛的倒计时，还剩下 30 秒、25 秒、20 秒、10 秒……（让观众有身临其境的感觉）

（4）伏笔

伏笔，是为后文所做的提示或暗示，起到了一个铺垫的作用。

例如：股市一片衰败，在某证券公司的交易厅里充满了股民的抱怨声……镜头转向股民王某，正在回家路上，当他回到家中打开电脑关注股市的时候，竟然心脏病突发，摊在地上，王某的爱人许某见状，拿起电话忙拨打 120 叫救护车……（前面的交易厅发生的事情为后文王某心脏病突发做了铺垫）

二、场景的说明

场景其实就是具体的“故事事件”，是体现在脚本中的“情节点”，指在某一相对连续的时空中通过冲突表现出来的一段动作，完成人物行动风险价值正负变化的叙事单元。

场景由若干“细节”连缀而成。

例如以下这个场景发生在售楼处（选自小说《蜗居》）：

海萍都笑开花了，简直淘到了大宝。

“不行，我得赶紧给苏淳打个电话！让他赶紧过来看房子，我怕万一迟两天，给人家买去了。”

海萍掏出手机，打开盖儿一看，愣住了。海藻也凑过来看，俩人面面相觑。然后忍不住哈哈大笑，手机上写着：“江苏移动欢迎您。”

“有点偏。”海萍撇着嘴断言。

“是太偏了。”海藻笑，“你回去跟苏淳一说，他肯定得笑话你。当年是你一定坚持要留大上海，留半天，又出去了。哈哈哈哈！”

苏淳一看也很喜欢，除了地方有点偏，周围间或可以看见农舍和小片菜地。

“还有就是每月还贷，不晓得什么时候开始，还多少一个月？”

小姐热情地说：“我帮你算一下，如果10年还清的话，以目前的利息，每个月10800。”

苏淳忙问：“那20年呢？”

小姐又按计算器：“只要6000多就够了。”

苏淳再问一句：“30年呢？”

小姐问：“先生您今年多大？贷款有规定的，退休……”

海萍打断小姐的话说：“就20年好了。”

“海萍，你打算20年把贷款还清？”苏淳在回去的路上一边查看周围地形，一边问海萍，“你不觉得这样很有压力？”

“压力就是动力。光吃寡面是省不出几个钱的。哪怕吃2年，都省不出一个平米来。我看还得想法子开源。你最近没事的时候出去找找，看有没有什么第二职业可以做。与其在家捧本闲书浪费时间，不如出去赚钱咯！我也要寻寻看，哪里可以找点新门路。”

“太好了！你终于想通了！我们可以不用吃面了吧？我早就跟你说过，光吃寡面是解决不了实质问题的，而且把身体搞坏了不就四大皆空了？人首先要吃饱吃好，其次才去做其他事情。”

海萍白了苏淳一眼：“面条还是要吃。开源还要节流。争取早一点把款还掉。一天背债，我一天睡不安心。”

海藻拉着海萍的胳膊在一旁安静地听。

在这一段售楼处的场景中，一定要注意语言的合理性，苏淳是在另一个场景往这里通话。售楼处导演要安排很多看房的客人，跟销售人员交流着，与海萍交流的售楼小姐，身穿制服，手拿计算器，积极热情地服务着……

人物与环境融合在一起，而且保证事情发展在顺利地进行中。这就是脚本综合性的体现。场景饱含了各个细节，细节做到位，才能保证影片能被观众接受。

三、镜头的序列

序列是影视剧作中相关场景的组合，故事情节的“段落”，相当于舞台剧的“幕”“场”或“折”。

细节构建场景，场景则构建故事情节中一个更大的动态单位——序列。每一个场景都会改变人物生活中负荷价值的情境，但是从事件到事件，其改变的程度会有很大的区别，一个序列中的结束场景则必须造成更为强劲而且具有决定意义的变化，以一个高潮场景为其顶点，导致价值的重大转折，其冲击力要比所有前置的序列或场景更为强劲。电影故事片一般至少设置三幕，电视连续剧差不多一幕便撑起一集，渐次发展成为最后的幕高潮，从而引发出绝对而不可逆转的变化。

例如下面的一场戏，选自小说《双面胶》：

(一)

她坐在亚平妈床头，拉着亚平妈的手说："妈，我明天要上班了，今天晚上还有明天早上，我把奶泵好放在冰箱里，孩子和这个家就全靠你了。谢谢啊！"亚平妈不作声，轻轻点点头。

丽鹃心想，我要对婆婆好点，毕竟她是亚平的妈，是孩子的奶奶。

(二)

丽鹃上班一个礼拜，就觉得不对劲。

孩子回来并不饿，准备要喂奶，也不怎么馋。按说孩子越长越快，每天四小瓶奶不至于撑得他不想喝新鲜的。硬往他嘴里塞，他要么使劲咬着玩磨牙床，咬到丽鹃皮破，要么含着就睡着了，并不吸。网上找资料，去问医生，问所有的同事，都说不正常，却找不到答案。

(三)

这天丽鹃长了个心眼，掐着孩子中午喂奶的时间回去，一进门，婆婆正把瓶子里泵好的母奶往水池倒，看见从天而降的丽鹃，吓得浑身一哆嗦。手赶紧藏背后。

灶台上，放着一瓶丽鹃从没在家里见过的婴幼儿奶粉，开着盖子。

丽鹃怒火中烧，恨不得冲过去扇那老娘们儿一巴掌，再将她从阳台扔出去。她掏出手机，直接拨到亚平办公室："李亚平！你现在马上回家！打车回来！半个小时内你要是不回来，你就见不到你娘了！"

亚平妈赶紧伸手拿奶粉，被丽鹃一把抓住："干吗？想销毁罪证啊！太迟了！你就是喂不熟的白眼狼！我还妄想跟你同一屋檐下生活，对你好！我真是猪油蒙心！你就是时刻准备咬农夫一口的蛇！你老实等你儿子回来，然后你给我滚蛋！"丽鹃两只手捏住婆婆，让她动弹不得，任凭她苦苦哀求："丽鹃，你听我说！我不是那意思，我不是那意思！"也任凭楼上儿子饥饿的哭声哭破天。

(四)

亚平一进门，就见老婆气得扭曲的脸和母亲吓得惨白的面色。

"怎么回事？你先放开我娘！你吓着她了！"亚平赶紧挤在中间，一手抱着娘护起来。

“好！既然你在这了，我也不怕她销毁罪证。我说我儿子怎么不吃我奶了，我说我儿子怎么不饿了。你看你妈，你那亲爱的妈做的好事！她把我泵的奶全部倒掉，喂宝宝吃奶粉。她安什么心？嗯？叫孩子跟她亲是吧？叫孩子不认我是吧！这可是她的亲孙子！她自私到心里永远只有自己！为了达到霸占这个家的目的，连个吃奶的孩子都要利用上！李亚平，你自己决定，今天有她没我，有我没她！”

亚平反感地拉住丽鹃：“就为这事啊！我当什么大不了的。你别没事瞎咋呼好不好？你能不能不拿你的小人心度人啊？你听我妈说什么！”

亚平妈擦着眼泪，去拉丽鹃的手，被丽鹃甩开：“丽鹃啊！我是琢磨，你每天上班这么忙，还要泵奶喂孩子，越往后孩子越大，肯定不够吃。迟早得戒。每天听你回来说奶涨得疼，我和亚平都心疼的慌，想试试看，掺一点牛奶，以后慢慢加，等宝宝完全适应了，干脆就断了。省得你难受。再说，现在的婴儿奶粉，营养跟母奶差不多，有的比母奶营养都全，好多妈妈没奶全靠牛奶喂，都长得壮壮实实的。我绝对没有别的坏心，这孩子是我孙子，但最终是你孩子，我是不能和你比的，你尽管放心。”

“我妈这事在你刚上班就跟我说了。你又说奶疼，宝宝白天在家又饿得直叫，我们俩没办法才商量的这主意。就怕你疑心，才瞒着不告诉你。我们果然没看错你，小肚鸡肠一个。这个家，除了你在搅和，没谁想拆散。你自己想去吧！想清楚了，给我妈道个歉。”亚平声音里甚是不满。

丽鹃呆在那里，不说一句话。从内心里，怎么她都觉得不舒服，怎么都觉得别扭，可面子上，她就是说不出一句！内心里唯一感觉是：又被这老巫婆算计了一把！回回她都走在头里。

丽鹃想了半天，说：“我的孩子，我做主。在半岁之前，他只吃母奶。医生都这么说。我供不上那是我的事情，供得上就得让孩子吃。从明天起，我白天多带几个奶瓶，存起来，晚上带回来。以后不许再喂奶粉。”

由本段文字可知，故事的发展是有一定顺序的，先是丽鹃对婆婆的态度有所好转，并将喂奶、照顾孩子的任务交给了婆婆，自己决定开始上班。紧接着发现孩子晚上不爱吃母乳了，她开始怀疑婆婆做了什么改变。于是丽鹃终于发现了秘密，冲突出现了……

在写故事、写剧本的时候，可以适当增加情节，因为任何冲突必须先做好铺垫，按照顺序，一步步进入高潮。

下面一段选择小说《致我们终将逝去的青春》

（一）

他头疼地坐着，听到她低声说，“反正来了，蛋糕总要吃一口吧。”

“哦。”他机械地打开盒子，用小叉子挑起一块放入口中，太甜了，这样的滋味让他无所适从，终于，在她一滴眼泪要坠下来之前，他认命地说，“说吧，你想怎么样，只要是我能力范围内的事，只要你别再这样了，我不习惯。”

“我想怎么样？我能怎么样？你那么讨厌我……”她的声音都变调了。

“唉，你别……天！你快说，要怎么样才算了，只要我能够做到的。”他开始后悔自己为什么要来。

“你现在答应得好好的，到时候又反悔了。”

“决不反悔。”

“那好，这个周末星期六，南山公园的杏花节，你得跟我一起去。”

（二）

“陈孝正，你跑哪去了？”不听则已，一听到他的声音，郑微忽然觉得一阵委屈涌了上来。

“反正我没有失约，不过很可惜，我们没遇上。”

郑微现在更关心的不是这个，她问，“现在快下雨了你知道吗，你在什么位置呀，快跟我一起下山吧。”

他的声音有几分意外，“怎么，你还在山上，我看见有变天的可能就直接下山了，现在刚到市区。”

“什么，你说什么？”郑微不知所措地对着电话求证。

“我说……”陈孝正的话还没有说完，天边一个惊雷炸响，郑微吓得一个寒颤，电话听筒差点脱手而出。阮阮见她丢了魂一样地挂上电话，忙问，“怎么了，他说什么了？”

郑微傻傻地看了阮阮一会，忽然没有任何前兆地大哭起来，“陈孝正……他早就下山了！”

朱小北还没她的哭声中反应过来，一滴豆大的水滴打在她的脸上，生疼，她摸了摸脸，“妈呀，快跑，真的下大雨了。”

（三）

“我警告你别再去看那种没营养的东西。”他把话说出了口才隐隐觉得不妥，他用什么立场警告她？

果然，她回过头来看他，半天才极不淑女的憋出一句，“关-你-屁-事！”

她看着他不知道是尴尬还是生气地涨红了脸，还不忘狡黠地试探了一句，“想管我，除非你是我的那个什么！”

她说这话也有存心气他的意思，没想到陈孝正闻言之后，竟然没有搭腔，低头不知道在想什么。

不会吧，难道真是精诚所至金石为开？老天也感觉到她的一片苦心？她趁他明显内心矛盾的时候走到他身旁，用手在他眼前挥了一下，“陈孝正，请问你是陈孝正吗？”

他一巴掌挥开她的手，“别烦。”

她直起腰，趁火打劫地说道，“别说我不给你机会啊，我给你十秒钟，你不否认就是答应从了我了啊，1……2……时间到！”

他提醒她，“你报数的节奏不对！”

“我们人类就是这么报数的，你这都不懂？地球是很危险滴，快回你们火星去吧。”

他终于忍不住笑了起来，“你才给我滚回火星上去。”

在《致我们终将逝去的青春》里，郑微对陈孝正的追求是“穷追猛打”的，不过陈孝正并没有给她好的反馈，但是随着事情一步步发展，陈孝正慢慢发现自己已经不知不觉地喜欢上郑微，最后终于在两人的争吵中，确定了关系，整个过程是层层递进的。

一个故事的表现形式，应该是写成剧本之前的详细提纲和结构框架。二脚本是对于每一个镜头的说明，也是编剧对原始素材的细部选择与铺排设计。在原始素材中，要保留哪些东西，删剪哪些东西，哪些东西在前，哪些东西在后，均需要设计出一整套的情节进程。

情节进程是“线”，侧重于时间的展示，叙事单元（场面）则是以“面”的形式出现，侧重于空间的体现。影视剧作的结构是一个立体框架，无论是怎样的形状，都必须同时具备时间与空间的双向展示。必须由具体形象的叙事单元（场面）与情节进程组合而成，前者负责形象表现，后者负责整体连缀，两者缺一不可。

影视剧的结构艺术，在某种程度上也可以说是“蒙太奇”的艺术。蒙太奇有两方面所指：其一是狭义的蒙太奇，它是特指后期制作时镜头组接的技巧手段；其二则是广义的蒙太奇，它是指影视创作者所运用的特殊的一种思维方式。它贯穿于从构思、写作、导演、拍摄直至后期制作的全部艺术创作过程。

对于编剧而言，如何运用蒙太奇进行叙事单元（或曰“叙述段落”）的艺术组接，是体现创作者艺术功力的重要方面。

叙事单元的连接与镜头的连接一样，都应该充分运用蒙太奇的艺术技巧与方法。蒙太奇的连接技巧，诸如对比、衬托（包括正衬、反衬）反转、跳接、穿插、离合、虚实、借代、重复、藏露等等，都可以为场面与场面、叙事单元与叙事单元之间连接时所用。

上述技巧与方法在众多影片、剧本中均有体现。生活与艺术逻辑，使观众易于、乐于接受。生活与艺术逻辑通常包括两个方面—连续性与联系性。所谓连续性，主要体现在时空关系上。社会生活中的人事总是连续性体现的，而我们每个人对社会人事的整体认知，多数情况下都是通过一些"片断"的组合而实现。

具体到场面或叙事单元连接上，编剧所要做的就是——怎样通过尽可能精确的场面或叙事单元，明确、艺术地使观众完成对影片内容的整体认知。

第二节　实例分析

一、肖像描写实例分析

人物给观众留下的第一印象，往往和该人物后续的行动紧密联系在一起，并且令人有所期待。

影片《关山飞渡》中，驿马车上有一位经常喝得醉醺醺的医生，这让人对他的医术深感怀疑，总是捏着一把汗。可是，在军官太太露茜难产时，他竟然又是在醉意朦胧中为露茜顺利接生。对这位略带丑角性质的医生，剧本在他出场时是这样描写的：

街上一所房子的门口。门旁钉着一块招牌，上面写着：医学博士约瑟亚·蓬纳。门打开，蓬纳医生匆匆走出，后面跟着一个脸色铁青的女房东。他步伐有点踉跄，但仍然保持着他那善良的天性和乐观的精神。他在匆忙出走时，随手带了件南北战争时联邦政府军队里穿的蓝色旧大衣和一个小药包。

蓬纳医生：（和解地）听我说，亲爱的房东太太。

房东太太：（尖声大叫）别再喊我什么"亲爱的房东太太"，你这没出息的老不死！你没付房钱，我就扣住你的箱子！

医生好不容易站稳脚跟，抓紧大衣和药包，高高兴兴地向那怒冲冲的房东扬扬帽子。

蓬纳医生：难道就是这副容颜，惊动战船万千，使依利安的摩天城楼一旦化为灰烬？（他鞠一躬，几乎失去平衡）永别了，美丽的海伦娜。

说完，他一眼看见那招牌，就探身向前去拧它下来，决心把自己全部行头带走。

房东太太：（挖苦地）臭垃圾全捡走，落得个一干二净。

蓬纳医生的形象显然是近于穷困潦倒的，这是从女房东铁青的脸色以及为他付不起房租的咒骂声中传递出来的信息，同时，也可以让观众从他那件蓝色旧大衣上看出这一点。而他善良的天性和乐观的精神，则是从他依旧没有恼怒地称呼着“亲爱的房东太太”，还不失礼貌地向她挥帽告别表现出来。从他步伐踉跄、鞠躬时几乎失去平衡的动作，可以看出这是个嗜酒如命的家伙；南北战争时联邦政府军队里穿的蓝色旧大衣，显示出他曾经为美国的统一做过贡献；信口说出“美丽的海伦娜”“难道就是这副容颜，惊动战船万千”，表明蓬纳医生精通文学和历史，并非一个行走江湖的不学无术之人。蓬纳医生的这一出场形象，亦庄亦谐，带有几分插科打诨的喜剧特点，不过，至于他的医术如何，此刻大概还是令人不敢恭维。

精彩出色的肖像描写并不需要对人物一切外表细节作毫无选择的罗列，而是通过那些最能突出人物的精神面貌、气质风度或社会境况、职业特点的细节描绘，从而在某个侧面或多或少地揭示出人物的性格特征来。

二、景物描写实例分析

场景环境中的景物往往具有丰富的内涵。景物可以是影片拍摄时场面调度的一个重要组成部分，用来传递和表现与剧情相关的重要信息。也可以将电影创作者的情感蕴藏于景物之中，使其起到某种隐喻、象征的作用，或者达到情景交融的效果我们先来看一下由赞米基斯编剧的美国科幻电影剧本《回到未来》中的景物描写。

内景·房间

镜头仰拍摆在室内大大小小、各式各样的钟。听得见钟的嘀嗒声。

插入一只钟的镜头，时针指的是 7 点 53 分。镜头向后拉，摇拍那些钟，所有的钟所指的时间都是一样的。自此，银幕上陆陆续续化入片头字幕。

听到画外收音机广播的声音。

插入墙上用玻璃框保存的几张旧剪报，标题：《希尔谷电报：布朗大楼被毁布朗财产被拍卖给开发者》，等等。

广播员（画外）：10 月是盘点的时间，迄今为止，丰田牌 1985 型汽车今年的销路最佳。在希尔谷，你们再也找不到比它质量更好、价钱更便宜和服务更周到的汽车。希尔谷商业区丰田汽车公司最好。

与此同时，听到“叮”的一声，烧咖啡的器皿移入画面中心，水滴下来，但下面没有咖啡壶。

镜头摇拍那些钟和各种设备。

语言描写的对象重点是博士房间里的各种物件，首先映入眼帘的是各式各样的钟表以及精确的时间，它透露出这部影片与时间的重要关系信息。因为整部影片的情节都是借助时光穿梭车，将过去和现实发生的各种事件连接在一起。旧剪报上的标题透露出布朗博士为了各种发明曾经破产，侧面描绘出布朗这一“科学狂人”的形象。

另一处景物描写的细节：烧咖啡的器皿下面竟然没有咖啡壶，虽然看上去很好笑，但也揭示了布朗这位发明家时常遗忘点什么的个性特点。可以说，布朗博士还没有出场，这段景物描写已经将他的身世、爱好和个性特征等方面透露给观众了。从这里也可以看出，景物描写也具有传递剧情和人物信息的重要功能。

三、人物动作描写实例分析

剧本人物形象的描写和刻画中都涉及人物的表情和动作，在这里需要特别说明的是，人物动作的描写不仅仅是为了展示一般性的人物行动，而且主要起着延续镜头运动、推动情节发展的作用，例如，在上一个镜头中人物一个简单的手势或眼神动作，就会引起下一个镜头中其他人物的接续行为。更为重要的是，通过人物的动作描写揭示出人物内心的情感状态和性格特点。

电影剧本《暖》，在具体的人物动作描写中，剧本中人物的每一个微妙举动，都能令人感受到动作所承载的深深蕴意，让读者或观众联想、猜测人物此时的隐秘心境。同时，从外表上看去，时间似乎是在不经意之间静静地流淌着，一切都显得那样从容，却又掩饰不住人物内心微微泛起的波澜：

日内，暖家

屋内，暖穿了干净的衣服正在照镜子，六岁的女儿站在边上看着她，暖多少有一点紧张，她赶紧收拾着扔在床上的衣服

暖：（对女儿）告诉你爹，来了。

女孩跑出房间

暖：（在屋里应道）是井河吗？都在呢。

她一边说着，一边脱下了穿在脚上的一双新皮鞋，把鞋抓起来匆忙地放回鞋盒里，又把鞋盒放到被子垛的上面，光着脚去找自己的旧鞋。

暖在井河来家做客之前打扮一番，但是，她的动作却显得有些紧张、匆忙，还把穿在脚上的新皮鞋又匆忙收拾起来，这便有些令人费解了。在

接下去的场景中，时空在过去和现实中交叉展开，读者或观众了解到井河、哑巴以及剧团小武生和暖的关系，小武生随省里的剧团离开，暖痴痴地也想考入省剧团随他而去。现实中，暖已经是哑巴的妻子。见到井河之初，哑巴很有几分敌意，在暖的解释下，哑巴的脸上渐渐有了笑容。

当暖的女儿淘气地穿着那双皮鞋出现时，三个大人却又有了不一样的表情、动作：

日内，暖家

饭还在继续吃。

哑巴已经喝得有些多了，脸红红的，在微笑。

暖还在给井河夹菜。

井河：饱了，太饱了。

这时，在里屋玩的女孩儿把妈妈的新皮鞋给穿了出来，两只小脚放在一双大鞋中，踢踢拖拖地出来，脸上带着炫耀的神情。

井河看到这双皮鞋，夹着的菜停在半路。他很吃惊。

哑巴看着女孩儿的样子本来在笑，但是他似乎也想起了什么，笑容越发勉强了，消散了。

暖放下手里的筷子，站起身快步走到女孩儿的面前。

暖：怎么这么能闹呢？给妈妈踩坏了。

女孩儿：叔，这是我妈妈的新皮鞋。

井河下意识地把夹了的馍放回原处，筷子却还傻傻地举着。暖把鞋从女孩儿的脚下抽出来，用袖子擦了一下，放回里屋去了。

井河觉到自己的失态，他扭头去看哑巴。

哑巴也看着他。

对于三位大人举止动作的失态，剧作者并没有急于给以解释，而是重新回到过去的时空里，继续讲述没有完成的故事。小武生走后，暖又和井河经常在一起，在一次荡秋千时，暖的脚摔伤了，并落下了残疾。井河考上大学后，还不断给暖写信，每次都是哑巴在村口接到信后再转给暖，而暖却把信给撕掉了。一天，暖收到井河寄来的邮包，打开后看到了邮包里装的一双新皮鞋，暖知道井河再也不会来接她了，便把皮鞋扔掉。哑巴却把那双皮鞋捡起来，重新放到暖的窗前。写到这里，三个人以往的情感故事才算完成。那双皮鞋的每一次出现，都会引起人物情感的波澜，并通过人物细微的举止动作表现出来，从而牵扯出后续的情节发展。而在读者或观众眼里，他们正是从人物异样的举止动作中产生出疑问，并随着情节的发展而得知事情的真相，触摸到人物内心深处的情感并最终为之感动。

在美国电影剧本《毕业生》中，也有一段通过人物动作的描写来显现人物内心世界的精彩例子。剧中男主角本经不住罗宾逊太太的诱惑，在一家宾馆里给她打过电话后，却又感到一阵迷茫。因为向来本分的本，完全没有什么情场上的经验，此刻心慌意乱、手足无措亦在情理之中了。那么，通过什么样的外化动作形式表现本的心理状态，确实可以考验出剧作者别出心裁的构思能力。对此，剧本中本在上述情境中的动作是这样进行文字处理的：

听到她挂电话的声音，本缓缓挂上听筒，他站在电话间里，四下望了望，不自在地动了动，然后脱下自己的外衣，搭在手臂上。

他走出电话间，径直向通往大厅的那扇门走去。

他刚要伸手推门，门开了，一群老态龙钟的老人鱼贯而入。

他们挤满了走廊，步履蹒跚，一边相互唠唠叨叨，一边相互搀扶着出门走下阶梯。

本礼貌地站在一边，为老人们拉住一扇门。

当他们走完之后，本欲拉门而入。

就在这时，十几个青年把他推到一边，旁若无人地进入大厅，他们的装束像是参加舞会的高中生。

本后退一步靠在另一扇门上，并顶着开启的门让年轻人先走。

他礼貌地微笑着，但他们毫不理睬。

本随这伙人进入大厅，他们向前台走去，本仍随着他们一起走。

人群前边的个小伙子倚在柜台上并对台后的接待员说些什么。

本的动作举止被表现得十分滑稽，青涩的本甚至不知道自己该做些什么，因而只能被进进出出的人流裹挟着，外表还要竭力做出礼貌、沉稳的样子。用上述语言描述出的画面也具有很强的动作性，但是行动者是一些老人和另外的年轻人，这对本该行动的本构成了一种嘲讽，因此显得有些滑稽。然而，那扇忽而向里、忽而向外的门却成为一件寓意深刻的道具，并被编剧很好地加以利用，由此暴露出本此刻不知所措进退失据的心理状态。

四、叙事技巧实例分析

我们分析一下电影剧本《回到未来》在叙述中使用的技巧：

马蒂在广场上溜达，警察在他身旁走。

歌声（唱）：“使她成为我从来没见过的美人。”

马蒂在中景停下来，惶惑不解。他听到时钟打点的声音，便回头仰望，镜头摇拍，他看到钟楼上的钟是8时30分。

他又继续在广场漫步，看到一个写着“欢迎到希尔谷，住宅区舒适，请小心驾驶”的牌子。镜头徐徐往下摇。

声音（从汽车扬声器传出来）：未来掌握在你的手中。假使你相信发展，请再次选举雷德·托马斯市长。

全景从画外马蒂的视点拍摄行驶中的卡车，车上贴着广告。声音（从汽车扬声器传出来）：他中间的名字是“发展”。雷德·托马斯市长的发展政纲是有更多的工作，是更好的教育，更宏大的城市改进措施，更轻微的税收。在选举日，把你的票投给一个令人满意的领袖…

一个男人走过马蒂身边，把一张报纸丢进附近的一个垃圾箱。马蒂转身从垃圾箱里捡起那张报纸，打开来看。

插入镜头—《山谷报》，1955 年，11 月，5 日，星期六。有一则广告上写着“向你介绍驾驶斯塔迪贝克 55 型未来的汽车”。

马蒂（放下报纸，思索）：这肯定是个梦。（把报纸丢进垃圾箱）

全景。汽车从两面开过来，自行车也在马路上行驶。马蒂穿过马路，看到有家“卢氏咖啡三明治”的店，他便走了进去。

在剧本中，以上场景是马蒂驾驶时空穿梭汽车回到“过去”的情景，周围的环境氛围显得有些奇怪、陌生。但是，希尔谷这一地名和钟楼却是他所熟悉的。为了表现马蒂这种既熟悉又陌生的感觉，剧作者以马蒂的视点和听觉来表现周围的环境。

比如说，先用一个全景表现马蒂来到了广场，插入那首老歌的旋律，并让人清晰地听到歌词；接下去提示是一个中景镜头，因为可以让观众看清马蒂困惑的表情，时钟打点的声音把他的目光引向高处，提示镜头顺着马蒂的目光向上摇拍，对准时钟。

这时，读者或观众马上会联想到前面一位妇女为修复时钟募捐的事，显然那是以后年代的事情了；马蒂捡起报纸看到了上面印刷的日期。到这时，对马蒂回到的“过去”场景才算交代完毕。可以看出，上述这段文字正是模拟电影摄影机拍摄的特点进行叙述的。马蒂的所见所闻，均以电影化的方式加以切换、表现，因而显得有条不紊，具有明显的镜头感。

五、交代说明实例分析

美国电影剧本《关山飞渡》，有一段这样的戏：

巴克：我还以为灵果关在牢里呢。

鬈毛：本来是在牢里。

巴克：越狱逃了？（鬈毛点点头，吸烟沉思。）

助手甲：我估计虎子是找伯鲁姆家兄弟报仇去了。

助手乙（扔下灵果的照片）：是呀，就是他们在法庭作证，虎子才坐牢的。

这一段正是通过人物的对话，对一些情况进行交代说明。

电视连续剧《贫嘴张大民的幸福生活》中，大民母亲和李云芳母亲的对话虽然啰唆，却又趣味十足，交代了大民和云芳各自的恋爱情况：

外景大杂院

张大妈在迷宫般的过道里左弯右拐，来到大杂院的"广场"。面积不大，中间竖着半人高的水泥垛子，垛子中间伸出个大号的水龙头。这里是四通八达之所，挨着院门，可以看见门外的胡同和胡同对面的公共厕所。李大妈正在洗萝卜，一副有气无力的样子。跟张大妈相比，这是个有点娇气的性格非常外露的老太太。

张大妈：洗萝卜呢？

李大妈：我不洗谁洗

张大妈：老李呢？

李大妈：胡同口下棋去了——哎，大姐，一大早就出出进进的，你忙什么呢？

张大妈（不太想说）：家里要来客了。

李大妈：外地的？

张大妈：不是—（索性说了）是大民的女朋友。

李大妈：他女朋友不是吹了吗？

张大妈：又搞了一个，谈三月了。

李大妈：待会儿我得爬你们家玻璃上好好看看。人儿漂亮吗？

张大妈：大民让我看过照片—还行

李大妈：看照片没用，得看人儿

张大妈：脸上不缺东西就行了。

李大妈：脸上倒不缺东西，缺心眼儿您也受不了呀。

张大妈：那倒是——（转移话题）听说你们二丫头搞了个美国人？

李大妈（笑）：美国人？美国人的脚指甲！

张大妈：那是日本人？

李大妈：日本人？日本人的后脑勺！

张大妈：到底是哪国人呀？

李大妈（又笑）：哪国人都不是—上海人！他们毛巾厂的助理工程师，下个月去美国留学，（喜形于色）他有个亲叔在美国。说定了，不是明年就是后年，把我们云芳也接去。

从上面两位大妈的对话里，我们还可以体会到蕴藏其中的潜台词。“潜台词”这一术语虽然出自戏剧，但也是现实生活口头语言所固有的一种现象。我们知道，人们说出来的话语是思想的外现，属于内心活动的具体呈现和表达，它反映着人的内心活动，但并不等同于人的内心活动。所谓潜台词，即指潜藏于内心而未尽透露出来的话语。这里就显出了说出的话语与藏在内心的话语之间的某种不一致和不平衡。“潜台词”的艺术价值在于它能够调动观众参与创作的积极性，激发观众的生活联想，因而能满足观众的审美要求。张大民母亲的话里透露着对儿子找对象的不自信，而李大妈则对于自己女儿的未来信心满满，谈话中不时卖着关子、抖着机灵，在表面关心大民对象的背后，总让人感到挖苦的意味更加深刻。

张大妈和李大妈对话结束后，张家全家人都在为即将到来的大民女朋友准备午餐，结果却是空欢喜一场。随后，大民的女徒弟小同跑到张家，因为她正是大民女朋友的介绍人

母亲：小同来了，进来坐。

小同：大妈好，大姐好——（朝张大民走去）师傅，你别往心里去，这事儿是我表姐不好，她对不起你。她跟你吹了迟早得后悔——我妈都跟她急了。我给你买了几根香蕉

张大民挤眉弄眼，暗示无效，索性继续躺在床上哼哼。

母亲：小同，你表姐是怎么说的？

小同：她说——她说不想跟我师傅谈了。

母亲：她说是为什么了吗？

小同：我妈接的电话。

母亲：没关系，说吧。他嫌我们大民哪条了？

小同：她嫌我师傅

母亲：说吧，说吧。

小同：她嫌他胖。

张大民扑棱一下从床上蹦下来

大民：头天见面我这就这么胖，胖了三月了，瞧出胖来了。

小同：她说一上街人家老瞧，她难为情。

大民刚要躺下，又蹦起来

大民：我还说人家瞧她呢！（打手势）下巴上带钩儿，没长胡子嘛得都跟卓别林似的，长几根毛就成山羊了。人家不瞧她瞧谁呀？

小同：师傅，吃根香蕉。

大民：不吃，吃胖了你赔得起吗？回家告诉你妈，让你妈告诉你表姐，让她以后搞对象别跟人脸对脸说话，一张嘴就跟舌头底下藏着一条下

水道似的。她足足熏了我三个月，得亏没把我熏瘦了，熏瘦了我还得让她赔呢！（往外推小同）你现在就走，跟你妈说去。

从这段对话中，大民性格中的另一面被表现出来。他不仅宽厚、善于忍耐，同时也十分善于观察，情急之下还会刻薄地挖苦别人。对张大民性格这一面的揭示，也使后续情节中充满精彩的笑料。

电视剧《激情燃烧的岁月》中，石光荣下决心全力以赴追求褚琴之后，无论文工团在哪儿演出，他都会赶去观看。

石光荣整理军容准备出门。

警卫员在一旁说："今天文工团可是在186团演出啊！"

"那又怎么样？胡毅还能撅巴撅巴把我给吃了？走！看看去！"

石光荣和警卫员骑马走在路上。警卫员："团长，天天看那几个节目，我都快背下来了！""吹牛！""不信？我唱给你听！——雄鸡，雄鸡高呀么高声唱——

石光荣误把胡毅当成自己的"情敌"，即便文工团在胡毅的部队演出，石光荣也要无所畏惧地出现在胡毅面前。看完演出后，石光荣更觉出胡毅对自己的"威胁"，于是，在和警卫员的对话中透露出他要"主动进攻"的想法。

石光荣和警卫员离开胡毅。石光荣骑在马上边走边说："胡毅这小子打仗和我抢头功，找老婆也和我往一个人头上划拉。这玩意儿不能等，和打仗一样，得进攻啊！"

"咋进攻啊，团长？"

石光荣胸有成竹地瞥了警卫员一眼，笑了笑，没说话。挥起马鞭，只喊了声"驾！"策马飞奔起来。

以上两组对话都十分明确地传递出石光荣的主观意图，同时也推进了剧情的发展。就在他说出"得进攻啊"这句话后，在接下去的段落里，石光荣跑到褚琴家里去拜见她的父母，并开始了他的"进攻"动作。

六、独白实例分析

苏联喜剧影片《办公室的故事》中，奥莉雅对昔日的老同学尤拉旧情复燃，但尤拉却将奥莉雅写的情书交给了工会。为此，一向谨小慎微的纳瓦西里采夫愤怒地给了尤拉一个耳光。奥莉雅走在回家的路上，掩饰不住内心的屈辱和悲哀，这时，她的内心独白以画外音的形式出现了：

你是我戏中的男主角，千呼万唤都不出场。

你不屑抛头露面，你避开了出乖露丑。

我一个人演自己的角色，对手戏中却没有对手。

你藏在后台的阴影里，不细心的眼睛看不到你

我一个人袒露在众人前，丢尽了人，出尽了丑

我演的这场独角戏，人人把我看得一清二楚，连你也不理解我的感受

在我心里充满善意的微笑，和你一样的那伙，拿我的痛苦当笑柄。

我一个人受辱蒙羞，在人前无法抬头。

在屈辱的人群间，真正的男主角，没人看见

男主角，你害怕了？别怕，我从来不会出卖人。

我们的这出戏，只有我一个人演。

我演得如此失败，痛苦由我一个人承担，

痛苦的煎熬实在难受。

这段感伤的内心独白出现在喜剧影片中似乎有些令人惊讶，不过，如果仔细分析就会发觉它的精妙之处。因为纳瓦西里采夫和局长柳德米拉这对中年人的爱情线也是充满波折，而奥莉雅和尤拉的结局伤感的情感线又是作为辅助情节设计的。准确地说，这是一部悲喜剧风格的影片，奥莉雅的这段内心独白在整部影片中实际上起着非常重要的提示作用。它不只是奥莉雅的情感独白，更有渲染全剧的悲伤部分的效果，在喜与悲的两个端点建立起平衡关系。由此也可以看出，优秀的内心独白，往往也会起到四两拨千斤的作用，并对影视剧作品的风格产生影响。

七、旁白实例分析

电影《重庆森林》中，一开始出现男主角的声音：

每天你都有机会跟别人擦身而过，你也许对他一无所知，不过也许有一天他可能成为你的朋友或者是知己……我是一个警察，编号663…

伴随着这段旁白，“663”号警察出现了。

这段旁白显然是以第一人称形式进行自我介绍，不过，在该旁白的前半部分议论的特征比较明显，既是“我”的经验总结，也是对故事的一个预言。在王家卫电影中，还有许多类似的旁白，它们在影片叙述中承担着多种功能。

在影视剧中，旁白首先扮演的是叙述者的角色，引导观众对人物和剧情深入了解，还可以起到提供情节线索、设置悬念的作用。如英国影片《豺狼的日子》的序幕中有这样一段旁白：

九六二年八月是法国面临严重危机的时刻。戴高乐总统承认了阿尔及利亚的独立，很多人认为，这是背叛祖国的行为。这些过激派几乎全是军

人，他们为了报复，发誓要暗杀戴高乐。

电视连续剧《潜伏》里，为了使谍战剧显得更加惊心动魄，在许多不易直接用对白说出的关键之处插入旁白，旁白的深度力量就显示出来。如在第 14 集中，余则成在办公室中思索叛徒袁佩林的可能藏身之处，他暗自思考和推理的过程，即以旁白的形式出现：

袁佩林既然是被军队抓的，那就应该在保密局的手里，保密局绝对不会把线索送给其他系统……最后余则成得出结论，叛徒不会跑出保密局天津站，站长不会亲自管的，一定在陆桥山和李涯的手里，一定是这样。

余则成在审讯李涯派去监视他的特务时，自知理亏的李涯请求吴站长不要继续审讯下去，但吴站长却没有立刻同意，而是不发一言地看着李涯。

吴站长内心的真实想法是什么，只有适时加入的旁白才可以解开这个谜底：吴敬中很清楚其中的玄机，他是在为余则成争取时间，如果余则成能拿到口供，他再出面息事宁人，那样，李涯就死死地握在他的手里，他其实很愿意看到两个部下的这种争斗。

八、场景与镜头运动实例分析

在影片《钢琴课》中，有一个海滩上的画面镜头，艾达看到放在海滩上的钢琴之后，快速地走向钢琴，而把同行的贝恩斯留在了原地。在画面中，我们看到画面的右端是艾达在倾情演奏钢琴，而贝恩斯在画面左端好奇地观看，这时候，两个人的中间隔着一定距离。这样的画面构图实际上表现的是此刻两人之间关系的状态。

随后，贝恩斯为艾达所吸引并不由自主地向艾达靠近，则又预示了他们关系的变化。对于以上内容，在《钢琴课》剧本中是这样描写的：

蓝蓝的天上飘着些长条形的云彩。

三个人的聚会在仍然放着钢琴的海滩上开始了。这里并不是没有来过人。沙地上留着些脚印，几块木板已经被扯掉了。

艾达经过贝恩斯身边，急迫地朝钢琴走去。一会儿后，艾达拆下了几块木板，抬起盖子，弹琴。贝恩斯留在远处。艾达因能够再次触摸到琴键而感到非常高兴。

她整个人（情绪）都变了。她活泛起来，兴高采烈、激动。

弗洛拉戴上海藻假发，在湿地上狂乱地跳着她自己发明的舞蹈。她跳完舞后，就在沙地上玩沙子。

贝恩斯奇怪地看着她们，然而他有些被眼前的景象所吸引。他从来没有见过这么放任的女人。

他的注意力放在了艾达不受拘束的倾情演奏上，看着看着，他发现自己不由自主地靠近了。

在这段场景描写中，所要表达的中心意思是贝恩斯感受到艾达内在的活力，并开始主动向她亲近靠拢，所以在构图上表现出两人的距离由远到近，使两人的关系非常具有视觉形象的效果，利用纵深轴即Z轴来表现人物与某一事件的关系，往往能取得寓意深刻的效果。

影片《公民凯恩》中的第一个闪回段落，童年时代的小凯恩正在雪地里玩耍，母亲和经纪人在屋里签订了放弃凯恩抚养权的合同，其中有一个镜头是：后景中窗外玩球的小凯恩，中景是闷闷不乐的父亲，前景是签订合同的母亲和经纪人。

剧本是这样描写和提示的：

内景　客厅——凯恩夫人的寄宿公寓

摄影机对着窗户，但窗框没有出现在场景中。我们只看到白茫茫的雪地，跟上一场景角度相同。查尔斯正在做另外一个雪球。

摄影机拉回来，窗框出现了，我们现在到了寄宿公寓的大厅里。凯恩夫人，28岁左右，正朝窗外看她的儿子。就在我们刚把她拍进画面时，她说话了：

凯恩夫人（冲外面喊）："查尔斯，小心点!"

撒切尔的声音："凯恩夫人"凯恩夫人（冲着几乎处于画面顶部的窗户外喊）："查尔斯，把围脖围在脖子。"但查尔斯玩得太高兴了，把这些话当耳边风，跑开了。

凯恩夫人转向摄影机，我们看到她的脸张坚强的脸，历尽沧桑却不乏和蔼。

撒切尔的声音："我想我们必须现在告诉他。"现在摄影机往回拉一些，展示出撒切尔在桌前，桌上放着他的烟囱管似的帽子以及繁多的文件。

他26岁，不出所料，是个乏味的年轻人，一副即使在科罗拉多也算得上是严肃、保守的容貌。凯恩夫人："我要签这些文件。"

老凯恩："好像你们都忘了我是这个孩子的父亲。"听到老凯恩的声音，两个人看着他，摄影机往后再拉一些，把他也拍进来。

老凯恩，马房的助理管理员，可能是为了这次从天亮就开始的会谈，装扮得很文雅。

窗户外头传来孩子兴奋、狂野的叫喊声，他在雪地上快乐地跳跃着。

剧本的这个场景描写，已经把窗外雪地里玩耍的凯恩和屋内的大人们框在一个镜头里，在最终完成的电影里就有了前面提到的那个著名镜头。这一镜头把凯恩快乐的童年和母亲擅自安排了儿子的命运，以及父亲对此不赞成的态度集中表现出来。

剧本《火车怪客》中，有一段很好的例子，表现了在连续运动的影像画面空间内所发生的事件：

外景　华盛顿特区联合火车站　日

远景镜头，国会大厦圆屋顶在背景处，前景是汽车入站口，摄影机位低。

汽车来往，出租车抵达，乘客下车，卸行李，还有繁忙的搬运工，等等。

我们聚焦在正减速停车的出租车上。司机取出不太显眼的行李及装在套子里的网球拍给搬运工。乘客下车时摄影机下移，我们只看到乘客的鞋子和裤子的下面部分。乘客穿着深色的粗革皮鞋和明显保守的服装。乘客脚步向前走，到火车站的入站口，然后出画。紧接着，由专职司机驾驶的豪华轿车抵达，一只名贵的航空手提箱被取了出来，从后座下来的乘客穿着黑白两色运动鞋，和前面一样，我们看到的主要是鞋子。运动鞋沿着粗革皮鞋离开的方向走去。

内景　火车站大厅

摄影机跟着运动鞋和粗革皮鞋穿过大厅，进入旅客通道。这里通常会有来来往往的旅客，喇叭里会通知火车的进出站，等等。

外景 旅客通道

当粗革皮鞋和运动鞋各自进入通道，运动鞋拐入另一车厢门，粗革皮鞋继续往豪华车厢走。

内景　豪华车厢（前进中）

粗革皮鞋走到椅子前坐下。片刻之后，运动鞋来到粗革皮鞋对面的椅子前坐下休息。

运动鞋的腿伸出，其中一只鞋碰到了一只粗革皮鞋。

男人的声音（画外音）：“哦，对不起。”

我们看到，这一段里出现了几个连续的空间，火车站前停车场、候车大厅、火车车厢，第一个空间里分别从汽车里走出两个人，镜头对准的是他们各自的鞋，从鞋上显示出两者的身份差异悬殊，然而，等到了进站旅客通道时，两个人渐渐拉近了距离，最后是在豪华车厢里，两双鞋却坐到了一起，完全处在同一空间。通过这种空间上和位置上的变化，观众已经猜想到他们之间会发生点什么事情。因此，影像空间的运动变化起到了叙述的作用

九、叙述时间延长的实例分析

以下是美国电影剧本《低俗小说》中一段：

文森特把针举过头顶，作势要扎。他低头看着米娅。

米娅迅速地变得苍白。再过一会就不可救药了。

文森特集中精神，准备打针。

文森特："数到三。"

兰斯："一"

针举高准备刺下。

兰斯（大声地）："二"

乔迪的脸充满期待。

举在空中的针，像响尾蛇一般岿然不动，准备出击。

兰斯（大声地）："三"

针离开画面，猛地刺下。

文森特使劲地扎下针，刺在米娅胸口。

米娅的头在冲击中晃动。

注射器被推进，把肾上腺素通过针管注射进去。

米娅突然双眼睁大，发出魔鬼一般的叫声。

这场戏如果实时表演大概只需要三秒钟就可以完成，但是电影却花了四十秒的时间放映，编导昆丁·塔伦蒂诺通过多个角度和多个反应的镜头来表现这一关键性事件。在这里，时间明显被减慢了，它所带来的效果是把文森特的焦虑紧张情绪带给了观众，因此观众也和他一样保持着高度的紧张

十、时空关键点实例分析

用时空关键点来表现人类情感或事件的发展变化。影片《公民凯恩》，通过凯恩和苏珊用餐的八个镜头，揭示了两人九年间夫妻情感的变化过程。

52. **内景凯恩家——早餐室——白昼——**1901

凯恩身着白领带和燕尾服，艾米丽穿着正规的服装。凯恩正为艾米丽倒一杯牛奶。当他倒好牛奶后，倾身向前，戏弄地吻她的后颈。

艾米丽（害羞地）："查尔斯！去，回到你的座位上去。"

凯恩："你真美！"

艾米丽："我不可能。我过去从来没有一个晚上参加过六个宴会，我从来没有待过这样晚。"

凯恩："这只是一个习惯问题。"

艾米丽："你看仆人们会怎么个看法?"

凯恩："他们会认为我们过得很愉快。对吗?"

艾米丽：（撒娇地笑了笑）"亲爱的，我不明白你为什么要马上去报馆?"

凯恩："你真不该嫁给一个办报的人。他们比水手还要糟。我绝对地爱你。"

（两人相对而视）

艾米丽："查尔斯，就是办报人也得睡觉嘛。"

凯恩（仍然望着她）："那我给伯恩斯坦打个电话，让他把我的约会推迟到中午—现在几点啦?"

艾米丽："不知道—很晚了。"

凯恩："是很早了。"

53. 内景凯恩家——早餐室——白昼——1902

凯恩和艾米丽—不同的服装—不同的早点。

艾米丽："查尔斯，你知道昨夜你说去报社十分钟，你让我等了多久吗?真的，查尔斯，鲍德曼是请我们赴宴的，而不是过周末。"

凯恩："我娶了个好姑娘。"

艾米丽："查尔斯。如果我不信任你——你深更半夜在报社里干什么?"

凯恩："亲爱的，你唯一的通讯员就是《问事报》。"

54. 内景凯恩家——早餐室——1904

凯恩和艾米丽—服装和早点都变了。艾米丽准备上街的打扮

艾米丽（逗笑地）："有时我觉得宁肯要一个有血有肉的情敌。"

凯恩："啊，艾米丽，我可没花那么多时间。"

艾米丽："不是时间的问题，而是你发表些什么，攻击总统。"

凯恩："你是指约翰叔叔。"

艾米丽："我是指合众国总统。"

凯恩："反正还是约翰叔叔，还是一个好心肠的傻子。"

艾米丽："查尔斯。"

凯恩："他让一伙不要命的骗子来管理他的政府，整个石油丑闻—"

艾米丽："恰巧是他当总统，查尔斯—而不是你。"

凯恩："这个错误早晚要纠正过来。"

55. 内景凯恩家——早餐室——1905

凯恩和艾米丽—服装和早点改变。

艾米丽："查尔斯，当人们提出来家里不订《问事报》的时候，玛格丽特·英格里斯说，下院的阅览室已经有四十多人签名同意取消订阅《问事报》。"

凯恩："那太妙了，伯恩斯坦先生一定会高兴的。你知道吗，当你的朋友们停订了《问事报》，那从我们的赖账单上又勾销了一个户头。你知道不知道，在阔佬之间不付报费是一种荣誉。"

56. 内景凯恩家——早餐室——1906

凯恩与艾米丽—服装和早点改变。

艾米丽："你的那位伯恩斯坦先生昨天给小凯恩送来极其令人厌恶的东西，我绝对不能允许他出现在幼儿室里。"

凯恩："伯恩斯坦先生偶尔可以到幼儿室去拜访一下。"

艾米丽："非去不可吗？"

凯恩简短地："是的。"

57. 内景凯恩家——早餐室——1908

凯恩和艾米丽—服装和早点改变。

艾米丽："真的，查尔斯，人们有权利期待——"

凯恩："我所愿意给他们的东西。"

58. 内景凯恩家——早餐室——1909

凯恩与艾米丽——服装和早点改变

他们全都默不作声地读报纸。凯恩在读他的《问事报》。艾米丽在读一份《纪实报》。

十一、动作镜头实例分析

《终结者Ⅱ：审判日》第三幕开始处的一个小段，终结者、萨拉和约翰刚在迈尔斯的帮助下进入实验室去摧毁在《终结者》第一集里于七年前留下的芯片，警察被引来了，这是一个激烈的枪战段落。在第二个情节点，他们冲出了大楼，开着一辆特种部队的旅行车逃跑了。

内景/外景；特种部队旅行车；高速公路，夜晚

当终结者把那辆方头方脑的旅行车开到一个高速公路的岔口时，回头看看车上的两个人——萨拉和约翰喘着粗气，还没有从催泪毒气所造成的一阵咳嗽中缓过气来。

终结者看着后视镜—警灯在车后面闪动着，而且越来越多。

萨拉在车里四处扫视着，那里有步枪、防弹背心和其他各种设备……

她从枪架上抓起两支 M16 步枪，装上子弹。

她又开始装一支大口径的散弹枪，这时旅行车在高速公路稀疏的车流间快速穿行着。

终结者操纵着摇摇晃晃的旅行车在小汽车和大卡车间钻来钻去。

旅行车开到了时速 80 英里的极限速度，他们躲在了一辆白色 18 轮大集装箱车的后面。

由 T1000 开的直升机紧追着他们已很接近了。

T1000 飞到旅行车的上面，用机枪开火。

旅行车的尾部被打得掀开了，车门上的窗户也被打掉了。

终结者操纵车子企图躲开 T1000 的攻击。

有点儿失控的旅行车刮撞着路边的防护栏。

一扇门打开了，萨拉穿着防弹衣，蹲在门口，举起 M16 步枪开了火。

当 T1000 还击时，子弹打得车棚叮当作响。

在车里，由薄薄的钢板制成的车厢已被打得满是枪眼。

子弹射进车里，约翰盖的防弹衣也连连中弹。

萨拉拿了两件防弹衣堵在车门口，她躲在后面，子弹在她身边横飞。她时快时慢地开枪回击。

支枪子弹打完了，她又抄起另一支。

当终结者企图绕过一辆正在转换车道的汽车时和那车相撞，使那车滑了出去。

萨拉又装上子弹继续开火。

旅行车又超过一辆丰田车。

不一会儿，直升机也赶上来，直升机的起落架都划到了旅行车的车顶。T1000 在直升机上用机枪开火。

萨拉探出身，向直升机射击。

她的腿被子弹打中，她的防弹衣也连续中弹。

她挪回车里，倒在地板上，躺在那儿的她成了一个暴露的靶子，终结者看到 T1000 又要开火，猛地一踩刹车，轮胎尖厉地响着，萨拉被惯性抛向前面，被挡在约翰身旁的车厢后面。

这时，直升机撞到了旅行车的后面，螺旋桨被折断了。车的后门又被撞得关上了。直升机的前半部被撞得一塌糊涂，里面的 T1000 也被撞成了一堆歪七扭八的金属。直升机摔到了地上，滚到了路边……成了一堆废铁。它在旅行车后面不停地翻滚着。

这段镜头节奏很快，紧张度很高。即使不把它和整个故事联系在一起，只读这么一小段，就够让人胆战心惊了。

十二、台词实例分析

影视剧本中的台词要符合人物的性格，遵循合理性原则，让观众感到自然、容易接受。下面一段是选自电视剧《士兵突击》的剧本：

“一二三，起！”许三多被扔了起来。

甘小宁冲着白铁军发牢骚：“怎么又抢我口令？”

白铁军没看他：“三二一，落！”

几个人有点半开玩笑，有点想帮许三多却又有点想整治他。

许三多：“再来一次好吗？我还没体会。”

白铁军说：“猪都被你气死了。再来一次吧。说着对几个兵使使眼色。”

甘小宁抢先喊了口令：“一二三，起！”

许三多对着那几个笤帚就扑下去，几个兵却早有默契地把笤帚撤开了，许三多摔了个结实，还没爬起来就赶快在脸上绽放个讨好的笑脸。

白铁军正色道：“不许笑，要记住这一摔的教育意义。作为侦察兵，永远要有偷袭和防备偷袭的意识。你应该下意识地就防止摔成现在这副德性。什么叫下意识呢？比如说吧，阿甘哪。”甘小宁伸手就给白铁军脑后一拳，白铁军灵巧地闪开，结果被甘小宁下边一脚踢得跳了起来。白铁军丢了面子，冲着甘小宁嚷嚷：“不是说好演示的时候光打上三路吗？”

甘小宁对许三多说：“看见没有？如果我用家伙他就挂了，没有形成下意识的下场。”许三多半懂不懂，只是木木地问：“再来一次好不好？”

下面一段台词来自《幸福来敲门》：

“我来说两句啊……”人们回过头，见钱淑华扶着桌子慢慢站了起来。

江路看一眼宋宇生，宋宇生有一种不祥的预感。

钱伟德也紧张起来，“姑姑您坐下说吧。”

钱淑华不理侄子，“我今天来这儿，不是吃喜酒来的……我刚才坐在这儿，一口没吃，一口也没喝。我就是为了说几句话才来的。”

江沛知道老太太来者不善，笑吟吟地上去拉她：“伯母，您有什么话，坐下慢慢说……”

钱淑华手一甩，江沛想发作，但还是忍住了。

钱伟德站起来，对所有客人，“我看酒也没剩多少了，时间也差不多了，大家再干一杯，咱们就……”

江沛：“来，大家干杯！”

“让我把话说完……”钱淑华敲了敲盘子，“安静！我这几句话呀不说可不行，憋出病来了，病个好歹了，我俩外孙咋办？我这俩苦命的外孙可就没人管喽！今儿来的，都是宋宇生、江路的亲朋好友，对吧？”

江沛上前劝道：“老太太，今儿可是个吉祥的日子……”

江路想看看到底她会说些什么，索性说：“姐你让她说完。”

钱淑华：“我今年七十一了，按老话说，就是黄土埋了大半截儿的人了。保不齐今天在这儿说话，明儿就没了。我今天就是跟大家伙儿拜托一声：他宋宇生两口子能对孩子们好，我当然巴不得，死而瞑目。万一俩孩子受委屈，遭虐待，你们这些好朋友好领导，可得给我俩外孙做主。”

钱淑华说完了，平静地对钱伟德说：“伟德，送我回去！”

人们的目光聚合在江路身上，江路的眼泪终于没有忍住……

这一段戏的主要台词都来自钱淑华，她担心自己的两个外孙在宋宇生新婚之后，受到冷落。在婚礼现场当着大家的面，说了两段较长的台词，情绪非常激动。表现出老年人的保守，也表达了出对两个外孙深沉的爱。

我们注意到，钱淑华的话语，被打断了几次。大家都知道，钱淑华不太赞成宋宇生另娶新娘，因为宋宇生是两个孩子的亲爹，与江路结婚后，孩子们就有了后妈，在保守的封建思想中，后妈是自私的，不顾孩子安危的。看到钱淑华站起来想要说些什么，首先，钱伟德说“姑姑您坐下说吧”，这并没有起到阻拦的作用。

在钱淑华继续讲话的时候，江沛站起来插话：“伯母，您有什么话，坐下慢慢说……”钱淑华想要表达的还没有说出来，江沛又呼吁大家干杯，要尽兴，但是钱淑华的一句“让我把话说完”将场面推向高潮，这个时候大家只能安静听她说。

如果再有阻断，就太不像话了，因为“钱淑华想要说话却被打断”这件事情已经很明显了，于是，钱淑华把自己的年老、体弱表达出来，并强调了两个孩子需要被照顾，希望大家为孩子做主。

这样，一个倔强的，比较保守的老人形象被刻画出来，而她对两个外孙的爱，也感染了每一个观众。

参考文献

[1] 桂青山. 影视剧本创作教程 [M]. 北京：北京师范大学出版社，2016.

[2] 夏衍. 写电影剧本的几个问题 [M]. 北京：人民文学出版社，1978.

[3] 王迪. 现代电影剧作艺术论 [M]. 北京：中国电影出版社，1998.

[4] 孙绍振. 文学创作论 [M]. 福州：海峡文艺出版社，2009.

[5] 王汀若. 电影剧本创作解析 [J]. 文化艺术研究，2015 (11).

[6] 何平华. 论影视文学审美创造特征 [J]. 当代电影，2005 (3).

[7] 高婷. 戏剧影视文学教学方法创新研究 [J] 北方文学，2017 (14).

[8] 张洁. 借《西游记》谈当代影视文学现象 [J]. 课外语文，2017 (15).

[9] 于利平. 戏剧影视文学教学方法创新研究 [J]. 戏剧丛刊，2012 (12).

[10] 王琳. 宏大叙事与女性角色 [J]. 社会科学研究，2001 (5).

[11] 杨军. 谈编剧的剧场性思维 [J]. 云南艺术学院学报，2012 (12).

[12] 桑地. 电影改编与审美转换 [J]. 电影艺术，2000 (11).

[13] 张同胜. 文学名著影视改编新论——从媒介环境学的视角来看 [J]. 中国中外文艺理论研究，2014 (8).

[14] 陈吉德. 形与神的变奏——论影视作品改编的观点 [J]. 电影文学，2006 (1).

[15] 程惠哲. 电影改编研究 [J]. 文艺理论与批判，2007 (5).

[16] 张芸. 电影《风声》与小说《风声》比较 [J]. 电影文学，2010 (10).

[17] 吴尚昕. 浅析网络文学改编影视作品之现象 [J]. 大众文艺，

2014（7）.

［18］颜纯钧．文学改编新论［J］．艺术广角，2000（8）.

［19］王建宁．文学原著与改编电影之间的对读［J］．电影文学，2011（10）.

［20］杨莉．文学作品与文学改编电影的差异分析［J］．电影文学，2016（2）.

［21］李晓筝．论影视改编对文学传播的影响［J］．电影文学，2013（2）.

［22］俞昌宗．浅析“十七年电影”中文学改编对电影艺术发展的意义［J］．戏剧之家，2016（10）.

［23］张福萍．影视文学中街道的后现代主义叙述［J］．电影评介，2007（8）.

［24］龚举善．“非虚构”叙事的文学伦理及限度［J］．文艺研究，2013（5）.

［25］谢强．法国电影骨子里的东西［J］．当代电影，2011（3）.

［26］李晋林．初论电影导演的特效思维［J］．当代电影，2014（4）.

［27］张智华．电视剧类型特点与产生原因［J］．艺术百家，2012（7）.

［28］何佳．试论近十年国内电视剧的题材选择与类型化探索［J］．当代电影，2013（7）.

［29］曾庆瑞．守望电视剧艺术的精神家园［J］．艺术评论，2013（12）.

［30］李盛龙．当前电视剧编剧体制的问题与思考［J］．四川戏剧，2009（11）.

［31］张子骏．探讨编剧在情景体验式真人秀中的重要性［J］．科技信息，2009（9）.

［32］郭玥岑．中国电视剧编剧现状浅谈［J］．戏剧之家，2016（7）.